続・ながれ星 冬星

天鉄刀の黙示録

石田義一郎
Giichiro Ishida

JN059433

幻冬舎 MC

本文イラスト　石田義一郎
ＤＴＰ・カバーデザイン　荒木香樹

目次

おもな登場人物

冬星《とうせい》……元軒猿毘沙門衆《のきざるびしゃもんしゅう》『ながれ星冬星《ぼしとうせい》』の諱《いみな》を持つ伝説の忍び

義近《よしちか》……北斗七星舎《ほくとしちせいしゃ》の忍び・蓮華衆《れんげしゅう》の見習いで十一歳の少年

如法界堂心《にょほうかいどうしん》……北斗七星舎の公界僧《くかいそう》

文殊院孝明《もんじゅいんこうめい》……北斗七星舎の結界師《けっかいし》

銀《ぎん》……元軒猿毘沙門衆『鼬風《いたちかぜ》の銀《ぎん》』の諱をもつ忍び

不動《ふどう》……元軒猿毘沙門衆『雷《いかづち》の不動《ふどう》』の諱をもつ忍び

若槻玄之丞《わかつきげんのじょう》……京都所司代の若侍《わかざむらい》

お裕《ゆう》……かつての冬星と同じ忍び仲間であり恋仲でもあったくノ一

豪種院抜道珍海《ごうしゅいんばつどうちんかい》……鴉《からす》組織の金鴉《きんからす》・破戒僧

遠呂地《おろち》……鴉組織の金鴉忍び

御子《みこ》……謎の呪術師

前回のあらすじ

世は天保時代。衰退していた忍びの世界に、かつて戦国時代に栄えた忍び組織を復活させ、ふたたび忍びが暗躍する時代を迎えていた。越後では最強の忍び軒猿毘沙門衆《のきざるびしゃもんしゅう》が密教の秘術を体得しあらたに結成され、忍び界に君臨していた。軒猿毘沙門衆の伝説の忍び・ながれ星冬星《とうせい》は幻道波術《ガイ》と呼ばれる忍術をあやつり、隕鉄《いんてつ》（隕石）を玉鋼《たまはがね》とする天鉄刀《てんてつとう》を武器に無敵の強さを誇った。冬星は幾多の激闘の末、記憶を失くし生まれ故郷の直江の津今町にたどり着いた。

町衆とやくざの争いに巻き込まれていくなかで己の記憶を取り戻した冬星は、忍びの世界から足を洗うことを決意する。しかしすでに敵の魔の手が伸びていた。謎の〝鴉《からす》〟と呼ばれる闇の組織は、幕府や藩の様々な部署にまで潜伏しており、国体転覆のためなら手段を選ばない卑劣な集団であった。

運命の渦に引き戻された冬星は、敵の頭目と対決する覚悟を決める。壮絶な総力戦を展開するが、冬星は天鉄刀と幻道波術で撃破していった。ついに頭目との死闘を繰り広げ、満身創痍のなか死を覚悟する冬星であったが、異能童子《いのうどうじ》さくらの助けを借り、同士討ちを果たし頭目を道連れに追いやった。冬星は敵もろとも冷たい海の藻屑《もくず》に消えていった――。

第一章　蓮華衆《れんげしゅう》

比叡山から琵琶湖に抜ける古道は、杉木立で鬱蒼《うっそう》としていた。

早朝の古道は清冽な空気に満ちあふれていた。令月から弥生になったばかりで下草は朝露にしっとりと濡れ、冷気に包まれていた。

古道を一列になって歩く集団がいる。六人ほどの集団は白装束で結袈裟《ゆいげさ》を首に掛け、法螺貝《ほらがい》を下げている。先頭の老翁の持つ錫杖《しゃくじょう》が地面に触れ、シャンシャンと響いていた。修験者《しゅげんしゃ》の一行のようである。

まっすぐな道に出たところで、集団から一人だけ飛び出した行者がいた。まだ年端もいかない少年と思《おぼ》しきその行者は、勇んで肘を張り早歩きで歩き出した。

「これ、義近《よしちか》！　離れてはいかんぞ！」

先頭の老翁が少年に諭《さと》した。この集団の頭である源三郎《げんざぶろう》がしわがれた声で叫んだ。時折木立の間から朝日が差し込み、先を歩く少年の被《かぶ》る斑蓋《はんがい》にきらきらと反射した。

「源じい、大丈夫だよ。ずっと山道ばかりで何もありゃしないさ！」

少年は持て余した様子で口を尖《と》がらせ、背負っている細長い桐の箱を左右に揺らした。

義近は今年で十一歳になる。

赤子の時に身寄りのなかった義近は、この源三郎に実の父親のように育てられた。義近という名前は古風すぎて好きになれなかったが、源三郎から事あるごとに『おまえは高貴な血筋なんだぞ』といわれ、名前を大事にしろと散々言い聞かせられて育った。血気盛んな義近は、もっと勇ましい名前で相手が震え上がるような剛毅な名前に憧《あこが》れていた。まだ世間を知らない初心《うぶ》な少年心でもある。

「源三郎様、そろそろ別動隊にしらせを飛ばしましょうか？」

後ろから、頭襟《ときん》をつけた若い行者が耳元でささやいた。

とその時、ポツリポツリと

——雨

が、降り出した。

（おや、通り雨かのう……）

空を見上げるとまぶしい陽光が差し込んで晴天ではあるが、一行の集団のところだけに雨が降ってきた。やがて雨は音を出して降り出し、またたく間にどしゃ降りとなった。源三郎の顔が曇った。

(おかしい。ここだけ雨が降るとは、なんとも奇妙じゃ……)

「は、これは雨ではない! 攻撃されている!」

源三郎が叫んだ瞬間、息もできないほどの横殴りの叢雨《むらさめ》となり、修験の集団は雨の勢いで吹き飛ばされそうになった。

四間《よんけん》ほど(七メートル)先を歩いていた義近の下には一粒も雨が当たっておらず、源三郎らがついて来ないことに気づいて振り返った。そのとき初めて異変に気づいた。

義近はその光景に、驚愕した。

横殴りの雨の一粒一粒が、鋭い
──水の矢
に、変わっていったのである。

正確にいえば雨なのだが、何百何千という針のような水の矢が、修験の集団めがけて雨《あめ》霰《あられ》のように降り注いでいた。

修験の集団は全身を無数の水の矢で打ち抜かれ、まさに蜂の巣のように体中から血を噴き出し、ことごとく伏臥《ふくが》した。

「ぐわっ!」「ぎぇーー!」

それは阿鼻叫喚《あびきょうかん》の絵図だった。

源三郎は左肩を打ち抜かれたが、咄嗟《とっさ》に身を伏せ木の陰に隠れたため、一命をとりとめた。源三郎以外の修験者は全員絶命した。まさに一瞬の出来事であった。

義近は腰を抜かした。

初めての戦いの場面に遭遇し、その壮絶さに戦慄を覚えた。少年にとっては無理もないことであるが、実戦ではこの非情さが常である。

雨は何事もなかったかのようにぴたりと止み、森の中に静寂が戻った。しかし木の幹には無数の水弾の穴が開き、その〝攻撃〟の凄《すさ》まじさの爪痕を残している。静寂を破るかのように甲高い声が響き渡った。

「おお怖い、怖い。お裕《ゆう》さんは怖いお人だね。絶対に敵に回したくないよ。あれだけ離れていても、正確に術を放《はな》つことが出来るんだね。水の幻道波術《ガイ》〝雨飛氷刃《うひひょうじん》〟は最強だね、誰も逃げられないわ」

源三郎は声のする方を凝視した。

なんと頭上の高い木の枝に、若い女があたかも鳥のようにとまっていた。

女は黒髪の短髪で半纏《はんてん》の上に派手な花衣《はなころも》を重ねている。むき出しの太ももは、異常に盛り上がり筋肉が常人の倍ほどもある。脛《すね》に深緋色《こきひいろ》の脛巾《はばき》を巻いていた。そして何より大きな目が爛々《らんらん》として、まるで猛禽類《もうきんるい》の大鷲が獲物を捕らえて離さない威圧感を醸《かも》し出していた。

「おまえは何者だ！」

「あたいは蘇摩利《そまり》。まだ錆鴉《さびがらす》の組だけどね。でもこれからまだまだ上を目指すのさ。上からの下知《げち》で来たけど、土産を持って帰らなきゃなんないんだよ。あわよくば敵の首級《しるし》も添えてね」

源三郎は気圧《けお》されながらも、懐《ふところ》にある棒手裏剣《ぼうしゅりけん》に手を伸ばした。

（この女は忍びの者だな。そして……強い）

瞬時に女の〝気〟からすべてを読み取った。

「おまえ山伏《やまぶし》ではないな。山伏は鎖帷子《くさりかたびら》を身につけはしないからな。棒手裏剣なんぞ出しても無駄だぞ。あたいはこの弩《いしゅみ》で的を外《はず》したことは一度もないんだよ」

女の左手甲には小型の弓矢が装着されており、背中に無数の鉄製の矢を背負っていた。

「おい爺《じい》、おまえ軒猿《のきざる》の毘沙門衆《びしゃもんしゅう》の者か？」

「わしは蓮華衆《れんげしゅう》じゃ！」

「れ、蓮華衆とは？　笑止！　そんな下っ端《ぱ》とは思わなかったぞ。こんな山奥まで来て三下《さんした》の相手とはやれやれだ。まあいい本題に入るわ。おまえたちはいったい何を運んでいる！」

源三郎はちらりと義近をみた。義近はやっと腰がすわり木の陰に隠れ、こちらを窺《うかが》っている。

（あれだけは無事に届けねばならぬ。義近、頼んだぞ――）

源三郎は目で義近に合図を送った。義近も女の隙を見て、逃げ出そうとしていた。

「上忍衆から持たされたこの赤瑪瑙《めのう》石が赤く熱くなったから、ここに間違いがないのはたしかだが、こ奴らそんなお宝を持っているものか」

蘇摩利という忍びの女は前方にいる義近に視線を向けた。

義近が背負っている細長い箱を凝視した。修験者が持つ笈《おい》（法具入れ）にしては細長すぎる形状であり、しかも少年の背丈と不釣り合いな長さも目立った。

「おい、その坊主の背負っている箱の中身はなんだ？」

（まずい、気づかれたか……）

源三郎は道の真ん中に飛び出し、蘇摩利の前で仁王立ちになった。

「義近、走れ！　必ず無事にその箱をお渡しするのじゃ！」

義近は意表をつかれたが、源三郎の覚悟を瞬時に悟った。

（源じいは――、死ぬ気だ）

蘇摩利は左手甲を源三郎に向け、たて続けに弩から矢を放った。

ビュッと音を立て、とてつもない速度で五発、六発の矢が源三郎の身体《からだ》に命中した。肉塊に鉄矢が吸い込まれる鈍い音がした。しかし源三郎は倒れない。

「おのれ、下っ端のくせに生意気な！」

蘇摩利が枝から跳躍し、源三郎の真下に飛び降りてきた時、源三郎は不敵な笑みを浮かべ両手を交差した。

「わしら蓮華衆の意地を見よ。おまえたちには決して屈せぬ」

次の瞬間、源三郎の胸元で焙烙玉《ほうろくだま》が爆裂した。地面を揺るがす轟音《ごうおん》が響き渡り、爆風が遠くまで弾《はじ》け飛んだ。

義近は夢中で走った。

足の速さは蓮華衆のなかでも飛びぬけていた。足の速さだけが取り柄といってもいい。忍びの訓練では何一つものにできなかった義近だが、足の速さと膂力《りょりょく》だけは並みの忍び以上といってもよかった。

走りながら後ろの方で轟音が聞こえた。

(源じい、ごめん。おいらが我がままを言ったばかりにこんなことになっちまって)

泣きながら後ろを振り返ることなく、一心不乱にまっすぐに走った。転びながら躓《つまづ》きながらも、がむしゃらに走った。すっかり背中の箱の重みも忘れていた。

義近は源三郎から箱の中身について少しだけ聞いていた。

これは伝説の忍びが持っていたもので、必ず渡さなくてはならない。これを扱えるのはその忍びだけで、この世の悪を滅することが出来る唯一のもの。太平の世に安定をもたらすものである、と。しかし何であるのかまでは知らされていない。ただ一番足の速い義近に箱を任せたのは、今となっては源三郎の采配の妙《みょう》という他ない。

杉木立を抜けると岩場の道に出た。道の先には川が流れている。

義近は足を止め、背中の箱をおろした。箱にはかなりの傷がついているが、中身は大丈夫なようだ。紐をもう一度しっかりと締め直し、ふたたび背負い立ち上がった。この道をまっすぐに進むと琵琶湖が見えてくるはずだ。もうすぐで坂本の町に入る。

汗を拭《ぬぐ》い顔を上げたとき、不意に前方から声が響いた。

「おい小僧、ずいぶんと足が速いな。あたいの姉貴《あねき》すら追いつけなかったよ」

義近は目を瞠《みは》った。

前方の大きな岩の上に、籐黄色《とうきいろ》の衣を纏《まと》った女が胡坐《あぐら》をかいて座っていた。初めて敵と一対一で遭遇し狼狽《ろうばい》の色は隠せなかった。

「あたいは亜摩利《あまり》。蘇摩利は姉貴だ。姉ちゃんは気が短くて血の気が多いからね。下っ端だとみるとすぐ甘くみる。だからこのザマさ。でもあたいは違うよ」

亜摩利というくノ一は、両手に鉄の毬《まり》、〝鉄毬《てつま》〟を持っていた。その鋭い鉄の爪は肉片だけでなく、骨までも抉《えぐ》り取るような殺傷能力の高い恐ろしい武器である。しかも通常の鉄毬ではなく鎖につながれており、遠隔にまで投てき出来るよう改良がなされていた。

「小僧、その箱を渡せ。命までは取りたくないが、断れば屍《しかばね》になるぞ」

義近は額にじっとりとした汗が流れるのを感じた。

(どうする。苦無《くない》または仕込み刀で戦うか？　いやこいつにはまったく歯が立たなそうだ。ならばあれしかないか……)

義近はゆっくりと腰を沈め、くノ一には見えないように足元の石を拾った。

「お、おまえは石で魚を獲《と》ったことはあるか？」

「は、石で魚を？　なんだそれは？」

次の瞬間、義近は目にも止まらぬ素早さで石を二個、回転させながら投げた。

一個は亜摩利の頬をかすめ、もう一個は鉄毬の端に当たった。

亜摩利は油断していたこともあり、最初の一投をよけきれなかった。頬から流れる血をみて顔が紅潮していくのがわかった。

「くっ！　おのれ小僧！　よくもあたいの顔に傷をつけたな！」

亜摩利は鉄毬を勢いよく振り回し、ブンッと音を立てて回転させた。

右手は横回転、左手は縦回転で器用に操り、一直線に投げてきた。

この忍び鎌のような鉄毬は恐ろしく手元で伸びる。義近の間合いまでおよそ五間《ごけん》(九メートル)ほどあったが、義近の被っていた斑蓋を切り裂き、吹き飛ばした。

（うわっ、速い、速すぎる！）

義近は思わずのけぞった。これほど速い技を見るのは初めてであった。蓮華衆の訓練でも、これほどの速さを身につけている忍びの者は一人もいなかった。

間髪入れず次の手が迫ってきた。

左手からの縦回転の鉄毬は、義近の脇腹を鋭く切り裂いた。

「痛てっーー！」

思わず脇腹を押さえたが、鮮血が噴き出した。

とにかく後ろに下がり間合いを引き離し、石を拾うだけ拾った。義近の唯一の得意技は投石だけだった。得意技というよりも石で魚を獲ることが日課でもあり、趣味と実益を兼ねていたからに他ならない。

義近はなんとか投石で反撃を試みた。しかしすでに見切られ、すべて弾き返された。

（よし、今度は変化する石だぞ。これはたまにしか出せねえんだが、やってみるか）

平たい石を何個も横や下の岩に投げつけた。すると石は跳ね返り、二弾飛び、三段跳びし、亜摩利めがけて飛んでいった。多方向から飛んでくる石に、さすがの亜摩利も後ろに下がりながら防御せざるを得なかった。

「小僧のくせに舐《な》めた真似を！　石だけであたいと互角にやりあおうとは生意気だ。だがもう石の動きは見切ったわ。遊びはおしまいぞ！」

亜摩利は義近の投げてくる石をうるさいといわんばかりに、右手で横回転の鉄毬を盾のように前方に突き出し、投げてくるすべての石を弾き飛ばした。そして左手の縦回転の鉄毬を下方向からすくいあげるように義近の身体を狙って投げてきた。

義近は仕込み刀で鉄の爪を防いだ。

しかし防戦するのが精いっぱいで、岩場に足を取られたちまち転倒した。倒れた足元の岩を鉄毬は粉々に砕いていった。たてつづけに鉄毬が義近を襲い、情け容赦なく膝や足首そして首元を切り裂いた。

「小僧、弱きことを悔やむがいい。忍びの世界は力こそが正義よ。今度生まれ変わったら、もっと強く生まれてくることだね」

（くそ、もう駄目かもしれねぇ。この箱を守り切れずに死んじまうのか。もっと強くなりたかったなぁ。源じい、どうすりゃいいんだ……）

諦《あきら》めに支配されつつあるなか、源三郎からの最後の言葉を思い出した。

『万一、敵に追い詰められたら、背中の箱を盾《たて》にしろ』

（箱を盾にしろ？　どういうことだ？）

亜摩利は両手の鉄毬を同時に投げてきた。岩をも砕く鉄毬を二つ同時に受ければ生身の人間はひとたまりもない。義近の息の根を止めるつもりだ。間違いなく義近は、死ぬ。

（ええい、もうどうにでもなれ！）

義近はくるりと後ろを向き箱を盾にした。まるで亀のように丸くなった。

ガコン！

大きな鈍い音がした。義近は恐る恐る振り返った。

すると地面には、蛇のようにうずくまっている鉄毬と鎖の塊《かたま》りが転がっていた。

（何が起こった？　いったい全体どうしたんだ？）

箱には傷ひとつ付いておらず、亜摩利の驚きの顔だけが飛び込んできた。義近には何が起こったのか理解できなかった。

「な、なんじゃ！　鉄毬が弾かれた？　嘘だろ！　見えなかった……どうしたというのだ！」

亜摩利は信じられないといった表情で、鉄毬と鎖を引き寄せた。もう一度両手で鉄毬を振り回し、今以上の速度で投げつけてきた。義近はふたたび箱を背にして丸くなった。

ガシッ、ドンッ！

今度は金属音の後、鈍い音があたりに響いた。

亜摩利を見ると跳ね返った鉄毬が、なんと彼女の肩に突き刺さっていた。亜摩利は突然の反撃に虚を突かれ、俯《うつむ》いたまま動きが止まっている。

（えっ！　何をしたというんだ。おいらは何もしてねぇぞ！）

義近は何が何だかわからなかった。

しかし敵の動きが止まったことだけはたしかだった。好機であることに変わりはなかった。

とにかく痛む全身を奮い起こし立ち上がった。今は逃げるしかない。義近は坂本の町の方角を目指し、足を引きずりながら走り出した。

岩場の道からふたたび木々の生い茂る古道となり、一直線に続いていた。木漏れ日が目まぐるしく義近の顔を照らし、視線を遮るかのように被《かぶ》さった。

強烈に脇腹の傷が痛む。片手で脇腹を押さえつけ、調息《ちょうそく》という忍びが使う特殊な呼吸法で走り続けた。この呼吸法は体力の消耗を極限まで減らす方法で、腹式丹田を用いた呼吸法である。

ようやく目の前が明るくなり、道が開けてきた。

（やった、ついに町の入り口道にたどり着いたか！）

義近が安堵《あんど》したのもつかの間、その光景に思わず胴震《どうぶる》いした。

――道が、ない
目の前は崖《がけ》で、はるか下には川が流れている。

まさに奈落の底といってもいいほどの高さであり、ここから落ちたらひとたまりもない。

底が靄《もや》で霞《かす》んでいる。

（なんてぇことだ、あまりに夢中で走ってきたから道を間違えたのか……）

義近は、へなへなと腰を落とした。

それまで我慢していた傷の痛みが急に全身を襲いだした。草鞋《わらじ》は片方が脱げ、足の裏が血まみれになっている。応急的に止血した脇腹からの出血がひどい。

絶望の淵に打ちひしがれているとき、背後から人の足音と話し声が聞こえてきた。後を追いかけてきた、亜摩利と蘇摩利だった。

「小僧、ずいぶんとやってくれたわね。ただじゃすまないよ！」

亜摩利が肩の傷を押さえながら苦々しく吐き捨てた。

「あたいも道連れになるところだったわ。下っ端の連中は何をするかわからないね。焙烙玉で己も吹っ飛ばすとは野蛮だね——」

蘇摩利は自慢の脚力で焙烙玉の爆破寸前に逃げていた。

彼女らは義近の血の跡を目印に追いかけてきたらしく、まさに手負いの獲物を狩る猛々しい獣のようであった。

「姉貴、気をつけな。この小僧、背中の箱を使って仙術《せんじゅつ》を使うよ」

亜摩利は義近の反撃を食らい、その攻撃方法の盲点を突こうとしていた。

先ほどの戦いの反省から一方向からの攻撃ではなく、挟《はさ》み撃《う》ちの態勢を敷くよう蘇摩利に耳打ちした。さすが姉よりも知略が上の妹だけあり緻密である。

（うっ、挟み撃ちするつもりか？　もう万事休すか……）

前門の虎、後門の狼である。

さすがに義近も手負いのうえ、二方向からの攻撃にはなす術《すべ》がない。

気力をふりしぼり、立ち上がるのが精いっぱいだった。右手方向に亜摩利が、左手方向から蘇摩利が背後を狙い回り始めた。背後を取られれば、亀の子作戦も通用しない。

義近はじりじりと後ずさりをした。すぐ後ろは、奈落の底である。しかしこのまま戦っても勝ち目はない。待っているのは死あるのみだ。どうする――

義近はその時、源三郎の最後の姿を思い出した。

源三郎は、最後の最後まで蓮華衆の意地を見せた。意地を見せつけて、決して敵に屈せず自らの命を散らした。そうだ、最後に勝ったのは源三郎だ。

（よし！　おいらもこいつらには絶対に屈しないぞ！）

「おい、おまえらよく聞け！　勝ったのは源じいだ！　おまえらのような悪党には絶対に屈しないぞ。いつかおまえらをこてんぱんに叩きのめす強い忍びを連れてくるからな、逃げねえで待ってろよ！」

義近はそう言って天を仰ぎ、大きく息を吸った。

（源じい、おいらも忍びのはしくれだ。蓮華衆の誇りだけは捨てはしないぜ。源じいに負けない意地を見せつけてやるよ）

義近は二人をキッと睨《にら》みつけ、そのまま後ろに倒れ込むように崖から飛び降りた。

まるで川底に吸い込まれるように、真っ逆さまに落ちていった。

「ああ、小僧！　なんてことを！」

蘇摩利が崖の淵まで駆け寄り、川底を覗き込んだ。

「まさか飛び込むとは……。小僧にしてはいい度胸をしている。しかし、命はあるまいな。姉貴、あの箱も木端微塵《こっぱみじん》だな」

「この高さからでは助かるまい。箱の中身は何だったのかわからぬが、粉々になってしまってはもはや無《な》いも等しいだろう」

くノ一姉妹はあっさりと追跡を諦め踵《きびす》を返し、もと来た道に戻った。終わったことには振り返らず、無駄な仕事はしない錆鴉組らしい合理的な一面でもあった。

義近は真っ逆さまに落ちていくとき、意識が薄れていくのを感じた。頭の中が霞《かすみ》のようなもので覆われていくのがわかった。そのとき耳元で響く〝言葉〟を聞いた。

その言葉の主《ぬし》は平らかで穏《おだ》やかで、荘厳ですらあった。

〈おぬしの義、しかと見届けたぞ。われの魂に深く刻みつけようぞ〉

心に染み入る深い言葉だった。

しかし義近はその言葉の内容をよく理解できなかった。まだ十一歳だからでもあるが、それでも波動のように伝わってきたのは、ただただ深く、ただただ温かい音色、とてつもなく大きなものにつつまれている感覚……。

そしてそのまま、意識が消えていった。

第二章　北斗七星舎《ほくとしちせいしゃ》

どれくらいの時が経《た》ったであろうか。

ぐつぐつと鍋で煮物が煮える音と、炭火が爆《は》ぜる音で目を覚ました。

義近はぼんやりと目を開け、天井を見つめていた。煤《すす》けた天井は木の枝で編んだ粗末なもので、壁も戸板を無造作に貼り合わせてある。床には無数の薪や木材が積まれており、窓から入る朝陽に照らされ木の皮が白く映えている。まるで炭置き小屋のような佇《たたず》まいである。台の上には木を切る大斧や小斧がずらりと並んでいた。

(ここは……、おいらの家か？　いや違うな)

囲炉裏《いろり》の向こうに視線を移すと、一人の男が草鞋《わらじ》を編んでいた。

男は髭面《ひげづら》で、肩まである髪を後ろで束《たば》ねている。野良着のようなものを身につけてはいるが、赤銅色《しゃくどういろ》の顔は端正な目鼻立ちをしており、一見無造作にみえるが精悍《せいかん》な風貌を醸し出していた。すると男が気づいたのか、義近に視線を向けた。

「よかった、やっと目が覚めたか。それにしてもひどい傷だったな。応急の手当はしてあるが、無理に動くと傷口が開くぞ」

義近は脇腹や肩に手を置き、身体中に白布が巻かれていることに気づいた。止血が施されてあり、幸い骨が折れている様子はなかった。しかしあちこちがじんじん痛む。治るとき傷口に熱を持つのだ。

脇腹の痛みとともに、忘れていた記憶がぐるぐると急回転で蘇ってきた。

（そうだった！　おいら達は敵に襲われ、瀕死の瀬戸際で逃げてきたんだ！　源じいも死んじまった……。そんで、あの川底に落っこちてから記憶がねぇ。きっとこの人が助けてくれたのか）

「あんた、おいらを助けてくれたのか？」

男は草鞋を編みながら一瞥《いちべつ》して言った。

「助けるも何も、裏の川辺に土座衛門のように浮いてたんだ。ひどい傷を負っていたからもう死んでいるのかと思ったさ」

話すのが億劫なのか、口下手なのか、ぶっきらぼうな感じだが、決して悪意があるような感じはしない。これがこの男の性分なのだろう。

「そうか、ありがとう。おいさんは、一人なのか？」

「ああ、見ての通りの杣人《そまびと》で、おれ一人だ」

「おいらは義近っていうんだ。山伏の修行をみんなとやってたんだけども、おいら一人になっちまって……」

義近はそこまで言って、言葉が詰まった。それ以上話すと涙がこぼれてきそうになったからだ。源じいや仲間の顔が急に脳裏によぎった。その様子をみて、髭面の男は察したのか言葉を遮《さえぎ》ってぽつりと言った。

「おれは又五郎《またごろう》。生きてりゃ、いろんなことがある。まず目の前にあることを考えて生きていくしかねえぞ」

ふと見ると壁に、義近の着ていた鈴懸《すずかけ》や白袴《はかま》と結袈裟が掛けられていた。どれもくノ一の攻撃を受けてぼろぼろに裂けていたが、ところどころ綺麗に縫い合わせてある。助けてくれた又五郎が直してくれたのだろう。

「おいさん、衣まで直してくれたのか、本当にすまねえ」

「ああ、この修繕はおれじゃねえ。お球磨《くま》ばあさんが直してくれたんだ」

とその時、義近はとてつもない大事なものを忘れていることに気がついた。

――箱が、ない
命に代えてまで護《まも》った、あの背中に背負っていた箱がない。

周りを見渡したが、粗末な炭置き小屋にはどこにもありそうになかった。顔が真っ青になった。

「おいさん！　箱はなかったかい！　細長い箱、箱！」

義近は、がばぁと起き上がった。

「箱？　あの細長い箱か？　箱はここにはない」

「え！　ここには、ない？　じゃ、どこにある？」

「こんなあばら家には似つかわしくねえんで、お球磨ばあさんの家に預けてある」

「お球磨ばあさん家は、こっから遠いのか？」

「だいたい四町《ちょう》（四百三十メートル）程だが、そんなに大事なものか？」

「ああ、命よりも大事だ。すぐにでも取りに行きてえ」

「それなら明日、おれはお球磨ばあさんに薪や藁を届けるんで、ついでに取りに行ってやるぞ。おまえはその身体では無理だ。安静にして寝てろ」

　大事な箱がとりあえず無事であるということがわかり、義近は安堵した。もちろん中身も無事であることを祈った。

「とにかく早く傷を治すことが大事だ。まず腹いっぱいに食わないと治らねえぞ。この山の滋養豊富な汁をたらふく食え」

　山でとれたての茸《きのこ》や山芋、山菜が入った具だくさんの鍋であった。義近は久しぶりに腹いっぱいになるほど平らげた。

翌朝、朝もやが森を覆っていた。

鳥の囀《さえず》りが心地よく、青々とした木々の匂いが炭置き小屋の中まで漂ってきた。

義近は眠たい目をこすり、あくびをした。温《ぬく》い布団から顔だけ出して戸口を見やると、もう又五郎が身支度を整えて立っていた。

「起きたか。それじゃおれはお球磨ばあさんの家に行ってくる」

又五郎は一瞥すると、薪と藁を携えて森の中に消えていった。義近は寝ぼけ眼《まなこ》でぼんやりとその後ろ姿を見やった。肝心の箱のことを言う間もなかった。

（まあ、あのおいさんを信じてみるか――）

義近はまた温い布団に顔をうずめた。

森は緑深かった。

杉木立は幾重にも重なり、朝だというのに陽ざしがあまり届かないほど鬱蒼としていた。苔むした石の段を越えていくと、一本道の先にぽつんと茅葺《かやぶき》屋根の一軒家が見えた。煙突から煙が立ち上《のぼ》り煮物の匂いが漂ってきた。お球磨ばあさんの家である。

木造ではあるが、かなり年季の入った建屋で小屋といっても差し支えないような質素な造りである。軒先には山菜などがぶら下がっており、露に濡れしっとりとして朝日に光っていた。

　粗末な戸板を叩くと老婆が顔を出した。

「おや、又さん、今日はえらい早いね。でもちょうどよかったよ、薪が切れたところでね」

かなりの高齢だが、その皺に刻まれた笑顔から温厚さが伝わってきた。

「お球磨ばあさん、朝早くからすまない。薪と藁は少し多めに持ってきたぜ。これだけあればしばらくは足りると思うんだが」

　又五郎は肩から薪と藁を下した。

「それでようやく、あの坊主が目を覚ましたんだ。傷は少しずつだが治ってきてるようで。昨日は山鍋をたらふく平らげたぜ」

「おや、そうかい。そりゃまんず良かったねえ。あんたの看病が良かったんだね。まんず、良かったあ」

　お球磨ばあさんは手を叩いて喜んだ。

　いつも左手に付けている、木彫りで出来た数珠のような飾りがシャンシャンと音を立てた。木彫りは鯱《しゃち》のような形状で、精巧な細工を施してある。これは亡き夫の形見であり、腕のいい杣人職人の最後の仕事でもあったようである。お球磨ばあさんの夫は名の知れた杣人で、又五郎たち地元の杣人で知らない者はいなかった。

「しかし本当に不思議だね。又さんも川で生き倒れていたんだからさあ。おらが見つけたときは虫の息だったわね。この童《わらし》っ子とおんなじだわさ。なんかご縁を感じるのはおらだけかなあ」

そう言いながらお球磨ばあさんは漬物や山菜の束を朴草《ほうそう》で巻き、又五郎に無造作に手渡した。

「ところで、あの坊主といっしょに転がっていた箱はあるかい？」

「ああ、あの細長い箱かい？　たしか仏間の前にあったたっけな。ちょっと待っておくれ」

しばらくして、お球磨ばあさんが怪訝《けげん》な顔で箱を持って出てきた。箱を下から覗いたり、横から透かしてみたりしている。

「この箱、おまえさんから預かった時はたしか白い箱だったと思うんだけどさあ。しばらく仏間の前に置いておいたら、黒い箱になっちまってんだ。こりゃどういうことだべ」

水分を含んでいた箱が乾燥し、黒い色に変色したとは思えない。たしかに又五郎が見つけたとき、箱は白かった。それがまるで焦げたかのように黒くなっている。まるで中身のものが発火して、熱を帯びているかのように。

そして又五郎が箱を手にしたとき、その双眸《そうぼう》が光った——

（これは……！）

お球磨ばあさんに丁重に礼をいうと又五郎は箱を背負い、もと来た道を歩き始めた。

しばらく一町程歩くと、前方から声がする。子どもの声だ。

「おーーい、又五郎さん。箱は無事だったかーーい」

義近が待っていられずに又五郎を迎えに来ていたようだ。一目散にこちらに駆けてきていた。又五郎はやれやれという顔で苦笑した。

そのとき又五郎の後ろから、生温《なまあたた》かい風とさわさわと木の葉が擦《こす》れる音が聞こえた。

又五郎の表情が変わった。

「坊主、動くんじゃねぇ！　そこで止まれ！」

又五郎が大声を上げた瞬間、義近の足元に、ビュッ、ビュッと鉄の矢が飛んできて地面に突き刺さった。目にも止まらぬ鉄矢は瞬時に四本も突き刺さっていた。

「ちっ、外しちまった。勘のいい男だね。まあいい、箱が見つかったんだからな」

背後の樹上に深緋色の脛巾が目に入った。くノ一・蘇摩利が弩をこちらに向けて立っていた。

義近は思わず『あっ！』と声を上げた。あれだけ苦しめられた強敵のくノ一が、また眼前に現れたことに衝撃と恐怖を覚えた。

（こいつら追ってきてたんだ！　どうする。又五郎さんは杣人で腰に小斧しか持ってねえ。しかもおいらはいま丸腰で武器は何も持ってやしねえぞ。どうやって闘う？）

「小僧よく生きてたな、運の強い奴だ。しかし本当に手の焼ける小童《こわっぱ》たちだね。箱の在り処《ありか》さえ言えばいいものを、あのババア歯向《はむ》かってきたんで踏んづけたら死んじまいやがった」

蘇摩利は右手に持っている木彫りの数珠を、ぐるぐると振り回していた。お球磨ばあさんの夫の形見だ。

又五郎は蘇摩利を睨《にら》みつけた。罪のないお球磨ばあさんを虫けらのように屠《ほふ》るとは許せない。強く拳を握りしめた。

すると義近の背後の樹上から、けたたましく女の声が割り込んできた。

「なんだこの小僧まだ生きていたのか！　雑草はたくましいのう。まあ後でゆっくり料理してやるわ。箱を回収したら、待ってろよ小僧！」

亜摩利は義近につけられた頬の傷を、苦々しく手で覆った。

又五郎は義近に指をさして叫んだ。

「おまえは逃げろ！　いいか、町まで決して止まらずに逃げるんだ！　行けっ！」

言うのと同時に又五郎は、義近とは逆の方角へ走り出した。

——速い

まるで木々の合い間の道を知り尽くしているかのように、蛇のようにすり抜けていく。蘇摩利は又五郎の予想外の機敏な動きに一瞬気後れしたが、すぐに後を追った。亜摩利も又五郎を挟むように距離を取りながら木から木へ飛び移った。

森の獣道《けものみち》ではあるが、人が通れるような整備された道ではない。

しかも木の根や瘤があり、常人ならば歩むことすらままならない森の中を、杣人の又五郎は駆け抜けていく。蘇摩利もさすがに地面ではなく、木から木へ飛び移って追うことを余儀なくされた。

深い緑の中、まるで鬼ごっこのような追いかけっこは延々と続いた。しかし杣人相手にノ一の二人はまったく追いつけない。

「ちっ、なんて速さだ。杣人はこんなに足が速いのか？　あたいら忍びと同じぐらいに速いわけがない。やっぱりこいつ杣人ではないな！」

又五郎は木の陰に身を隠した。蘇摩利は息を切らしながら樹上から見下ろした。

「上の者から聞いたぞ。おまえはあの伝説の忍び、軒猿毘沙門衆のながれ星冬星《とうせい》か！」

亜摩利もようやく反対側の樹上に追いついた。

「おい亜摩利、油断するな！　こ奴は毘沙門衆のながれ星冬星だ！」

「えっ？　あの伝説の毘沙門衆の冬星なのか！　本物か？　しかしあの伝説の忍びにしては、

さっきから走り回ってばかりで何も術らしい術など出してないぞ。冬星は空中に浮かぶ忍術をも使えたと聞いているが……」

亜摩利は訝《いぶか》しげに又五郎を見た。

「やはり噂は本当だったか。実はもう冬星は忍術、幻道波術を使えないという噂じゃ」

「それは本当か。そういえば、太刀《たち》も持ってないしな。見ろ丸腰だ」

蘇摩利はニヤッと笑い、自慢の弩を高々とかかげた。

「あたいらは運がいいぞ。羽をもがれた名高い鷹を、労せずして手に入れることが出来るのだからな。伝説の忍びの首級があればたっぷり褒美がもらえるぞ」

又五郎はくノ一の隙を見て、さらに森の奥へ突っ走った。

しかし走った先は、清流が滝となって流れる岩場に囲まれた岩窟で、行き止まりとなっていた。すかさず蘇摩利がここぞとばかりに追い詰め、亜摩利もつづいた。

「おや、行き止まりだね。伝説の忍びといえども落ちぶれたもんだね。あたいらは伝説のながれ星冬星を斃《たお》したくノ一として、これから一世風靡《ふうび》させてもらうよ。観念しな」

蘇摩利が左手の弩を向けたとき、どこからかヒュンヒュンと微《かす》かな音がした。風の音なのか鳥の囀《さえず》りなのか、滝の音にかき消され、くノ一には聞こえなかった。

次の瞬間、

――バチンッ！

大きな衝撃音が鳴り響いた。

同時に「ぎゃあああ！」という叫び声が、あたり一面に木霊《こだま》した。

なんと蘇摩利の左耳が吹き飛び、鮮血が噴き出していた。

首の頸動脈も截断《せつだん》されたのか赤黒い血が滴《したた》り落ちている。そして、ドンッと下に何かが落ちてきた
――小斧
であった。

又五郎が投げ放った小斧は弧を描き、風下から蘇摩利の首筋を正確にとらえた。滝の音がする岩場に誘い込んだのも、小斧の気配を悟られないための又五郎の冷徹な謀《たばか》りだった。

蘇摩利はくずおれるように高い樹上から落ち、地面に叩きつけられた。

「姉貴！　嘘だろ」

亜摩利は髪をかきむしり動転した。その間に、又五郎は踵を返して走り出した。

「くそ、逃がさんぞ！」

亜摩利は烈火のごとく怒りをあらわにし、追いかけてきた。

武器はいつもの鉄毬ではなく、碁盤の碁石のような黒い玉を握っていた。

木から木へ、ものすごい速さで飛び移り、又五郎の行く手を阻むように樹上から黒い玉を投げてきた。

黒い玉は放ると、空中で四方八方《しほうはっぽう》に散弾して爆裂した。

その威力は大きく木の枝ごと吹き飛ばす火薬が仕込まれていた。しかもその爆裂する範囲も広く、六間（十メートル）四方にまで殺傷能力が及ぶものであった。

「どうだ、〝鼠籠包《そろんぽう》〟の威力を見ろ！　逃げられまいぞ」

木の上から雨霰のように下に向かって投げられたのでは堪《たま》らない。又五郎でさえも前に進めなくなった。しかもここから先の道は、ほとんど枝振りの無い細い幹だけの杉木立の道で、隠れる場所がほとんどない。

「もう袋の鼠だな、冬星！　姉貴の仇《かたき》だ！」

亜摩利はものすごい数の鼠籠包を打ち投げてきた。無数の玉が地面に弾けると、轟音のような爆裂音が鳴り、あたり一面が土煙と硝煙の臭いに包まれた。

又五郎は咄嗟に細い木の幹に身を隠したが、跳ね返ってきた多量の爆薬玉の欠片《かけら》がいくつか身体にめり込んだ。

「ぐうっ」

又五郎が苦痛に顔をゆがめ、膝をついた。

亜摩利は止《とど》めを刺そうと、さらに懐から先ほどの倍ほどの鼠籠包を握り、下に向かって投げてきた。

「これで最後だ！」

そのとき、下から巻き上がるような強い風が立ち昇った。

ゴワーー
突風だった。

投げつけた無数の鼠籠包は風に巻き上げられ、逆流して亜摩利に向かって吹きつけられた。

鼠籠包は樹上の亜摩利の周りで一斉に爆裂した。

「ぐぇぇっ！」

爆裂玉は亜摩利を取り囲むようにして爆《は》ぜ、鮮血と旋風が渦巻いた。

凄《すさ》まじい煙に巻かれ、亜摩利は血だるまになって樹上から落下していった。

直後また突風が吹き、今度は真横からの激しい風に煽られ、亜摩利は八間（十四メートル程）先まで吹き飛ばされた。まるでコマのように勢いよく大木に叩きつけられた。

風は嘘のようにぴたりとやみ、何事もなかったかのようにおさまった。

「おーい、冬星！　大丈夫かーー」

遠くで男の声がした。それは又五郎にはとても懐かしい声であった。森の奥から錆浅黄色《さびあさぎいろ》の筒袖《つつそで》を着た、すらりとした男が走ってきた。

「久しぶりだな冬星、何年ぶりや。捜したでぇ」

「銀《ぎん》、おまえだったのか、助けてくれたのは」

先ほどの突風は、軒猿毘沙門衆『鼬風《いたちかぜ》の銀』の幻道波術、『裂葉風《れつようふう》』であった。

「よくここがわかったな」

「あの坊さんたちのお導きってやつだ。しかしもう二年ぶりか、おまえも髭面《ひげづら》のおっさんになったんやな」

銀とともに、首から輪袈裟《わげさ》を掛けた修行僧らしき二人の僧侶が随行してきた。その陰に大きな巨体が揺れた。同じ軒猿毘沙門衆の不動《ふどう》も一緒である。

「ところで、こんな三下連中相手におまえらしくもない。いつもの幻道波術でこてんぱんに熨《の》しちまえば簡単やないか」

又五郎、いや冬星の顔が曇った。

後ろから体格の良い僧侶がグイと錫杖を押して前に出てきた。齢四十過ぎであろうか。

「これは冬星殿、お初にお目にかかる。わしは北斗七星舎《ほくとしちせいしゃ》の者で、表向きには公界僧《くかいそう》として娑婆《しゃば》を行脚している如法界堂心《にょほうかいどうしん》じゃ。おぬしら軒猿毘沙門衆の秘術はわしらの真言密教秘術がもとじゃ。とにかく箱を無事に届けていただき礼を申す」

その隣に、小柄で痩せた僧侶も立っていた。白いあご髭が目に入った。

「こちらは文殊院孝明《もんじゅいんこうめい》と申し、わしと同じく北斗七星舎の者。おぬしらのように幻道波術は使えぬが、『結界《けっかい》』を張る結界師でもある」

「結界？」

「左様《さよう》、結界でござる。結界とは、聖なる領域とそうでない領域を区切るもの、一線を引き区切るものでござる。主に行っているものが封印呪《ふういんじゅ》じゃ、封印呪は邪気を区切って封印し、閉じ込めるもの。結界の修法《しゅほう》も真言密教系、陰陽師《おんみょうじ》系、修験系と様々ある」

孝明は口数少ないようで、黙ったままあご髭を撫でていた。

冬星は初めて北斗七星舎と名乗る者に会い、運命的なものを感じた。自身の古巣であった軒猿毘沙門衆の秘密の鍵を握っていることを、即座に感じ取った。

「冬星殿、わしら北斗七星舎はおぬしを必要としておる。本日はおぬしをお迎えに参ったのじゃ。これからとてつもない戦いが始まるゆえ、是非とも力をお貸しいただきたい」

堂心が大きな体をかがめ、深々と頭を下げた。

離れた場所からこの光景を覗き見る小さい影があった。義近である。

義近は唖然としていた。又五郎に町まで逃げろと言われたが、気になって引き返してきたのである。軒猿毘沙門衆の強烈な幻道波術を目の当たりにし、小さな胸は高鳴っていた。

（なんという術だ、なんという忍びなんだ！）

視線に気づいた堂心は、腹の底から出るような大声で叫んだ。

「おーーい、童《わらし》っこ！　そこに隠れていないでこっちに来い。礼を申すぞーー」

義近は、びくっとして背筋が伸びた。一行の視線がこちらに向けられている。覗き見を叱られるのではないかと心配したが、まったくその気配はないようである。義近は恐る恐る前に出てきた。

堂心が義近の頭を撫でながら目を細めた。

「童っこ、おまえは蓮華衆の者だな。よくこの務めを果たしてくれた。箱は無事に受け取ったぞ。わしから礼を言う。褒美は後ほど届けさせる、ご苦労だった。さあ、もう家へ帰っていいぞ」

義近はぽかんとして呆気に取られていた。

まさかこの坊さんたちが、箱の受け取り人だったとは意外だった。坂本の寺へ届けることしか聞いていなかったからだ。もう何が何だかわからなくなっていた。ただ、目の前で見た軒猿毘沙門衆の術が衝撃的で、頭がいっぱいだった。

「おいら、おいら、死に物狂いでこの箱を守った。源じいの約束を守った。だども源じいは死んじまった……。おいらは一人になっちまった。家に帰っても誰もいねぇ」

「なに、篠の源三郎は亡くなったのか！　なんとも惜しい男を失ったものだ……。わしも若かりしとき、源三郎から生き方の要諦を学ばせてもらったものじゃ」

堂心は丸めた頭をさすりながら、悔やむように吐き捨てた。

「だからおいらは家には帰らねぇ。ところで、おいさんたちは強い忍びなんだろう？　軒猿なんとかっていう。ほんと、さっきの技すごかったぜ！」

「そうか、坊主は見とったんか。わいよりも、こいつは伝説の忍びでもっとすごい奴なんやでえ。ながれ星冬星っちゅう伝説の忍びや！」

銀は少し茶化《ちゃか》すように、冬星を指さして言った。

「ながれ星冬星……？　そういえば源じいから聞いたことがあるぞ。すごい刀を持っていて、空も飛べる最強の忍びっていう話。まるで御伽噺《おとぎばなし》かと思ったけど本当にいたのか？」

義近は信じられないという風にまじまじと冬星を見た。さっきまで山小屋にいた杣人の又五郎だとばかり思っていた男が、伝説の忍びだったとはキツネにつままれた感じがした。

「なあ、おいらもおいさんたちみたいに強い忍びになりてぇ！　どうかおいらにも教えてくれないか、強くなる術を、頼む！」

「はあ？　今から弟子になりたいって言われてもなあ。そいつはなかなか難しい話やで。もう新入りは取らないと思うでえ」

銀は困惑した顔で冬星に視線を向けた。冬星は目を伏せたまま何も語らなかった。

結局、義近の身は北斗七星舎の預りとなり、冬星ら一行と行動をともにすることとなった。

堂心が箱を背負い先頭に立ち、冬星、銀、不動、孝明そして年若な義近が後につづき、一路、坂本へ歩を進めた。

——坂本
坂本は、比叡山延暦寺と日吉大社の門前町として古くから栄えた町である。

日吉大社参道の両側に、比叡山を隠居した老僧が住む里坊が並び、穴太衆《あのうしゅう》積みの石垣と白壁が独特の風情を醸している。かつて安土桃山時代に明智光秀が坂本城を築城したが、本能寺の変と山﨑の戦いの後、跡形もなく城の姿は消え去っている——

冬星一行は、日吉馬場の通りに出た。

日吉馬場からは琵琶湖が望めた。さわやかな風が吹き、一行の頬をかすめた。しばらく歩くと両側に石積みの城塞が続く。足元の堀には清水が静かに流れている。

さらに歩を進めると目前に、朱塗りの日吉大社の山王鳥居が現れた。

この山王鳥居は特異な形状で、鳥居の上に寺院を象徴する屋根形が載っている。これは合掌鳥居とも呼ばれ、神仏習合《しんぶつしゅうごう》の特質を色濃く残している。神社の中に神宮寺が同居するような形である。神仏習合では、天照大神が大日如来の別の姿であるというような解釈をするところもある。

一行は、日吉大社の西本宮本殿を参詣した。

日吉大社は比叡山延暦寺の護法神であり、京の都の鬼門を護り続けてきた古社でもある。本殿は日吉造りで、朱塗りの西本宮楼門の四隅には神の使いとされる『神猿《まさる》』が設《しつら》えてある。

本殿を囲む木々の間から、やわらかな西陽が差し込んできた。

本殿を後にして、しばらく歩くと大小の寺院が多数点在している石畳路地に出た。堂心が先頭に立ち道案内をした。ほどなく行くと竹林に囲まれた道の先を指さした。通りの道沿いから少し離れた場所に、古びた寺の本堂が目に入った。

「冬星殿、皆の者ご苦労であった。やっと着いたでござる。われら仲間の寺じゃ」

もう暮れ六つ時（午後六時）近くになっており日が傾いてきていた。堂心と孝明は勝手知った我が家のように、すたすたと仁王門をくぐり参道《さんどう》から本堂に上がっていった。冬星や銀たちもつづいて本堂へ上がった。

仄暗《ほのぐら》い本堂内から蝋燭《ろうそく》の灯りが洩《も》れていた。

密教系寺院らしく、内陣と外陣《げじん》に区切られた本堂内の天井からは金縁の天蓋《てんがい》が吊るされている。庫裡《くり》の方からどたどたと足音が聞こえ、作務衣を着た小太りの好々爺《こうこうや》が出てきた。坊主頭でおそらくこの寺の住職と思われた。終始笑顔で出迎えてくれ、奥の座敷に一行を案内してくれた。

座敷からは枯山水の庭が眺められ、奥の竹林が借景となり優美なコントラストを醸《かも》していた。夕日に照らされ、庭石も朱色に染まっていた。

「冬星殿、本当に急な願い出を引き受けていただき、あらためて感謝を申す。ことは急を要するため、このような無礼をご容赦いただきたい」

堂心はちらりと孝明に視線を向けると、頷《うなず》いて話し始めた。

「もうここまで来れば敵も追っては来まい。念のため孝明がこの領域内に強力な結界を張っておるので、敵の忍びに洩れ聞かれることはない」

堂心は言い終わらないうちに身を乗り出して囁《ささや》いた。そして義近が命懸けで死守したあの細長い桐の箱を両手に持ち、丁重に拝んでゆっくりと床におろした。

紐を外し、ふたを開けるとそこにはまばゆいばかりの銀色の拵《こしら》えを纏《まと》った立派な太刀《たち》一振《ひとふ》りが納められていた。冬星は目を瞠《みは》った。

――『無双光天 龍 長光《むそうこうてんりゅうながみつ》』が、そこにあった。

軒猿毘沙門衆ながれ星冬星とともに、幾多の激闘を制してきた無二の友でもある。まさに冬星とは切っても切れない、いわば一心同体、いや一刀同体というべきか運命《さだめ》ともいうべき関係である。この豪壮な太刀は、冬星でしかあつかうことが出来ない代物《しろもの》である。

数年前の強敵との一戦を最後に、離れ離れになっていた。しかし今、こうして引き寄せられるかのように再会したことは、大きな運命のうねりに新たな変化をもたらすことを告げていた。

冬星は柄《つか》を握り鯉口を切り、ゆっくりと抜刀《ばっとう》した。鈍く光る刀身が姿をあらわし、地金と刃文《はもん》が浮き立った。天鉄刀特有の、星々が煌《きら》めくような黒い地肌が目に飛び込んでくる。まさに夜空の星々を凝縮したかのような艶《あで》やかさであった。

久しぶりの対面に、まるで懐かしい恩人にでも再会したような感覚であった。

義近も、自分が守ってきた箱の中身が伝説の忍びの刀であったということに、驚きと喜びを隠しきれないでいた。堂心は、義近と冬星を交互に見ながら微笑んだ。

「義近、よくやったぞ。おまえは大役を見事に果たした。冬星さんの長光を守りきった。これからの戦いになくてはならないものぞ。これで敵と対等に戦える」

「義近、おれからも礼を言うぜ。おまえさんが命をかけて守ってくれたことに」

義近は照れ笑いをして、握りこぶしを突き上げ喜びを爆発させた。

冬星は無双光天龍長光を腰に差した。堂心はふたたび、神妙な顔つきに戻った。

「それではこれから申すことは、われらの秘事中の秘事でござる。われら北斗七星舎にかかわること、そしてあのお方にかかわることは他言無用にしてもらいたい」

堂心のただならぬ物言いに、冬星はじめ銀と不動、そして義近はごくりと唾を飲み込んだ。これから話される内容が、尋常ならざるものであることが伝わってきたのである。

障子には西日に照らされた竹林の陰影がさわさわと揺れていた。徐々に夜の帳《とばり》が下りはじめ、山の向こうに陽は沈み少し肌寒くなってきた。堂心は湯茶をぐいと飲み干すと、ゆっくりと語りはじめた。

「まず、われら北斗《ほくと》七星舎《しちせいしゃ》の成り立ちをお話し申そう。

かつて摂津《せっつ》の国にて、真言宗の開祖である空海・弘法大師が秘儀修法を奉じると、天上より星が飛来し落ちてきた。その星は七曜の星、北斗の七星であったという。そしてその磐座《いわくら》をお祀りしたのが現在《いま》の『星山大神宮《ほしやまだいじんぐう》』じゃ」

――星山大神宮

嵯峨《さが》天皇の平安時代（弘仁年間）、弘法大師が佛眼佛母尊の秘儀を唱えると、天上から七曜の星、北斗の七星が天上から降ってきた。それがこの星山大神宮の場所である。隕石落下の衝撃により、山が半分崩落したともいわれている。

弘法大師は、室戸岬で難行苦行といわれる虚空蔵求聞持聡明法《こくうぞうぐもんじそうめいほう》を会得《えとく》した。この法は不眠、不休で百万回真言を唱え続けるという荒行であり、成満した暁には潜在意識の本体である阿《あ》頼耶識《らやしき》を自在に操ることができるといわれている。弘法大師は室戸岬の御厨洞窟内で結跏趺《けっかふ》坐《ざ》し続けたある日の明け方、口の中に〝明星〟が飛び込んできた。これは宇宙に遍満《へんまん》する無数の星々であり、虚空蔵菩薩《ぼさつ》の化身であったという。その時、眼下の海や空、周りにある一切合切のすべてのものが一つに体感し、悟りを得た。この日から自身の名を『空海』と称した。

虚空蔵菩薩と一体となることで、無限の智慧と仏眼が開かれた。

弘法大師はこの仏眼を持つことにより、〝五眼《ごがん》〟の徳を持った佛眼佛母尊を信仰《しんこう》した。この五眼とは『肉眼、天眼、慧眼《けいがん》、法眼、佛眼』のことで、肉眼は近くを見て遠くを見ず、前を見て後ろを見ず、上を見て下を見ない。天眼とは前後、上下、遠近は見るが物の実相（真実）は見ない。慧眼は真実を見抜き、智恵を得ているがその智恵が自分一人の内だけにとどまっている。法眼は自分や人々のそれぞれの立場において何をすれば良いかを見ている。佛眼は万物の普遍性に通じている。肉眼だけや、天眼や佛眼だけでも物事の真実は見ることはできない。五眼をもってはじめて物の真実を見極めることができる。

この〝優れた目をもつ〟ということは、妙見《みょうけん》菩薩の『妙見信仰《しんこう》』という。妙見信仰では北《ほく》辰星《しんせい》（北極星）と北斗七星を信仰する。星の中でも北辰星が天体の不動の中心であり、宇宙の根源として崇《あが》められてきた。そしてその北辰星を補佐し守り、万物に恵みと気づきを与える役目が、〝北斗七星〟なのである。

北斗七星は、貪狼星《とんろうしょう》、巨門星《こもんじょう》、禄存星《ろくぞんじょう》、文曲星《もんこくじょう》、廉貞星《れんじょうじょう》、武曲星《むこくじょう》、破軍星《はぐんせい》で構成されている。それぞれの星に役目や能力に違いがあり、また運命《さだめ》も異なる。弘法大師はこの北辰星と北斗七星をとても篤く信心した──

行燈《あんどん》の灯りに照らされ、熱っぽく話す堂心の影が、障子戸にゆらゆらと揺れていた。

「この空海・弘法大師が開いた星山大神宮は、星と縁が深いのじゃ。特に、北斗七星とな。またこの大神宮の地域は鉄や玉鋼《たまはがね》が採れなかったにもかかわらず、鍛冶屋や刀鍛冶、刀工の刀づくりが盛んであったのじゃ。もうおわかりかと思うが天から落ちてきた北斗七星の星石《せいせき》をもとに、刀を作ったのじゃ」

「それが、天鉄刀のはじまりやったのか……」

銀が、さも納得といった感じであごを撫でた。

「ふむ、その通りじゃ。今でもその落ちてきた星石〝磐座《いわくら》〟は『七夕石《たなばたせき》』といって親しまれ、立派な社《やしろ》に安置されておる。おぬしら毘沙門衆が佩刀《はいとう》する天鉄刀の玉鋼はみな、この星石から作られておる。正確に申すと、他の忍びらが持つ天鉄刀もそうじゃ」

「他の忍び？　おれら以外にも天鉄刀を持つ忍びがおるのか？」

堂心の表情が曇った。すると横にいた孝明が口を開いた。

「左様。実は、おぬしら以外の忍び衆にも、天鉄刀を我《われ》らから授けていたのじゃ。北斗七星舎が認めた者で、屈強にして術に長《た》け、忠誠心の篤い忍びにだけのう。しかし、ほとんどの者たちが消えていった。特にここ数年の間でじゃ」

「なにっ、ここ数年の間にか？」

「そうじゃ。わしが結界を張っても何者かによって破壊されつづけている。その何者かが敵なのじゃ。しかも相当に手強《てごわ》い。ほとんどの天鉄刀が、狩られておる……」

「天鉄刀が狩られる？」

堂心が重い口を開いた。

「銀、おぬしも分かっておると思うが天鉄刀は並みの日本刀とは違い、神がかり的な威力を発する。その天鉄刀は一流の忍びのみ扱うことができる。しかしその忍びたちが天鉄刀をもってしても歯が立たないのじゃ」

「いったい、敵は何者なんや？」

「生き残った忍びの話しでは、〝鴉〟……とのことじゃ」

「鴉？　カラスといえば八咫烏《やたがらす》が浮かぶが……」

「八咫烏は我らとは別の組織だが、我らと同じく帝《みかど》を護り、国体を守護するのが目的。敵は帝や国体を狙い、国内を撹乱《かくらん》することが目的と聞く。なんと八咫烏にも攻撃を仕掛けているようで、まさしく無差別に動いている奴らだ」

「八咫烏までも襲うとは、そんなに手強いんか？　敵はどんな秘術を使うんや？」

「迦波羅《かばら》の秘術じゃ。奴らは〝裏迦波羅《うらかばら》〟といっておるようじゃ」

「か、迦波羅？　なんやそりゃ」

「異国の秘術で、裏の陰陽道ともいえる。我ら真言密教の幻道波術とはまた違う秘術の類《たぐい》のようじゃ。見たこともない術で忍術とも違う、いわゆる魔術といえる」

するとじっと黙って聞いていた冬星が、ぽつりと言葉を発した。

「北斗七星舎はなぜ結成されたんだ？　そしてなぜ天鉄刀をつくり、なぜ全国の忍びに授けたんだ？」

堂心が冬星の方に向き直り、じっと目を見つめて答えた。

「たしかに冬星さんの問いの中に、北斗七星舎の成り立ちのすべてがつまっておる。我らの北斗七星舎がなぜ生まれたのか――」

一同は堂心を凝視した。

「それは、お大師様の『予言』と未来の『占星術』に他ならない。お大師様は唐から真言密教の正式な継承者としてすべてを持ち帰られた。しかしなかでも、門外不出で禁断の経文といわれた〝月蔵経《がつぞうきょう》〟と〝宿曜経《しゅくようきょう》〟のなかに恐るべき未来の姿を見たからなのじゃ」

――月蔵経

仏教の開祖であり密教を創った釈迦は、哲学者・天文学者としても優れていた。釈迦が教えを著した仏教経典は八万にも上るといわれている。その中でも異色かつ門外不出とまでいわれた禁断の経文が『月蔵経』である。

『月蔵経』は、釈迦が人類の終末を説いた戒告と予言の経文であり、末法・法滅・五濁・三災をもって後世の人々に発した、まさに警告の経文でもある。これは釈迦の入滅の直前に残したとされる。

特に〝法滅盡品《ほうめつじんぴん》〟の部分は恐るべき予言で彩《いろど》られており、そのあまりの凄絶な内容に、弟子たちにみだりに語ってはならないと厳命、封印したといわれている。そのあまりに絶望的な内容が、後世に大きな影響を与えると危惧したからに他ならない。

釈迦入滅後二千五百年の間、傑出したわずかな高僧らが月蔵経の封印を解いた。その中の一人が、空海・弘法大師である。空海・弘法大師は密教の継承者・恵果阿闍梨《あじゃり》から多くの密教経文を伝授されるなか、この月蔵経の重要性にいち早く気づいていた。

空海・弘法大師は日本に帰国するや、朝廷や高官に警告を発したが人心を惑わすという疑いをかけられ、やむなく封印してしまった。しかし、来るべき時に備えて秘密裏に組織を編成していた。それが、北斗七星舎なのである。

そしてもうひとつ、空海・弘法大師が唐から持ち帰った特異なものがあった。それが、

――宿曜経

空海・弘法大師が大同元（八〇六）年に唐から持ち帰った占星術法である。正式名は、『文殊師利菩薩《もんじゅしりぼさつ》及《きゅう》諸仙《しょせん》所説《しょせつ》吉凶《きっきょう》時日《じじつ》善悪《ぜんあく》宿曜経《しゅくようきょう》』という。

宿曜経の元はインド密教を源流とするもので、智恵の菩薩・文殊菩薩が二十八宿を基に暦をつくったとされる。日本に伝え広められていく中で、陰陽師と人気を二分するほどであった。そのあまりの的中率の高さと強運を手中に入れられることから、時の戦国武将の戦《いくさ》に用いられるほどであった。事実、天下取りの戦には欠かせぬ占術となっていった。やがてこの宿曜経が最強の占術といわれるほどになったため、徳川家康もこれを禁じざる得なくなった

といわれている。
空海・弘法大師が〝月蔵経〟と〝宿曜経〟の中で見た、未来の凄絶な姿とは
『法が滅しようとするとき、五逆の罪が多く現れ、世が濁り、魔道が蔓延《はびこ》る
太陽と月は光を失い、星の位置が変わり、大地は震動し、水が涸れ、暴風が起こる
悪鬼・鳩槃荼《くばんだ》は俗人の衣を身につけ、袈裟を五色の彩色で飾り、聖なる者を追い立てる
月光菩薩が現れるが、人々は信心しようとせず、空中で火の手が上がり、大音響が鳴る
大水がにわかに起こり、富める者、貧しき者問わず、すべて水に流される
仏法を信心しない者たちは、寿命が短くなり、日月も短くなり、五穀も実らない
鳩槃荼の扇動により法が滅尽しようとするとき、諸々の天は涙を流し、悲しむであろう
その後、昼は夜のようになり、太陽も、月も、星も、再び現れなくなるだろう……』
すべてを知った空海・弘法大師は百日もの間、一心不乱に加持祈祷《かじきとう》を行い、末世の救済を懇願した。
すると燃え盛る護摩の炎の中に、降魔《ごうま》の剣を携えた不動明王が現れた。不動明王はその剣先をはるか遠くの彼方《かなた》を指し示し、弘法大師にこう告げた。
「これより魔道が跋扈《ばっこ》し、聖なる求道者《ぐどう》たちを滅しに来る。地上の龍王たちも迎え撃つが、魔道は強力で邪推な術で立ちふさがってくるであろう。しかれば、天の星々の御力《みぢから》を願い乞《こ》

えば無限の滅魔《めつま》の太刀が我らを護り、彼岸の地へ導いてくれようぞ――」

お告げとともに不動明王の指し示した地こそ、星山大神宮であった。

かくして不動明王のお告げの通り、天から北斗の七星が星山大神宮に飛来し落ちてきた。

弘法大師はその星の御力に未来を託し、天の力を宿す刀〝天鉄刀〟を世に生み出した。

そしてその天鉄刀を佩刀する真の士《もののふ》たちに真言密教の奥義である秘術・幻道波術を伝授し、極限にまで高められた〝人刀一体〟の戦闘力を有することに成功した。その秘密の組織こそが、北斗七星舎なのである――


蝋燭の明かりが堂心の横顔を照らし、くっきりとした陰影を描き出していた。

「我ら北斗七星舎はお大師様の意志を受け継ぎ、真の士《もののふ》を探し出し、天鉄刀と幻道波術を伝授してきた。特に戦国時代、多くの忍びの集団に伝えていった。伊賀、甲賀、風魔、饗談、そして軒猿。忍びの連中は修験系の術を操る者が多かったため、真言密教の秘術を体得することに長けておった」

「そんなにぎょうさんおったとは、知らなんだな。しかし、わしらの軒猿が最後の継承者のようやな。軒猿は何か他の忍びと違うところがあるのか？」

銀が訝《いぶか》しげに言った。

「おぬしらの軒猿は特別であった。始祖の上杉不識庵謙信公様《うえすぎふしきあんけんしんこうさま》が、真言密教の阿闍梨《あじゃり》の位にまで到達され、不識庵様自らが秘術・幻道波術を体得されたのじゃ。一国の御屋館《おやかた》様としては異例のことじゃ。それだけお大師様のご意向を汲み取られたのだろう。不識庵様は早くから側近の忍び・軒猿衆に伝授し、数多《あまた》の戦において義の戦いのため、秘術をもって乱世を正された。なかでも激戦の川中島の戦いを勝利に導いたのも、秘術・幻道波術を駆使してのことだ」

「あの八幡原の一騎打ちの戦いだな。戦の直前、濃霧が川中島一体を覆ったことが上杉軍を有利に導いたとされておるが……。まさかあの霧を発生させて、敵本陣まで導いたのも軒猿の幻道波術の威力か？」

「まさしくそうじゃ。おぬしも雪国で過ごしておるから承知していると思うが、雪国において、濃霧や吹雪に遭遇したとき、むやみに動くことは死を意味する。右も左も、上も下も、皆目《かいもく》見当がつかなくなってしまうからな。体力を消耗するどころか、下手に動くと崖や尾根から転がり落ちて死んでしまう。雪国を知らないで死んだ者は数知れずおる。だからこそ、真っ白な霧の中を、迷わず敵本陣まで導くことは秘術・幻道波術なくしては到底無理なことじゃ」

「敵にまわすと末恐ろしいなぁ」

「一万三千もの兵を敵に悟られず、物音ひとつ立てずに千曲川を渡り、八幡原へ迷わず着陣させることができた忍びは、おそらく当時最強の精鋭部隊であったろう。言い伝えでは甲斐の忍びを上杉軍はすべて討ち取ったと言われておる。あの屈強な甲斐の武田軍の忍び三つ者が、そうやすやすと討ち取られるとは思えない。軒猿がいかに最強の忍びであったかを示す事由といえるだろう」

銀はつづけて問い詰めるように言った。

「しかし、他の忍びの継承者はどうしたんや？　みんなおらんようになったのか？」

「軒猿以外の忍びにも強い者はいた。しかし、みな上忍と下忍の格差が激しかったのじゃ。差別といってもいいぐらいの階級社会で、絶対的な権力社会に成り下がってしまい、結果、分裂し消滅していったのじゃ。だが軒猿は唯一、上忍と下忍の階級がなかった。これはやはり雪国特有の、互助・共助の精神があったからこそじゃろう」

冬星はかつて、直江の津今町で会った裏伊賀の名張の市蔵を思い出した。市蔵たちも忍びの厳しい階級社会の中でもがき、その窮状を冬星に訴えていた。残念ながら忍びの権力社会構造は変わることがなく、みな浮世の闇に消えていった。

忍び社会は厳しいほどの階層社会で縛られており、若手の多くの忍びたちは耐え切れず、抜け忍になったといわれている——

話しが佳境に入ったとき、玄関の方から寺の亭主の声が聞こえてきた。

客人が来たらしく、会話をしている声が座敷の方まで聞こえてきた。ほどなく足音が近づいてきたかと思うと、亭主がぬっと顔を出した。

「こんな夕べにお客人が来られましたわ。しかも……おなごはんですわ」

堂心が待ちくたびれたとでもいわんばかりに、

「お、やっと来たか、待っておったぞ」

すっと腰を上げ、廊下へ出ていった。

堂心と入れ替わりに座敷に入ってきた者は、三十歳前後の髪の長い女であった。身なりが真っ黒な色で覆われており、錆朱色《さびしゅいろ》の蝶々の文様があしらわれた小袖を纏《まと》っていた。そして女性には不釣り合いの大刀を腰に差していた。

すかさず銀が声を上げた。

「お、おまえは〝黒鳳《くろあげは》の凛《りん》〟！　懐かしいのう。全然変わらんなぁ」

「お久しぶりです。冬星さん、銀さん、皆さんもお元気そうで何よりです。わたしは相変わらず家で蝶の彫り物をしたり、蝶の髪飾りを作ったり、蝶の織物を編んだりしていました。

暇なときはすごろくで遊び、忙しい時も花札で遊び、そんな感じに過ごしています」

「なんや相変わらず、子どものような生活をしてんのか。だから顔色が生っ白いんやなあ。もうちょっと外に出て陽に当たらんといかんぞ」

黒鳳の凛は軒猿毘沙門衆のひとり、くノ一であった。

ただ忍びとは思えない子どものような性格のようで、無邪気な大きな子どものようであった。確かに病的と思えるほど肌の色が白かった。

そこに堂心が戻ってきた。

「どうだ、黒鳳の凛も駆けつけてくれたぞ、これは百人力だな。こんな満月の夜には黒鳳の幻道波術は、すこぶる効果を発揮するじゃろうな」

凛は黙って俯《うつむ》いたままだったが、銀が首をすくめた。

「なるべく、風向きに気をつけてやってくれな、凛。おまえの幻道波術はまともに食らうと大変やからなあ」

とっぷりと日も暮れ、満月が雲の合い間から顔を出していた。月明かりが、枯山水の庭の御影石を照らし、濃い陰影を落としていた。

第三章　結界破り

翌朝、朝もやのなか小鳥の囀りに境内は満ちていた。

北斗七星舎の堂心らをはじめ、冬星、銀、不動、義近、そして新たに仲間に加わった凛が身支度を整え、寺の土間に集結していた。堂心が笠を胸に当てながら、これからの道中の行く先について説明した。

「これから坂本を出て大津を抜け、京へ向かう。国を越えて行くため、敵がどこから襲ってくるかわからぬ。どうか心してもらいたい。ただ、孝明がすでに至る所に結界を張りめぐらしておるゆえ、敵もそうやすやすとは攻撃はしてこれまい。しかも伝説の軒猿毘沙門衆がこれだけ揃っておれば、怖いものなしじゃ！」

堂心が孝明の肩を叩いて破顔した。たしかにこれだけ腕利きの忍びが揃っていれば、誰しも順風満帆と思うであろう。ただ、冬星だけは無言のままじっと空を見すえたままだった。

一行は竹林に囲まれた寺院群を抜け、まっすぐな街道に出た。

大通りは人通りがあったが、街道は徐々に細い道になっていき、人通りも途絶えてきた。

街道は起伏に富んでおり、九十九折《つづら》りのように続いていた。しばらくは登り坂にさしかかった。前方に塚が見えてきた。

いわゆる一里塚である。

両側に松並木が続いており、道も急峻になってきていた。一里塚の上には、六地蔵堂が据えられていた。堂心一行らはこの地蔵堂の前で一服することとした。

不動がまっさきに大きな体を投げ出し、石の上にどっかと腰を下ろした。すると地蔵堂の前の階段のところで、腰を九の字に曲げてかがんでいる老人を見つけた。菅笠を被り、重そうな天秤棒《てんびんぼう》を脇に抱えている。まさに近江商人《おうみしょうにん》特有の出《い》で立ちである。

不動が老人の顔を覗き込み、怪訝そうに聞いた。

「おい、爺さん、どうした？　具合でも悪いんか」

近江商人の老人は、どこか持病でもあるのか苦渋の表情で答えた。

「いんやな、持病の腰が痛くてなあ、ここで休んでおるんや」

「その年だから、あんまし無理はすんなよ、爺さん。そんじゃ、おれが背負ってやるから。ほら、おれの背中に乗れ」

「いやあ、まだまだ若いもんの頼りにはなりたくねえがなあ。それじゃ、お言葉に甘えて乗せてもらうかのう」

老人は痩せた体を起こし、不動のところまで歩いていった。そして不動の背中に乗ろうとした瞬間、冬星が叫んだ。

「不動、そいつを背負うんじゃねえ！　やめろ！」

『えっ』、と不動が振り返った瞬間、すでに老人は素早く不動の背中に張りついた。

――ドオオン！

ものすごい耳鳴り音が鳴り響いた。

何が起こったのか？

一瞬ではわからなかった。しかし冬星をはじめ、銀、義近、凛、堂心ら全員が、その場に仰向けに倒れ込んでいた。

不動はうつ伏せになり、なんと地面にめり込んでいる。

冬星が歯を食いしばって呟《つぶや》いた。

「しまった、遅かったか……。奴の術中に嵌《はま》ってしまったか……」

冬星たちは倒れたまま、金縛りにかかったかのように、指一本動かせないでいた。

あの痩せた老人が、不敵な笑いを浮かべてこちらを見下ろしている。

「ふふふっ。これが噂に名高い軒猿毘沙門衆か、他愛もないわい。わしの術中に嵌った者は決して逃れられないのじゃ。まるで蜘蛛の巣にかかった獲物のようにのう」

「おまえは何者だ。鴉の忍びのものか！」

「ほう、さすがは冬星だな、威勢がいい。おまえがもう少し早く見破っていたら劣勢になっていたかもしれぬなあ。冥途《めいど》の土産に教えてやろう。わしは〝白眉《はくび》〟。おまえの言う通り、鴉の忍びじゃ。銅鴉《どうがらす》の組だがな。じゃが、なぜわしが忍びだとわかった、冬星？」

「気づかれないとでも思ったか。忍びは敵の影を踏まないように日々仕込まれている。おまえは無意識だが、不動の影を意識的によけて歩いていた」

「ふっ。癖は知らず知らずのうちにも出てくるものやな。まあよい、この五間四方《ごけんしほう》はわしの術中の範疇だから、到底逃げることはできまいて──」

冬星は必死に両手で真言の印を結ぼうとしたが、ぴくりとも動かない。

「おやおや、これは金縛りの術ではないぞ冬星。いくら金縛りを解こうとしても無駄じゃ。わしら鴉の忍びの術は魔道。わしは〝子泣きじじいの白眉《はくび》〟といわれておってな、この術は背負った者とその周辺の者たちに、限りなく〝重さ〟を与えていく術なのじゃよ。ふふふ。どうだ不動はこのまま息もできず、土の中に埋葬されていくぞ」

老人の眉毛は白く、異常に長い。気づかなかったが、目や口は三日月のように弧を描いており、不気味な笑みを湛えていた。

「わしは、別名〝白魔《びゃくま》〟とも呼ばれておる。なぜかわかるか？　これがその名の由来じゃ」

白眉は両手を交差し、長い合羽《かっぱ》をガバァーと勢いよく広げた。

なんと合羽の内側には、無数の大小様々な〝苦無《くない》〟がぶら下がっており、刃先が怪しく光っていた。

「この苦無は普通のものではないぞ。この刃先には、猛毒〝鳥兜《とりかぶと》〟の数十倍の毒が塗られておる。人形のように寝ているおまえらの首元に、この苦無をぷつりと刺すだけで苦しまずにあの世に行けるというわけだ。ただし白目をひんむいて口から白い泡を吹きながらな。白魔という由来がわかったじゃろう」

冬星は腰にある太刀・無双光天龍長光に意識を集中し、必死に真言を唱えた。わずかながらだが、長光の柄頭《つかがしら》が徐々に前方へ動き出した。

（ぐっ、あともう少しだが、幻道波術が使えない今のおれには、これ以上は無理だ……）

白眉が冬星の方へ、すたすたと近づいてきた。

「それではまず先に、冬星おまえから始末させてもらうぞ。わしは手を抜かない性格でな。一番手強い奴から先に仕留めるようにしておる。こんな非力な老人でも、一流の忍びを仕留めることが出来るのも、われら鴉の魔道のおかげじゃ」

合羽の袖から、ひときわ長く鋭利な苦無をサッーとつかむと、右手を高くかざした。鋭利な苦無の刃先がきらりと光った。

その時、どこからか

　――水の泡
　が、ふわふわと宙空に浮いて移動してきていることに、誰も気づいてはいなかった。

　それはまるで生きているかのように、白眉の背中から回り込み、頭の上や肩の上、そして足元の周りを取り囲みはじめた。その数、二十から三十個もあろうか、次々と分裂して増えていった。白眉はいまだ気づいていない。

「どうだ、わしの術は最強じゃろう、すばらしいじゃろう。どうだどうだもっと褒《ほ》め称《たた》えよ！　しかしこんなに強いのに、銀の組から銅の組へ降格させられたのは実に腹立たしい限りじゃ。わしが老いぼれだからという理由だけで、若い奴らばかりを重用する。上の奴らは本当に見る目がないのう」

　と、呟いた瞬間、水の泡が白眉の両足に被さるように張り付いた。

「お、なんだ！　これは水、水の泡か？」

　不思議なことに、水の泡が張り付いた両足は地面に張り付けられたように動かすことが出来なくなっていた。

「もしや、お裕？　〝水天宮《すいてんぐう》のお裕《ゆう》〟の仕業《しわざ》か！」

　足だけではなく、苦無を持っている右手にも水の泡が次々と張り付いていった。白眉の胸、腹、腰に水の泡は吸い寄せられるように張り付いていく。

「ぐっ！　お裕！　おまえ、裏切るのか、わしら鴉の組を！」

するると、地蔵堂の下の松の木陰から、艶《あで》やかな小袖を着た女がスッと出てきた。

臙脂色《えんじいろ》の小袖の上に、黒い花衣《はなころも》を纏っている。色は透き通るほど白く、濡れたような長い睫毛《まつげ》が印象的で、涼やかな切れ長の目は美しさと冷徹さを兼ね備えていた。何より女でありながら腰に太刀を佩《は》いている。脇差《わきざし》のような短いものではなく、立派な大業物である。

その佇まい、〝風格〟といっていいほどの貫禄は周りを圧倒した。心気炎《オーラ》は只者ではないことを感じさせた。

「あたしはね、嫌いなのよ。自分の自慢話をする奴が。ただそれだけよ。敵だの味方だのって関係ないのよ」

お裕は白眉を一瞥《いちべつ》した。そして左手親指を太刀の鍔《つば》に当て、鯉口を切った。

ズバッーーン
抜刀したその刀身は板目肌がよく約《つ》み、流麗な湾《のた》れ刃文が美しい『左文字《さもんじ》』であった。

「このあたしの天鉄刀『水無月左文字《みなづきさもんじ》』は、今日は特に熱くなっててね。こんなに熱くちゃ、どうしようもないわね」

お裕は太刀を九の字に曲げると左手で印を結び、真言を唱えた。

すると水の泡が、生き物のように白眉の顔に覆い被さった。

「うぐぐぐっっ！　ぐごがぺっ！」

水の泡がまるで金魚鉢のように、白眉の頭をすっぽりと覆い、その中を満面の水で満たしはじめた。白眉は息が出来ず、立ったまま——溺れ出した。

苦悶の表情を浮かべながら手をばたつかせたが、ほどなくして前のめりに伏臥《ふくが》した。

白眉の術が解けたのか、倒れていた冬星や銀たちが起き上がった。銀がすかさず大きな声で叫んだ。

「お裕！　おまえ、お裕か！　おまえ生きとったんか！　幽霊やないよなあ。いやあ、ほんまに久しぶりやな！　ありがとうな、助けてくれて。みんなあの世に行くかと思ったわ」

お裕が振り返り、冬星たちを見た。

「銀、そして佐吉。みんな変わりないようね。何十年ぶりかしらね」

冬星も死んだとばかり思っていたお裕に、このような形で突然対面し、拍子抜けした感じであった。元忍び仲間であり、無二の親友でもあり、そして恋人でもあったお裕と再会し、やわらかな眼差しを向けた。

「お裕、無事だったのか……。いや、生きていてよかった。おまえも変わりないようだな。だが、相手かまわずキレる性格は、昔のままだな」

お裕はクスッと笑うと、左文字を鞘《さや》に納めた。

「足がついているから幽霊なんかじゃないよ。しかし、あんたらこんな爺さんに気圧《けお》されてふがいないね。こいつは下っ端《ぱ》の銅の鴉組だよ。まだまだ上にはもっと強い奴らが待ち構えているんだよ、しっかりしなよ。軒猿忍びも落ちたもんだね」

うつ伏せで埋もれていた不動が、やっと起き上がった。顔は土埃《つちぼこり》で真っ黒に汚れており、白い眼だけがきょろきょろ泳いでいた。そして顔を拭いながらお裕の姿に目を瞠《みは》った。

堂心と孝明もようやく立ち上がり、義近と凛の手を取って無事を確認した。

「いやあ、これはこれは元軒猿のお裕様ですか。お初にお目にかかるゆえ、無礼をお許しいただきたい。お助けいただき本当にかたじけない」

堂心はお裕の心気炎《オーラ》に圧倒されながら、その桁違いの幻道波術の威力に驚いていた。なぜなら、数ある幻道波術の中でも「火」と「水」の術は圧倒的に強く、最強とまでいわれているのである。

「火」「水」は万物の構成要素としては極めて単純であるが、単純だからこそ幻道波術では圧倒的な威力と破壊力を有する。これは誰でも習得できるものではなく、選ばれし忍びにしかあつかうことはできない。もし未熟な忍びが手を出そうものなら、たちまち自滅してしまうのである。

堂心ら北斗七星舎の僧が驚いたのは、これほど難易度の高い幻道波術を、男性ではなく女性がいとも軽々と操っていたことである。実はお裕は、冬星と同等の能力を有する忍びとして、かつて軒猿に属していたことを彼らは知らない。

「佐吉、いや今はながれ星冬星だったかしら。もっと天鉄刀の声に耳を傾けた方がいいわよ。敵が襲撃する瞬間、天鉄刀は熱や重さ、時には心に語りかけてくるのよ。忍びの掟《おきて》『心眼《しんがん》』心の眼で見ることを忘れちゃ駄目よ」

お裕は冷ややかな目で見つめた。

堂心の背後で、孝明が地蔵堂の軒下を覗いていた。

しばらくして、『あっ』という声を上げた。何やら陶器の壺のような容器を抱えて引っ張り出した。なんと壺は見事に真っ二つに割れていた。

「これを見るがよい。これは結界の壺じゃ」

「結界？　境界線で区切って内部を守るようなあれのことか」

銀たちも、まじまじと壺を眺めた。

「そうじゃ。やはり誰かが結界を壊しているようじゃな。ここまで綿密に準備を重ねておるとは、やはり只者ではないな」

「そうだな、わしは孝明の結界を頼りにしておったので油断していたのかもしれぬ。ここからはいっそう気を引き締めてかからねばならぬ。敵は相当手強いことがわかった。皆の者、用心してかかってくれ」

お裕はくるりと踵を返すと、静かに言った。

「今度はいつ会えるかはわからないけど、達者でいるんだよ。運があればね」

目の前を風が吹いたように見えた瞬間、お裕の姿は消えていた。

その場にいた誰もが、お裕の華麗さに圧倒され、魅了されていた。同じ女性として凛からも言葉が漏れた。

「なんてかっこいいのかしら。強くて、華麗で、まるで天女のようだわ……」

六地蔵堂の壁に木々の葉影が揺れ、春の陽ざしがやさしく映えていた。


一行は歩を進め大津を無事に抜け、京の都に入る手前まで来た。

山科の峠を越えると、遠くに都の稜線が見えてきた。都に近くなってきたとみえ、街道沿いにはいくつかの茶屋が軒をなしていた。堂心が一行に茶屋で待っているようにと伝えると、しばらくして若侍《わかざむらい》を連れて戻ってきた。

「これからいよいよ京の都に入る。じゃが、都に入るには様々な関所があり、顔利き役人がいないと通してくれない。そこで北斗七星舎に馴染みのある、京都所司代の立派な者を連れもうした」

隣の若侍が深々と頭を下げた。青い月代《さかやき》が若々しい。

「はじめまして、拙者は若槻玄之丞《わかつきげんのじょう》と申す。名高い北斗七星舎社中の警護とあらば、これほど名誉なことはござらぬ。父上からもきつく命じられて参った。わが若槻家は由緒正しい家柄であり、源氏と平家の時代にさかのぼり……」

この若き侍の家柄は、血筋の良い家系のようで、何やら源平合戦時代にまで由緒が伝わるらしい。まさに折り紙付きの家系のようだが、堂心はこの若侍の腕前を見込んで案内役につけたのではない。ここ古都では、その家柄が物を言うのである。若侍はその家柄に反して痩せて細い体型であり、どちらかというと書生という風貌が似合っていた。

「わしの名は銀や。ところでおぬしはその太刀を抜いて、敵と立ち回りをしたことはあるんかいな？」

「そ、そ、それは当たり前でござる。鯉口を切ったことはあるが、敵が怖気《おじけ》づいて逃げていってしもうたことはありもうすぞ。たしかにおぬしら忍び衆のように、刃《やいば》を交えたことはあらへんが、武士なればいつでも真剣勝負の気構えはありもうす」

強がっているのが見え見えだったが、どこか微笑ましい純真さを感じたのも確かである。玄之丞が身につけている肩衣袴《かたぎぬばかま》は、高価な生地で仕立てられており、その素性の良さを物語っていた。

堂心がおもむろに冬星の耳元で、神妙な顔つきで言った。

「冬星殿、おぬしが幻道波術を使えないということだが、そのことについて診《み》てもらおうと思い、診立《みた》てができる者を探してきた。この若侍とともに一緒に来てくれぬか」

堂心は玄之丞と冬星を連れて、軒が連なる茶屋街の奥へ案内した。

茶屋街奥の路地を突き当たると、右側に庄屋の館と思しき大屋敷が見えてきた。玄関の欅の表札に『角谷《すみや》 正衛門《まさえもん》』と墨守で書かれている。ここらでは一番の大肝煎《おおきもいり》である。門かぶりの松をくぐり玄関に入ると、正衛門が出迎えてくれた。

「よう来なった。さあ遠慮はせえへんでよろし」

気前が良い正衛門は、屋敷の奥座敷に一行を通してくれた。

待っているとほどなくして縁側の廊下をみしみしと歩いてくる足音が聞こえ、大柄で総髪にした初老の男が入ってきた。

「これは藩医《はんい》の豊田権才《とよだごんさい》様、お忙しいところお呼び立てして申し訳ない」

玄之丞が、うやうやしく礼を述べた。玄之丞の取り次ぎで地元の名医として名高い藩医を呼んだのである。

「うむ、わしは刀傷ならば幾度か診てきておるゆえ、さほどの古傷ではない限り、診立《みた》てはできようぞ」

豊田権才はさっそく冬星の腹部の傷を診た。

「なるほど、鳩尾《みぞおち》から背にかけて刃《やいば》が貫通したようじゃな。しかしこの傷でよく生きておったな。右に少しずれていればあの世行きだったぞ。ある意味、運がえぇのう」

「しかれば、元の身体の動きに戻れるのでしょうか、権才先生？」

堂心が心配そうに尋ねた。

「うーん、戻るといえば戻るが、あとは神経や心の行き先次第というところやな」

一応、神経に効くという漢方薬を処方してもらったが、これといった特効薬はないということで堂心たちは残念そうだった。だが冬星自身は納得していた。

屋敷を後にしながら堂心が呟いた。

（やはり京の都のあの方に、冬星殿と直接会ってもらうしかござらんか……）


一行は山科の茶屋街を出ると一路、京の都へ歩を進めた。

京の東の端、清水寺が見えてくる頃にはとっぷりと日も暮れてきた。碁盤の目のような京の都に入った途端、堂心が一行の前に仁王立ちで立ちはだかった。

「これよりいよいよ京の都に入る。軒猿毘沙門衆の方々には、あるお方にお目にかかってもらわねばならぬ。しかし、その場所は決して敵に悟られてはならぬ。絶対にじゃ。実は我ら北斗七星舎の社中でも、その場所を知っている者はごくわずかなのじゃ。このことからこれよりの道を教えることは出来ぬため、一人ずつ駕籠《かご》に乗ってもらう。各々《おのおの》の駕籠は用意しておる。委細を承知のうえ、道を詮索せずにご同行願いたい」

堂心の言った通り、寺院裏参道の脇に、すでに数台の駕籠が待っていた。担ぎ手も屈強な男たちで、赤銅色《しゃくどういろ》の隆々とした太い腕をしていた。

一行はそれぞれ駕籠に乗り込み、都のどこかにある〝聖域〟を目指して出発した。

京の都は坂が多い。

上りや下りなど大小さまざまな坂と、九十九《つづら》折りのような道を幾度も通り越していった。駕籠に乗っている者には周りの景色は一切見えない。ただ、担ぎ手の荒い息づかいと振動が伝わってくるだけである。時たま、青臭い葉の匂いが駕籠内に漏れてきた。

しばらくすると、ぱたりと止まった。担ぎ手の息づかいも振動も、である。

「あれ？　もう、着いたのか」

義近は動かなくなった駕籠から顔を出して、きょろきょろ外を覗いた。真っ暗な夜闇が広がっていた。堂心も異変に気づいた。

「はて、まだ着くはずがないのだが。早すぎる」

堂心が駕籠から降り、不安そうに周りを見渡した。屈強な担ぎ手たちが一人もいない。冬星や銀たちも駕籠から降り、注意深く周りを見た。

「なんや担ぎ手の奴らは、どこ行きよったんや。一杯やってんのか？」

銀が一歩踏み出し、歩き出したその時、足の裏にぴちゃぴちゃと液体が付着した。

「あ、なんや、これは血や！」

そのとき、冬星の天鉄刀が熱く、〝ずんっ〟と重くなった——

（これは、敵だ！　近くに敵がいる！　すでに捕捉《ほそく》されている！）

「銀、不動、凜、それ以上前へ出るな！」

冬星が叫んだ。

その瞬間、『ドスッ、ドスッ、ドスッ』と足元に卍手裏剣《まんじしゅりけん》が数個突き刺さった。

暗がりでわからなかったが、立っている場所は古い寺院の境内であり、目の前にまっすぐ伸びた参道と、脇には背の高い土塀《どべい》が張りめぐらされていた。

参道の真ん中に〝仁王門〟が黒く大きな影をたたえて聳《そび》えている。何か異様な感覚はこの仁王門から発せられていた。

「ねえ、仁王門の軒下に、何かたくさん、ぶら下がっているわ……何かしら？」

凜が怪訝そうに呟いた。

仁王門の軒下に、まるでミノムシのような黒い影が五つほどぶら下がっている。

すると次の瞬間、異様な光景に冬星たちは凍りついた。

そのミノムシのような影に『バサッ』と黒い翼が生え、勢いよく空中に一匹が飛び立ったのだ。

「なんや、蝙蝠《こうもり》か！　いや、人なのか？」

「油断するな、抜刀しろ！」

冬星は臨戦態勢に入った。それはまるで人間蝙蝠のようであった。

その蝙蝠の影は夜空を螺旋《らせん》のように舞い、冬星たちの近くに飛んできた。

『バサッバサッ』と音を立てて、脇の土塀《どべい》に張りついた。冬星や銀たちはその光景に目を瞠った。

なんとその蝙蝠のような人間は、土塀を真横に立っていいたのである。正確に言うと、重力に反して、塀の側面に足の裏が横に張りついているといった言い方がよかろう。

「ふっふっふっ。おれたちの魔道〝蝙蝠術《かわほりのじゅつ》〟を見て、腰を抜かしたか？　田舎の忍びの術では、お目にかかることはないだろうなあ」

男は全身黒づくめ姿で、顔の真ん中の四方部分だけ穴が開いていた。異様に細い体躯と鋭く長い鉤爪《かぎつめ》が、月光に照らされ鈍く光っていた。

「駕籠の担ぎ手たちを、どこへやった！」

天鉄刀を手にした冬星が詰問した。

「おれたちの魔道、〝裏迦波羅《うらかばら》〟は忍術とは違う。通常の忍術とは比べものにならないほどの強力な秘力《ひぢから》を発揮する。よってその力の源《みなもと》、糧《かて》となるものは人の〝生き血〟なのだ。魚や獣の生き血でもよいが、やはり人の生き血に勝るものはない。久しぶりに若い奴らの新鮮な生き血にありつけたわい」

蝙蝠の男は口を拭い、冬星を見ながら土塀の上を真横にすたすたと歩いてきた。

「おれの名は〝飛鼠《ひそ》の十左《じゅうざ》〟。おまえらを始末しろと、上から下知されてきたが、どこの忍びの者か聞いてなかったな……」

「おれなら、ここにいるぞ。どこを見ているんだ」

冬星は瞬時に、十左の真後ろについていた。

「なっ！　いつの間に！　おれの背後を取るとは。少しはできるようだな。ならば容赦はしねえぜ」

十左は跳躍して夜空に舞い上がり、鋭い鉤爪で冬星を頭上から襲ってきた。

冬星はものすごい速さで走りながら、天鉄刀で鉤爪の攻撃を弾き返した。

闇夜の中で火花が散った。無双光天龍長光の刃先は幾度も蝙蝠の間合いを断ち切ったが、すぐに宙空に逃げられてしまい鼬《いたち》ごっこであった。

他の四人の蝙蝠忍びには、銀と不動そして凛が対峙《たいじ》していた。銀の幻道波術《ガイ》『裂葉風《れつようふう》』を発術したが、すばしこく縦横無尽に逃げられてしまい、埒《らち》が明かない様相を呈していた。

若槻玄之丞は、ただただ呆気にとられているだけであった。

（こ、これが忍びの戦いなのか……。とても次元が違いすぎる）

玄之丞は義近たちとともに、木の陰に身を隠していた。

「おまえは動きや足が速いようだな、たしかに膂力《りょりょく》は他の忍びと桁違いかもしれぬ。しかし空を飛べる術を持ってはおらぬのか？　空を制する者はすべてを制するというぞ。地べたを這いつくばるだけでは勝てないぞ、ははは っ」

十左たち蝙蝠忍びたちは頭上から、棒手裏剣や卍手裏剣を雨霰《あめあられ》のように投げてきた。

冬星や銀たちは隠れる場所がなく、夜闇であるため苦戦を強いられた。

すると凛が、手首をならしながら前に出てきた。

「こういう時は、私の出番ね。しばらくぶりに出すから強烈だったらごめんなさいね。さぁみんな、風上《かざかみ》に行っててね」

蝙蝠の忍びたちが、ちょうど凛の視界すべてに入るようになったとき、凛の右手が真っすぐに上がり、左手で印契《いんげい》をつくり真言を静かに唱え始めた。

「さあ、月の虹とともに出でよ、わたしの子どもたちよ！」

——幻道波術《ガイ》『月虹《げっこう》』

ブーーーン

次の瞬間、月に照らされていた光の粒子が、きらきらと浮き立ちはじめ、徐々にそれらが集まりだした。やがて目の前に淡い光の橋が架かり、〝月の虹〟が姿を現した。

色こそはないものの、月の色の七層に敷きつめられた虹の架け橋は幻想的であり、まるで夢でも見ているかのような錯覚に陥った。

蝙蝠の忍びたちも目の前に繰り広げられる幻想的な世界に、息を飲んで見入っていた。

しかし一瞬の瞬《まばた》きをする間に、月の虹は弾け飛び、まるで光の玉が拡散するかのように粉々に砕け散った。あたりはまた静かな闇夜に包まれた。

「うっ、げっ！　なんだこれは！」

次の瞬間、静かな闇夜は蝙蝠忍びたちの絶叫に変わった。

十左は、自分の身体に起きていることが何事なのか、月の光のもとに照らしてじっくりと目を凝らして見た。

なんと、腕全体に無数の

——毛虫

が、這《は》い回っているのである。

毛虫は黒地に黄色い筋が入り、全身にトゲが突起している毛虫である。月夜のもと、それは黒光りしていた。

うじゃうじゃと腕や胸、腹や足にも数えきれないほどにからみついている。刺されると痛さと痒《かゆ》さでのたうちまわるほどの、おぞましい毛虫である。

「痛い、痛い、ちくちくする、こいつ刺すぞ！」

他の蝙蝠忍びたちも必死に払いのけた。

だが、すでに耳や髪の毛の中にも無数に入り込んでおり、さすがの魔道の忍びも『こりゃ堪《たま》らん』と言わんばかりに、のたうちまわった。

直後、毛虫は、〝ボタ、ボタ〟と下に落ちはじめた。

落ちた毛虫の背中がぱっくりと割れ、中から何かが、むっくりと出てきた。黒くて大きな影がフワッと宙空に飛び上がった。それは、

――蛾《が》
で、あった。

「わたしたち忍びの世界で〝黒鳳《くろあげは》〟とは〝蛾〟のことなのよ。さあ、黒鳳の贈り物を存分に楽しんでちょうだい、蝙蝠さん」

孵化《ふか》した蛾は、一斉に飛び立った。

まるで月の虹の弧を描くように、優美に右に左にゆらゆらと舞い始めた。

そして羽から無数の〝粉〟を放出しはじめた。〝鱗粉《りんぷん》〟である。

この凛の幻道波術『月虹』から生まれた蛾の鱗粉は強い毒性を有しており、視神経や中枢神経、呼吸器までも一時的に麻痺させるほどの殺傷能力を秘めている。

風向きに左右されるため風下にいることは非常に危険であり、一度この術を食らうと三日間は立ち上がれない。

「うわっ！　く、苦しい、息が出来ない！　ゴホッ！」

「目が痛い！」

蝙蝠忍びたちはバタバタと地面に倒れ、呻《うめ》き声を上げた。すでに戦闘不能である。もはや忍びの体をなしていない。

銀が手で顔を覆いながら、ぽつりと漏らした。

「おお、やっぱりおまえの月虹は強烈だなあ。おれも一回食らったことがあるけども、二度とくらいたくない幻道波術やで」

決して風下で食らってはいけない幻道波術であると同時に、同じ敵に何度も使えない術でもある。怪しく美しいものほど、トゲがあるものだ。

堂心は孝明と相談した結果、駕籠を捨て、徒歩で目的地まで行くことにした。

「よいか、これより歩いて都の町中を突っ切って行く。奴らが衆人のもとでは攻撃できない裏を突くのじゃ。しかし、決して油断をするでないぞ。奴らはいつ、いかなるやり方で攻撃してくるかわからぬ。心して最後までついてきてほしい。また何度も言うが、これから参る道すじは決して他言しないようにお願いする」

一行は、鴨川沿いの華やかな街屋を縫うように歩いた。

多くの町人たちが行き交い、きらびやかな明かりが石畳に映えていた。時折り芸妓や舞妓が路地裏から姿をあらわした。いかにも京の都の花街らしい賑わいである。

堂心や孝明も京の都を知っているとはいえ、このようなきらびやかな花街を歩くことに面食らっていた。義近も、軒先に下がっている無数の千鳥《ちどり》ちょうちんを見るのは初めてで、浮足立っていた。

冬星たちは前後左右に気を配りつつ、敵の〝氣《き》〟を読み取っていた。

道を曲がる時、酔っぱらいなのか、かなり酩酊している男が銀の肩に覆い被さってきた。しかし銀は瞬時に体位を入れ替えると、男はドスンと脇の溝に頭から突っ込んだ。銀は氣を読んだが、敵ではなくただの酔っぱらいのようであった。

三条大橋を越え、さらに北へ進んだ。左手に御所が見えてきたが、まっすぐ前に歩を進めた。ほどなくして鴨川に架かる橋を渡ると、大きな門が現れた。

黒くて大きな門は、たいそう古く由緒のある雰囲気を醸していた。堂心と孝明が門の前に立つと、スッと二人の坊主が両側の袖から出てきた。

「お待ちしておりました堂心様、孝明様。御子《みこ》様はたいそうお待ちでございます」

二人の坊主が閂《かんぬき》を外すと『ガガガッ』と軋む音がして、大きな黒い門が開いた。

門が開かれると、そこにあったのは〝森〟であった。

眼前には鬱蒼とした森が広がり、真ん中に石畳の参道が敷き詰められていた。所どころに石灯篭《いしどうろう》の明かりが点《とも》り、ぼんやりと足元を照らしている。

堂心と孝明を先頭に一行は参道を歩き始めた。その時、冬星の耳にささやくような声が聞こえてきた。

(冬星さん、よく来られましたね。お待ちしていましたよ)

聞こえたというより、〝心に響いた〟という言い方が正しいかもしれない。それはどこか聞き覚えのある、懐かしい響きでもあった。

森の中の参道を進むと、大きな社殿が見えてきた。

社殿の門から中に入るとガランとしていて、外見とは裏腹に何もない殺風景な大広間があった。

「こちらへ」

　堂心が突き当たりの扉の前で手招きをしていた。

　扉を開けると、下に降りる階段が現れ、地階に通じていた。地階に降りると、狭い通路が右に左に配されていた。案内されるままについていくと、やがて分厚い鉄の扉の前に突き当たった。

　鉄の扉を開けると、およそ百畳以上もあろうかと思しき大空間が広がっていた。特徴として天井がとても高く、薄暗くてよくわからないが格天井《ごうてんじょう》式の設《しつら》えとなっており、極彩色の仏画が全面に描かれてあった。

　部屋の真ん中に四角い台座が据えられており、四隅を白幣と縄で張りめぐらしてある。周りにはたくさんの蝋燭《ろうそく》が点され、中心部だけが明るく浮き上がっており、なんとも荘厳な雰囲気に包まれていた。その台座の上に、ひとりの人物が座っていた。

　長い黒髪の女性である。

　年の功はまだ若く、成人に満たないようである。真っ白い衣を身に纏い、首から輪袈裟と翡翠《ひすい》の勾玉《まがたま》をかけ、両手には長い数珠と扇を携えている。

　入った時には気づかなかったが、奥に数十人の僧侶たちが控えており、一心不乱に真言を念誦していた。冬星たち一行は、その台座の前に通された。

「御子様、大変お待たせいたしました。堂心、孝明ただいま到着いたしました。道中において不測の事態があり、遅参いたしましたこと深くお詫びいたします」

堂心がうやうやしく申し述べると、黒髪の女性は目を見開き、おもむろに口を開いた。

「そのようですね。道中、鴉の連中が皆さんを苦しめたようですね。駕籠を捨てた後、徒歩でここまで来る際、皆さんは気づいていなかったようですが、鴉は罠を仕掛けていました。ですが、私が屠《ほふ》りました。いつもそのようなことはしないのですが、是非とも本日、皆さんにお越しいただきたいゆえ、手荒なまねをいたしました」

その女性が口にする言葉の揺らぎ、発せられる心気炎《オーラ》、奥に湛えている双眸《そうぼう》に一同は圧倒させられた。それはこの世のものではない、絶対的な存在感を発していた。

堂心が後ろを振り返り、冬星たちに静かに言った。

「この方こそ、〝卑弥呼《ひみこ》〟様である」

第四章　卑弥呼《ひみこ》

「えっ？　卑弥呼《ひみこ》……。あの邪馬台国《やまたいこく》の女王だったという、あの卑弥呼なの？」

凛が目を丸くして言った。

「そうじゃ。かつてあの邪馬台国を治めた卑弥呼様じゃ」

「だって、大昔のことでしょ。そんなに長生きのわけがない、わよね……」

「〝卑弥呼〟とは個人の名前ではなく、神に仕える神官の職称のことである。日《ひ》の巫女《みこ》、陽《ひ》の御子《みこ》、日の大巫女《おおみこ》、大御子《おおみこ》であり、中でも特別に神に選ばれし数百年に一度の大巫女のことを、〝卑弥呼〟様と呼ぶのじゃ」

「卑弥呼って、人の名前じゃないのね。役職の名称なのね。いわゆる〝卑弥呼職〟とでも呼ぶのかしら。でも数百年に一度ってことは……、すごい方なのね」

「その通りじゃ。卑弥呼様は千里眼を持ち、神通自在の御力を使われる。神仏と話しが出来るのじゃ。まさに神の化身。われわれ一般の凡夫が、卑弥呼様に直接会うことはきわめて稀で恐れ多いことなのじゃ。言葉を慎むようにな」

長い黒髪の女性は微笑んだ。

「まあ、いいのよ。凜さんは心が子どものように素直だから。これぐらい天真な心がないと、あの鴉たちとは戦えないですから」

静かだが、その言葉には何とも言えぬ底力があった。

――卑弥呼

今から約一八〇〇年前、三世紀の日本に邪馬台国という国があり、その国を卑弥呼という女性が治めていたといわれている。

かの三国志の時代、陳寿が編纂した『三国志』のなかに『魏志倭人伝《ぎしわじんでん》』があり、その中に邪馬台国と卑弥呼の記述がある。

『魏志倭人伝』によれば、二世紀後半に〝倭国の乱〟が国内で起こり、それまで治めていた男王に代わり、卑弥呼が女王として君臨し国が治まったとされている。三国志の中でも最も勢力の強かった魏の国から『親魏倭王《しんぎわおう》』の称号と金印をも下賜されている。

この邪馬台国の場所は「南、邪馬台国に至る、女王の都するところなり。水行すること十日、陸行すること一月なり」と魏志倭人伝に記されてある。

しかし、この通りに解釈すれば、北部九州沿岸から南へ十日間航海し、さらに徒歩で一か月進むと邪馬台国に至るということとなるが、実際、この通りの順路で進むと鹿児島を通り越し、太平洋洋上に出てしまうのである。

日本の古代史最大のミステリーともいわれる「邪馬台国はどこにあったのか?」、そして「卑弥呼とはいったい何者だったのか?」と言われる所以《ゆえん》である。

実は不思議なことに、わが国の『日本書紀』や『古事記』等には、邪馬台国や卑弥呼に関する事柄や名称等についての一切の記述はない。驚くほど一文字も残されていない。

このことから邪馬台国『九州説』や『畿内説』等の、いわゆる〝邪馬台国論争〟の火種となっており、いまだに真実は判然としない。

魏志倭人伝の中に「宮室《きゅうしつ》、城柵《じょうさく》、楼観《ろうかん》がある」という記述があり、これらが揃っている吉野ケ里遺跡は九州であること、また帯方郡からの方位や距離、道程を考えると九州にあったとしか考えられない。以上のことから九州説が有力であるという説。

対して魏志倭人伝の「南へ水行十日」この南を東の誤りとすれば畿内にたどり着く。また『邪馬台《やまと》』と『大和《やまと》』の読みは同じである。そして卑弥呼は魏から数百枚の銅鏡《どうきょう》を贈られたとあるが、三角縁神獣鏡《さんかくぶちしんじゅうきょう》は畿内から多く出土されるため、畿内説が有力とする説。

また一方で神武東遷説話とからみ、九州から東へ東征した際にヤマト（邪馬台）としたという説もある。

そして何より卑弥呼の人物像について、とても謎めいている。

魏志倭人伝では「卑弥呼は人前に出ることはなく、おもに〝鬼道《きどう》〟といわれる術を用いて祭祀や呪術を執り行った。食事を運ぶ男が一人仕えていた」とある。

——鬼道

鬼道とは、同書の解釈によれば『人を惑わす術道』とされている。

古来より巫女《ふじょ》と呼ばれるシャーマンは、呪術や祭儀に長けた特殊技能を有する者を指した。死者の魂の『憑依《ひょうい》』や『脱魂《だっこん》』を自身に受け入れ、それらの魂と交信することが出来た。

中国において鬼道とは、儒教に反する教えや考え、他宗教のことを指したともいわれているが、実際のところ巫女と同じものを指すのか、卑弥呼の鬼道の詳細について記されている文献書物類は一切見当たらない。

しかし卑弥呼が邪馬台国において、絶大な権力と統治力を治めた源として〝鬼道〟が存在していたことは間違いのない事実であろう——

長い黒髪の〝卑弥呼〟は、首飾りの勾玉をつかみながら言った。

「そうなの、私は何代目かの卑弥呼なのよ。でも昔と違って、この時代での卑弥呼は私ひとりなの」

「えっ！　昔と違ってひとり？　ということは、昔は卑弥呼はひとりじゃなかったの？」

凛がさらに驚いた様子で聞いた。

「そう。かつてあの邪馬台国の時代には、卑弥呼は三人いたのよ」

「さ、三人も！」

「みなさんには真実をお話しするわ。三人の卑弥呼とは、筑紫《ちくし》の卑弥呼、大和《やまと》の卑弥呼、そして最も呪術力の強かった越後糸魚川《いといがわ》の卑弥呼よ」

「にわかには信じがたいけど……。なぜ三人もいたの。やっぱりそれぞれにお役目や能力の違いがあったということかしら？」

「実は歴史ではあえて伏せられてきたけど、真実の卑弥呼像は違うのよ。なぜ隠されてきたのか、そしてなぜ今わたしが、数百年ぶりの卑弥呼として再臨したのか……」

広げた扇を頭上にかざし、仰ぎ見るような遠い目線で語りはじめた。

「筑紫の卑弥呼は仲哀《ちゅうあい》天皇の皇后《こうごう》であった、神功《じんぐう》皇后だったの。彼女は政治的能力や軍事的能力に長けていて、新羅にまで勢力を拡大するほど力のある卑弥呼だった。もうひとりの大和の卑弥呼は、孝霊天皇の子女であった倭迹迹日百襲姫命《やまとととひももそひめのみこと》だったのよ。彼女は銅鏡による呪術を得意として邪馬台国の中心的な祭祀を取り仕切っていた。そして表舞台にほとんど出てこなかったけれども、最も呪術力が強く、鬼道のすべてを使いこなしたといわれるのが、越後糸魚川の卑弥呼なのよ」

――神功皇后《じんぐうこうごう》

『日本書紀』『古事記』に記されている仲哀天皇の皇后。応神天皇の母といわれている。仲哀天皇の熊襲《くまそ》征伐に随伴してきたが天皇の崩御後、神の宣託を賜り、新羅へ三韓征伐に出兵し、百済と高麗を服属させた。『日本書紀』では「気長足姫（おきながたらしひめ）」、『古事記』では「息長帯比売（おきながたらしひめ）」と記されている。

両書『記紀』には、幼い時から、神々と交信する能力をもつ巫女として伝えられている。百歳まで長生きし、奈良の「狭城盾列池上陵（さきのたたなみのみささぎ）」前方後円墳に埋葬されている。

『日本書紀』の神功紀に魏志倭人伝が引用され、「景初三（二三九年）年、六月、倭の女王が大夫である難斗米らを朝鮮半島の帯方郡へ遣わし、皇帝へ謁見を求めた」とある。

また「帯方郡の太守の劉夏は難斗米ら使節団一行を魏の都へ送った」と記されている。この景初三年は、卑弥呼が魏の国へ使節団を派遣した年でもある。

他にも同時代に、七支刀などが魏の国から伝来したなどの記述が見られることから、『日本書紀』では神功皇后を卑弥呼と同一視したという論もある。また、卑弥呼の後を継いだ、宋女の台与（とよ）または壹與（いよ）とみる向きもある。というのも、魏志倭人伝の時代考証と数百年規模で差異があるため、神功皇后は二代目卑弥呼である台与という説とともに、卑弥呼と台与は同一だったという見方もある。

――倭迹迹日百襲姫命《やまとととひももそひめのみこと》

孝霊天皇の皇女で、『日本書紀』では大物主神の妻になったといわれている。

幼いころより霊力がとても強く、神の神託を受け多くの人々に神のお告げを説いたという。

埋葬された墓は奈良県の纒向遺跡《まきむくいせき》の箸墓古墳《はしはかこふん》に治定《じじょう》されており、ひときわ大きな前方後円墳である。これは魏志倭人伝に記されている卑弥呼の墓の記述と符合しているといわれる。

『卑彌呼以死、大作冢、徑百余歩、殉葬者奴婢百余人』この記述から、墓の大きさは百四十メートルから百五十メートル前後とみられる。箸墓古墳は百五十六メートルであり、高さは三十メートル。確認された埋葬品に、特殊壺や最古の埴輪など多くの副葬品が出土している。

この時代においては明らかに他の古墳と一線を画する五段築城形式で、他の多くの古墳は三段から四段であるにもかかわらず、箸墓古墳だけは特別な五段形状であることから、特別な格位の人物であったことが窺える――

黒髪の卑弥呼はさらにつづけた。

「邪馬台国とは、一つの国ではなかったの。三十からなる小連合国の集まりだった。各地域の邪馬台国が連携しあっていた。そして表舞台で邪馬台国を治めてきたのは、この二人だった。でも本物の呪術力と鬼道を持ち合わせていた卑弥呼は、越後糸魚川の沼河姫《ぬながわひめ》（奴奈川《ぬながわ》姫《ひめ》）だったのよ……」

――沼河姫《ぬながわひめ》（奴奈川姫《ぬながわひめ》）

『古事記』では沼河比売《ぬなかわひめ》と表記し、『先代旧事本紀』では高志沼河比売《こしのぬなかわひめ》と表記される。（以下、沼河姫《ぬながわひめ》）

『古事記』の中で出雲国の大国主命《おおくにぬしのみこと》が沼河姫に求婚するため高志《こし》の国へ遠征し、求婚の歌を詠み、沼河姫も返歌し結婚した。間に生まれた御子が建御名方命《たけみなかたのみこと》で、後の諏訪大社の祭神である。

『万葉集』に次の歌がある。

淳名河（ぬなかは）の　底なる玉　求めて　得まし玉かも　拾ひて　得まし玉かも
惜（あたら）しき君が　老ゆらく惜しも　（巻十三　作者未詳）

この〝淳名河《ぬなかは》〟とは現在の糸魚川市の姫川を指し、〝底なる玉〟とは翡翠《ひすい》を指す。当時、高志の国とは、越前・越中・越後・能登半島までを含めた地域を指し、弥生時代にこの地域一体を支配していたのが沼河姫といわれている。一説ではその支配地域は、現在の山形県にまで及んでいたという説もある。

そしてこの沼河姫を語るうえで、避けて通れないものがある。

それが、

——翡翠《ひすい》

である。

翡翠は、日本が誕生するはるか昔の五億年前に生成されたといわれている。硬玉と軟玉があり、世界的にみて糸魚川の翡翠（硬玉）以外のものは軟玉で、ミャンマー産の翡翠（軟玉）とは全くの別物である。

日本国内では唯一糸魚川でしか産出されず、その硬度は六度～七度ともいわれ、衝撃に耐える力はダイヤモンドよりも強いともいわれている。

日本全国の遺跡から出土した翡翠の勾玉はすべて糸魚川産のものである。縄文時代後期には、北は北海道から南は沖縄にまで分布している。また五世紀から六世紀の朝鮮半島の王族の古墳からも、糸魚川産の翡翠が多数出土している。

国内はもとより、翡翠は当時の大陸（中国や朝鮮）において純金にも勝り、宝石類の中でも特に珍重された。意外だが、中国大陸では翡翠は一切産出されない。『魏志倭人伝』に、倭国から魏の国へ〝孔青大句珠二枚（二つの大きな勾玉）〟を献上したと記されており、糸魚川産の翡翠が献上されたと考えられる。

古代の東アジアにおいて、糸魚川産の翡翠の価値は唯一無二といっても過言ではなかった。それほど貴重で、重要な祭祀には必ず用いられていた。その価値は一級品であったといっても過言ではない。

ではなぜ、それほどまでに翡翠が人々の心をとらえたのか？

――翡翠には「不思議な霊力が宿る」といわれていた。

翡翠の美しい緑色は、〝再生〟をあらわし、不老不死のシンボルでもあった。糸魚川の本翡翠の色は〝翡翠輝石《きせき》〟といわれ深みのある緑色で、光に当たると緑色が透き通り、大変美しい。こと糸魚川の翡翠は、世界的にも唯一無二の美しさである。

古来中国では翡翠を『玉（ぎょく）』と呼び、王の象徴として特別に扱われてきた。仁義礼智信の五徳を備えた特別な石として、徳を与え、権威をあらわし、支配力を司ると考えられ、富・健康・美徳をあわせ持つ『奇跡の石』として崇められてきた。

アステカ王国では、『魔法の石』として呪術や祭祀に用いられ、霊力の宿るパワーの源とされてきた。

しかし、ここでひとつの疑問が生ずる。

ダイヤモンドに匹敵するほどの硬さをもつ硬度七の翡翠を、当時の古代の人々はどのように加工したのか？　勾玉に加工するほどの高度な技術はどのように身につけたのか？　その技術には驚くしかないが、この点については謎に包まれている。

そして大国主命の出雲と沼河姫の越後とのつながりは、想像以上に深い。

現在でもサメを食する文化があるのは一部の地域を除き、島根県と新潟県だけである。（島根ではサメのことをワニと称する）また新潟県内に出雲崎市という町もある。

神話の世界では、大国主命が沼河姫に一目ぼれをし、越後に遠征したということになっているが、出雲の稲作文化が越後に伝播し、越後の翡翠玉造りの文化が出雲に伝わったというのが事実であろう。その証左として、出雲大社の摂社命主社《いのちのぬしのやしろ》の眞名井遺跡から、勾玉が多数出土している。

わが国は、当時から大陸（中国・朝鮮）との交易が盛んであった。大陸の王朝との交易で、最も高価で権威の象徴として喜ばれる貢物こそが翡翠であった。なかでも糸魚川の翡翠は、王朝一族が一目置くほどの高貴な宝物でもあった。

出雲王国は大陸との交易で、越後翡翠の重要性と希少性に早くから着目したからこそ、越後高志の国との結びつきを重要視したのであろう。

ただこの史実のみで解釈をすれば、出雲が高志の国を一方的に支配したと受け取られがちだが、大国主命が来る以前から高志の国は北陸四県をまたぐほどの大国であり、一概にそうとは考えにくい。

特に出雲から日本海側で当時普及した陵墓「四隅突出型墳丘墓《よすみとっしゅつがたふんきゅうぼ》」は、規模や副葬品の種類において出雲のものと決してひけをとらないのである。このことから、政治的提携または連携とみる方が適切であろう。

それ以上に大国主命は、沼河姫の支配する高志の国（越前・越中・越後等）の統治力に惹きつけられたものと確信する。もちろん、沼河姫のカリスマ性や呪術力、そして美貌・人間的魅力に魅かれたものでもあろう。なぜならあの時代に、これだけ恋歌が残されているのも珍しいといわれているからである。

後の諏訪大社の祭神となる建御名方命《たけみなかたのみこと》は、大国主命と沼河姫の実子である。生誕の場所が現在でも残っている。新潟県上越市五智の岩殿山《いわとのさん》である。

ここは身能輪山《みのわさん》（三輪山）の山地内であり、五智国分寺の奥の院ともいわれている。この院は明静院《みょうじょういん》と呼ばれ、行基が建立したと伝えられている。この明静院には大日如来座像が安置されており、明治三十九年には国宝に指定されるほど美しい座像である（以後、国の重要文化財に指定変更）。戦国武将の上杉謙信は、自身が亡くなった際「林泉寺と高野山そして岩殿山に葬るように」と言い遺したといわれる。

奇しくも、この身能輪山《みのわさん》（三輪山）は奈良の三輪山、五智国分寺の奥の院は真言宗総本山の高野山に当てはまり、さしずめ越後の霊性の地でもある。

身能輪山（三輪山）山麓に構える居多神社《こたじんじゃ》は、大国主命と沼河姫（奴奈川姫）、事代主命、そして建御名方命を祭神に祀る。伝承では大国主命が居多の浜より上陸したと伝えている。この〝居多（コタ）〟は、出雲の〝気多（キタ）〟から伝承し、訛って「コタ」に転じたものとみられている。出雲の気多島、但馬の気多社、加賀の気多御子社、能登の気多大社、越中の気多神社、そして越後の居多神社。もとの由来は橋桁《はしげた》の「桁（ケタ）」から転じているとの解釈があり、海から上陸する際の橋桁を意味しているともいう。

越後は意外だが全国でも神社の数が一番多く、総数で五千社もある。諏訪神社は全国で一万社以上あるともいわれているが、驚くことに越後の神社の三十四パーセントが諏訪神社である。とりわけ越後頸城郡内は多く「町を歩けば諏訪神社にあう」ともいわれるほどである。実に全国の諏訪神社の二十五パーセントが越後にあるという。

その理由としては新田開発により信州から移住者が多かったと考えられるが、やはり諏訪神の母神の地であることと深く関係しているであろう。

それにしても、この沼河姫（奴奈川姫）は謎に包まれた部分が多すぎる。

かの国譲り神話では、高天原の天照大神が建御雷神《たけみかずちのかみ》と天鳥船神《あめのとりふねのかみ》らに命じ、大国主命とその皇子らから承諾を得てそれまで治めていた葦原中国平定（あしのはらのなかつくにへいてい）をしたと古事記に記されている。

国譲り神話の後、神武天皇が初代天皇に即位。二代目天皇の綏靖《すいぜい》天皇は神武天皇が崩御後翌年に即位している。この綏靖天皇の諡号は「神沼河耳命（かんぬながわみみのみこと）」である。しかもこの綏靖天皇「神沼河耳命」は、大国主命の孫（事代主命の娘）を皇后に迎えているのである。実は神武天皇も出雲から皇后を迎えている。

これはまさに、大和が出雲から妻《めと》を娶り、沼河（奴奈川）姫の名前を引き継ぐということであり、なみなみならぬ敬意を、いや敬意以上のものを持っていたという証でもある。

驚くべきことに、頭に「神」の名がつく天皇の諡号は〝初代神武天皇（神ヤマト）〟と〝二代目綏靖天皇（神ヌナガワ）〟だけである。これはヤマトがヌナガワを、唯一神であることを認めた証でもあると指摘する研究者もいる。

いずれにしても不可思議なことは、大和朝廷が征服して従属させた出雲の国と縁が深い高志の国・沼河姫の名前（いわば敵国の名）を、なぜ自らの名に冠したのか？　当然ながら征服者が支配した者を尊ぶということは、通常では考えられない。

――ここまでして大和朝廷が、沼河姫に対して一目を置くのはなぜなのか

――沼河姫は、何を守っていたのか

――何か大きな秘密が隠されていたのか

大きな疑問がもたげてくる。

そしてここに最大の謎が、横たわっている。

実は〝糸魚川翡翠の存在〟が、なんと奈良時代から現代の昭和時代に至るまで秘匿《ひとく》されてきたという事実である。

まったく、ぷっつりと一千二百年もの間、隠されてきたのである。

昭和十三年に糸魚川出身の作詞家・相馬御風が、姫川上流の小滝川で翡翠の硬玉を発見し、初めて翡翠の鉱脈があることがわかった。それまでは、全国各地で出土する翡翠はすべてミャンマー産のものとされてきた。誰も日本に翡翠の鉱脈があるとは知らなかったのである。

現在の新潟県上越市・北陸新幹線新駅「上越妙高駅」の前に、国指定斐太遺跡群《ひだいせきぐん》（釜蓋《かまぶた》遺跡・吹上遺跡・斐太遺跡）がある。この斐太遺跡は、東日本最大級の高地性環濠集落跡である。平成二十二年の発掘調査では、釜蓋遺跡から大量の炭化《たんか》米や勾玉が多数出土し、近江地方などの遠方の土器や舟輸送に関連する建造物跡も見つかり、物流の拠点でもあったことがわかってきた。

いわゆるここが、『翡翠の大規模な玉造工房』の遺跡でもあった。ここは信州方面への出入り口であるとともに、日本海側と太平洋側を結ぶ交通の要所でもある。現在のところ新潟県内においてこれほど大規模で長期に及ぶ集落遺跡は、いまだ発見されていない。

——なぜ、これほどまでの翡翠の鉱脈と玉造工房が隠されたのか

——意図的に隠されたということは、何を意味するのか

これには様々な説がある。

仏教が伝来し始めた結果、呪術に用いていた翡翠の需要がなくなり衰退したからという説。また、豪族や貴族たちの権力の象徴が、翡翠などの宝石類から金銀銅製の装飾品に変わったからという説。そして翡翠に代わり、瑪瑙《めのう》やガラス玉が珍重されたという説。

しかしながら、どの説にしても糸魚川に翡翠の鉱脈があったことすら忘れ去られるというのは、あまりにも不自然である。誰かが意図的に隠した、または抹消したとしか思えないのである。

一方で、当時の政治的な背景に起因しているのではないかという見方がある。

飛鳥時代、蘇我《そが》氏と反体制派勢力（中臣鎌足《なかとみのかまたり》・中大兄皇子《なかのおおえのおうじ》ら）との間で権力争いがあり、乙巳の変で蘇我入鹿《そがのいるか》が殺された。この後、壬申の乱により蘇我一族は滅亡し、中臣鎌足（の

ちの藤原氏‥以下藤原氏）らに権力が移譲された。歴史の常であるが、勝者は敗者の領土や財宝、経済的基盤の一切を継承する。当時高志の国は有数の穀倉地帯であり、越後国内にも東大寺や西大寺等の荘園が多数存在した。藤原氏がこの穀倉地帯を手に入れたメリットは大きく、東大寺建立の財源になったと記録されている。

しかし蘇我氏は、沼河姫以来の唯一無二の宝〝翡翠〟だけは、憎き政敵に渡さなかった。しかもその宝の源である〝鉱脈の在り処〟だけは完全に封印した、というのが真実なのではないか、という説である。

そしてあろうことか、翡翠鉱脈を知っている者たちすべてを抹殺し、糸魚川の翡翠の痕跡《こんせき》を日本の歴史から消し去った。非情なことかもしれないが、このようなことは過去の古代や現代を問わず、政治権力者が行う常でもある——

長い黒髪をかきあげ、卑弥呼は前を向いた。その双眸《そうぼう》は爛々《らんらん》としていた。

「沼河姫と翡翠は、切っても切れない関係だったの。なぜなら〝鬼道〟にはなくてはならないものだったから。出雲も、そして大和朝廷も一目置かざるを得ない存在だったのよ」

信じられないというように、銀が口を切った。

「な、なんや、あまりに唐突な話しばかりやから、頭がこんがらがっとるわ。ほんまもんの卑弥呼は沼河姫だったと思えてきたわ。翡翠とそんな深いつながりがあったとは」

「この翡翠は、〝神の石〟なのよ。『火（ひ）』と『水（みず）』は正反対の性質を持つものであり、またすべての原動力のもとでもあるのよ。つまりあらゆる元素の中で最も力のあるもの。別の読み方では『火（ひ）』『水（すい）』と読み、まさしく翡翠であり、また違う読み方では『火（か）』『水（み）』、そう『神（かみ）』と読むのよ。お日様の裏側の色が翡翠色だともいうわ。あなた達、軒猿衆の幻道波術の中で、最も強いのは『火』と『水』の幻道波術よね。一切の雑味や無駄がないからこそ力《パワー》は絶大で、その習得には困難を極めるのも頷けるわ」

銀は息を飲んで、さらなる核心の部分に踏み込んだ。

「ところでその〝鬼道〟とは、どんなものなんや？」

堂心がぐいと銀の真正面に向かい、神妙な顔をして言った。

「〝鬼道〟とは、その名の通り〝人が成しえない術〟のこと。風雨を起こし、千里眼を有し、傷を治し、未来を見通し、念動力で人を斃《たお》し、そして死者を蘇《よみがえ》らせる……」

「死者を生き返らせる!?　ほんまか！」

「ふふふっ。驚くのも無理ないわよね。死んだ人間を生き返らせるなんて。私はまだ未熟だからやったことはないけど、邪馬台国の卑弥呼はできたらしいわ。でも、誰でも傷を治したり、蘇らせたりできるものではないのよ。神様に許可を得なければ駄目なのよ。その傷や病は、その人の成長にとっては必要なこともあるからなのよ」

そして卑弥呼は、冬星の方を向いてにっこり微笑んだ。

「ところで冬星さん、お久しぶりね。何年振りかしら、覚えていますか？」

冬星は、会った時からどこかで聞き覚えのある声と雰囲気だな、と感じていた。

「わたしは直江の津今町でお世話になった、『さくら』です」

冬星は思わず、「あっ！」と声を上げた。

「おまえは、あの、さくらなのか？　すっかり大きくなっていたからすぐには気づかなかったぜ。驚いたな」

かつて直江の津今町に、冬星が流れ着いたときに世話になった居酒屋の娘、さくらであった。あれから数年の歳月が流れ、すっかり童女の面影はなく、若く高貴な女性の佇まいを身に纏っていた。冬星がわからないのも当然といえた。

「わたしは巫女の家系の血脈《けちみゃく》だったの。しかも沼河姫の血筋を引く稀有な者ということが後になってわかり、その後は大変だった。まあ、幼い時からうすうすは感じていたけど、自分の宿命や運命が見えるようになってきて確信に変わったの。今はもう覚悟はできたけど、受け入れるのに時間がかかったわ」

　そう言うと、卑弥呼は真剣な眼差しで冬星を見つめた。

「なぜ糸魚川の翡翠が歴史から消されたのか。それは蘇我氏の自分勝手な理由だけではなかったの。冬星さん、〝八岐大蛇（ヤマタノオロチ）〟を知ってるわよね」

「ああ、あの須佐之男命《すさのおのみこと》が退治したという、八つの頭と八つの尾を持つ大蛇だろ。出雲の国の伝説だな、古事記に出てくる伝説の大蛇」

「いや、八岐大蛇（ヤマタノオロチ）は、高志の国・越後にいたのよ。正式には、高志の国・越後にやって来たというのが正しいかしら」

「高志の国・越後にやって来た？　いったいどこからやって来たんだ」

「海を越えた国からよ。実は八岐大蛇（ヤマタノオロチ）は、神話では退治されたことになっているけど、死ななかったのよ。あと少しのところで討《う》ちそこねたの。でも神話に出てくるような八つの頭と八つの尾をしているとは限らないのよ」

「八岐大蛇（ヤマタノオロチ）は、死んでいない？」

「奴は生き延びたの。草葉に隠れ、時を待っているの。八岐大蛇（ヤマタノオロチ）は通常の太刀や剣では殺せない。だから蘇我氏は奴を滅殺《めっさつ》する唯一の神具を知っていて、それを隠したの。しかしそれが何なのか、どこにあるのかは誰もわからない。側近にも教えなかったそうよ」

「いま、その八岐大蛇（ヤマタノオロチ）が目覚めようとしている……、とでもいうのか？」

卑弥呼は黙ってうつむいた。

「これは一千年に一度の戦いになるかもしれないわ。何か物凄《すご》い黒くて大きな、得体の知れない何かが、起き上がろうとしているわ。ぼんやりとだけど見えるの。先読みの術を使って見ようとしたけれども、敵の中にかなりの術者がいて攪乱《かくらん》されてしまってるの」

卑弥呼の話しを聞いていた、銀、不動、凜、義近そして玄之丞は震え上がった。

と、その時、けたたましく戸を開けて何人かの男たちが転がり込んできた。

「堂心さま！　大変です！　伊賀の組頭《くみがしら》、江雪《こうせつ》様がやられました！」

「なに、あの江雪がやられただと！　まことか！」

堂心が気色ばんだ。

伊賀の組頭江雪は、北斗七星舎が編成してきた忍び衆の中でも飛びぬけて強く、折り紙がつくほど優秀な忍びであった。江雪がやられるとは予想だにしていなかった。

「まだ息があるのか！　ここに連れてまいれ！」

板の上に仰向けに寝かされた江雪が運ばれてきた。全身血だらけである。特に首元からの出血が激しく、また左手の指が数本ちぎれている。まさに虫の息状態である。

「われわれが駆け付けた時、すでに隊は全滅状態でした。江雪様がわずかに敵の様子を話してくれました」

「なんと？」

「はい、『敵は見たこともない太刀を使い、われらの天鉄刀は吸い寄せられるように奪われてしまった』と。また『敵の術の正体がまったくつかめないまま、やられてしまった』と息も絶え絶えに教えてくれました」

別動隊の三下忍びが、涙ながらに伝えた。

一同は、愕然とした。

北斗七星舎の忍びは通常の忍びとは一線を画する猛者《もさ》ぞろいである。その猛者の中でも指折りの忍びが、赤子の手をひねるがごとく、いとも簡単にやられてしまったのだ。

「やはり動き出したようね、オロチが……」

卑弥呼は呟くと、おもむろに両手を上にかざした。

「堂心、孝明、これから〝鬼道〟を修法《しゅほう》します。準備をしてください」

すぐに死に体の江雪の体の上に、白い布が掛けられた。その上に数百個もの翡翠の原石が撒《ま》かれた。孝明が四方に白い幣を紐で縛り、結界を張った。

次の瞬間、低く、這うような卑弥呼の声が部屋全体に響き渡った。

〝声明《しょうみょう》〟と呼ばれる密教の真言である。

まるで歌を歌うかのように、伸びやかだが厳《おごそ》かに読誦された。左手に銅鏡を持ち右手に翡翠の勾玉を握り、なにか空に文字を描くように切っている。そして両手を合わせて、天を拝むかのような姿勢でボソボソと何かを語り始めた。

「わかりました。神様の御承諾、しかと賜りました」

そして葦の葉と酒を、江雪の体の上にぞんぶんに降り注いだ。

『えいーー！』ひときわ大きな掛け声が響くと、卑弥呼は魂が抜けたようになり、ふらふらと体を揺らしたかと思うと、俯《うつむ》いたままになった。脱魂状態がしばらくつづいた後、おもむろに顔を上げた。すると死人のような土気色《つちけいろ》した江雪の顔色に赤みが差してきた。

「神様のご承認をいただきました。江雪さんはもう大丈夫です、元気になります。まだまだお役目が残っているということなんでしょうね。わたしの息吹《いぶき》も吹き込んでおいたので、疲れ知らずで戦えますよ」

堂心や仲間が江雪の傍に駆け寄り、白い布をゆっくりとめくった。

首元の出血は止まっていた。そしてなんと驚くべきことに、左手の指が元に戻っているのである。正確に言うと〝指が生えていた〟ということになる。これが卑弥呼の〝鬼道〟であり、まさに奇跡そのものであった。

冬星たちは奇跡を目の当たりにし、さすがに息を飲んだ。

卑弥呼は振り向いて言った。

「さて冬星さん。あなたは今、幻道波術を使えてなかったですね。それでは話になりません。いえ、きっとこれも神様の思《おぼ》し召《め》しなんでしょう。冬星さんには新たな力が必要である、と神様は判断しています。これから冬星さんには、熊野《くまの》に行ってもらいます」

「熊野？」

「その熊野に、〝鹿《しか》の頭《あたま》〟という人がいます。その方に、必要なものすべてを教わってきてください。今の冬星さんに必要なものすべてをその人は持っています。そこで学んだことは、今後の戦いに絶対に必要になってきます。今どうしてもその方から学ばないと、これからの敵には到底かないません。ただ、かなり変わった方なので初めは戸惑うかもしれませんが、いい人ですよ」

冬星は一瞬戸惑ったが、卑弥呼の言葉の重みに得心した。

そして堂心と孝明が立ち上がり、銀や不動、凛、義近らに言った。

「おぬしらも冬星さんと同様にさらに腕に磨きをかけてもらいたい。伊賀の組頭江雪でさえ、あのようにやられてしまうのじゃ。敵も腕を磨いてくることは必至じゃろう。そういうことで、これからわれらの北斗七星舎に一緒に向かい、忍びの術の特訓に励んでいただきたい。

われらの社中も、皆が来るのを楽しみに待っておろうぞ」

銀と不動はひきつった顔で見返した。

「ええーー！　なんやて！　この年になってもまだ修行させられるちゅうんか？　おい不動よ、どうする？」

「いやあ、思ってもみんかったわ。嫌《いや》だけんども、いまさら逃げられへんやろ。ついていくしかないか」

義近はひとり、はしゃいでいた。

「北斗七星舎で忍びの技を教えてもらえるのか！　やった！　おら、絶対強くなって最強の忍びになるぞ！」

紅一点の凛も浮かない顔をしていた。

「やっと少し落ち着けるかと思ったのにまた修行なの？　ところで、北斗さんの食事は美味しいのかしら不味いのかしら。わたしは菜食主義で葉物類にはうるさいのよ」

隅で震えていたのは若槻玄之丞である。

「な、なにか場違いなところに拙者は来てしまったようじゃ。わしは武家の者ゆえ、ここで失礼させてもらおうかのう……」

「あ、若槻殿も、ご一緒してもらうと御父上にお話ししておりますするぞ」

堂心からすぐにくぎを刺されてしまった。

冬星たち一行はこの後、社内の庫裡で一晩休ませてもらい、明日以降に備えた。

夜空には、雲の合い間から鎌のような三日月が輝いていた。

第五章　熊野《くまの》

翌朝は晴れわたり、清冽な空気に包まれていた。

朝もやの中、旅支度をととのえた冬星がいた。

京の都から紀州へ行くには、鴨川沿いに舟で下るのが通例であった。川沿いに見える木々の葉も新緑の芽吹きの季節とあって、目に染みるような青さが印象的だった。

熊野は、熊野三山・吉野・大峯・高野山を巡礼するために参詣道が古《いにしえ》から整備されてきた。高野参詣道、大峯奥駈道そして熊野周辺の紀伊路、伊勢路、小辺路《こへち》、中辺路《なかへち》、大辺路《おおへち》があり、この路が熊野古道と呼ばれている。

冬星は、中辺路の古い石畳を踏みしめていた。

この中辺路は、熊野本宮大社、熊野速玉《はやたま》大社、熊野那智大社へと延びる難所の多い道でもある。もともと修験道の行者が、苦行を実践するために整備した道であるため、平坦な道ではなく、険しく急峻な道が連なっている。

鬱蒼《うっそう》とした杉木立の間を、苔むした古い石畳が碁盤の目のように配されている。時折り木立ちの合い間から陽ざしがこぼれ、石畳の陰影を濃くしていた。

青々とした木々の葉と、森全体に広がる清冽で新鮮な草の匂いが鼻腔《びこう》をついた。なんともすがすがしい。体中が癒されていくのがわかる。

坂を上がり歩いてくと大きな杉の木の陰に、『箸折峠《はしおりとうげ》』という石碑と『牛馬童子《ぎゅうばどうじ》』像が祀られてあった。この古道の至る所に王子という碑を目にするが、これは熊野の神の御子神を祀ったもので、総じて九十九王子とも呼ばれている。

しばらく行くと道の真ん中に、大きな石があらわれた。

それは道の真ん中にあり、到底上って越えて行くことは出来そうもない。よくみると石の中心部より下部に、穴が開いており向こうの道が少し見えた。穴の大きさは人一人がかろうじて通れる大きさである。参詣者はこの穴をくぐって抜けるのが慣例となっている。冬星も身支度の荷物を紐で縛り、体が通った後に荷物を引っ張りようやく抜けることが出来た。この石は熊野古道では『胎内《たいない》くぐり』と呼ばれている石で、這いつくばって穴を抜けることで〝新たに生まれ変わる〟〝再生する〟という意味がある。熊野に参詣するため穢《けが》れを落とし、新しい自分と向き合う儀式でもある。

ようやく熊野本宮大社の鳥居が見えてきた。

大斎原《おおゆのはら》の地に大鳥居が聳《そび》え、八咫烏《やたがらす》の幟《のぼり》がはためいていた。八咫烏は神武天皇東征の際に道案内したとされ、熊野では聖なる鳥とされている。

さらに歩を進め熊野速玉大社を参詣した。熊野三山のなかで最も早く『熊野権現』の称号を受けた大社でもある。ここには熊野観心十界曼荼羅《かんしんじゅっかいまんだら》があり、山伏や熊野比丘尼がこの曼荼羅でさかんに熊野ご利益を広めたとされる。

そして奥の熊野那智大社を目指し、中辺路最後の古道を歩いた。

大門坂と呼ばれるたいそう古い石畳がつづく。そして延々と続く石階段を登りきると、赤い社が見えてきた。熊野那智大社である。

熊野那智大社は神武天皇が東征の際に〝大滝〟を見出し、祀ったことが由来とされる。

熊野那智大社の壮麗な社殿の奥に、轟々と音を立てて流れ落ちる大滝が目に飛び込んできた。『那智の大滝』である。大滝の前に鳥居があり、この大滝そのものが御神体とされているが、本殿はない。ここはまさに〝龍が飛ぶ〟が如く飛瀧神社《ひろうじんじゃ》という。自然の神秘さと霊性を感じずにはいられない迫力である。滝壺では豪快な水飛沫《みずしぶき》が霧となり、あたりを白く覆っていた。

冬星はしばし、大滝の荘厳さに目を奪われていた。

そして、はっとした。自分がここに来た目的を思い出したのである。

（そういえば、この大滝の近くにあの方がいると聞いてきたのだが……）

大楠《おおぐす》の下を降り、民家が立ち並ぶところを見渡しながら歩いた。あまり人影が見当たらなかったが導かれるように坂を上り、一里塚のような小高い丘の上に出た。

あたりは木々の森に囲まれ、民家のような建造物は一切なかった。小高い丘の上からは遠くの山々の稜線が見え、霞がかかっていた。

その時、どこからともなく〝笛の音〟が聞こえてきた。

ゆったりとして、おだやかで、大地や山々、そして木々に染み入るような柔らかな音色である。篠笛《しのぶえ》だろうか、もうすぐ夕暮れが近いこともあり、おだやかな笛の音色が一日の疲れを嘘のように消していくようでもあった。

冬星はこれほど美しい笛の音を聞いたことがなかった。どこから聞こえてくるのか周りを見渡したが、音の主は見つからない。そして〝高い場所の杉の葉影が揺れた〟と思った瞬間、背後から人の声がした。

「待っておったぞ、若造。いや、冬星だったか」

冬星は咄嗟《とっさ》に振り向いた。そして驚いた。なぜならこんなにも容易に、人の気配を感じずに背後を取られたことはなかったからである。

そこには小柄な老人が木の切り株の上に、胡坐《あぐら》をかいて座っていた。

「わしを探しにきたんじゃろう。そう、わしが〝鹿《しか》の頭《あたま》〟じゃ。ここいらでは、笛吹の爺さん、〝笛爺《ふえじい》〟と呼ばれておる」

「あ、あっしは冬星というものでござんす。しかしなんで、あっしの名をご存じなんで？」

白髪の頭を撫でながら老人が言った。

「御子様からすべて聞いておる。聞いているというよりも、念を受け取っているといった方が正しいかのう。あの御子様が本気で案じておられるとは意外だったが、それなりの理由があってのことじゃろう。わしは御子様のような『先読みの術』は出来んが、ただ尋常ではない何かが迫っていることは感じておる。よほどの物の怪か、それともそれ以外か……」

そう言うと、老人はまた笛を吹き始めた。

「もうご存知ならば、話しが早い。ぜひ、あっしに強い忍術を伝授してくだせい！」

大地に響くような篠笛の音は、木霊《こだま》して遠くの山々へ吸い込まれていった。老人はしばらく笛を吹き終えると、ゆっくりと目を閉じた。

「うーむ、『強くなりたい、強くなりたい』という、お主の心の声が聞こえるのう。焦りが心にあっては決して強くはなれんぞ。強さとは何じゃ？　大きな力で相手を打ち負かすことか？　韋駄天《いだてん》のごとき離れ技で相手の上に立つことか？　それはあくまでも表面的な強さに過ぎぬ。たとえそれが出来たとしても、これから戦う相手には通用せぬぞ」

冬星は言葉に詰まった。まさに図星だったからである。まるで自分の心を見透かされている、そう感じた。

「もう今日は日が暮れる。まずはゆっくり休み、明日に備えよ。明日からは本格的な修行に入るぞ、よいな」

「へい」

冬星と笛吹老人は、木立の中の細い道に沿って歩いた。

ほどなくして、粗末な小屋のような建物に着いた。ここが笛爺《ふえじい》の住処《すみか》らしい。小屋の中はまったくといっていいほど物が置いてなかった。竈《かまど》があり、囲炉裏《いろり》があり、畳がある、みるからに殺風景な設えで、生活感がまったく感じられないのである。まさに仙人のような住まいといえば丁度よいかもしれない。

夕餉《ゆうげ》に、笛爺が山菜鍋を作ってくれた。キノコや木耳《きくらげ》などが鍋からあふれんばかりに入れられており、食べきれない量であった。

冬星はこの不思議な笛吹き老人が、卑弥呼の言った最強の忍術師匠〝鹿の頭〟であるとは、どうも納得できないでいた。しかし旅の疲れもあり、その夜は熟睡した。


翌朝、早い時間に目が覚めた。

明け六つ（午前六時）よりも早く戸口が開け放たれ、外の空気や鳥の囀りが聞こえてきた。竈の上には握り飯が二つ置かれてある。笛爺の姿はない。

冬星は急いで小屋から飛び出し、昨日の小高い丘の上に駆けのぼった。昨日と同じ木の切り株の上に、笛爺は座っていた。

「遅いぞ！　いつまで寝てるのじゃ。鳥よりも早く起きねば寝首を掻かれるぞ」

「申し訳ありませぬ！」

笛爺は懐《ふところ》から、おもむろに新しい篠笛を出した。

「それではさっそく修行を始める。冬星、これを持て」

新しい篠笛を冬星に渡した。

「はっ、篠笛？　で、修行とはどのようなことから始めるのでございましょう？」

「修行とは、この〝篠笛を吹く〟ということじゃ。それ以外、ない」

「えっ？　篠笛を吹く……」

冬星は絶句した。

あまりにも意外な返答であり、想像していた修行とかけ離れていたからだ。しかも篠笛を吹くことが最強の忍術の修行とは、どう考えても結びつかない。しかしこの笛爺があまりに真面目な顔つきで冬星を凝視しているので、仕方なく篠笛を吹いた。幼少時、地元の祭りで吹いたことがあったが、数十年ぶりである。

ピーー
わずかではあるが、か細《ぼそ》い音色が筒から漏れ出た。笛爺はしばし黙り込んだままである。

冬星はかまわず笛を吹き続けた。

ピーピーピピーー

笛爺の眉毛がぴくりと動いた。

「それは、笛の音ではない。ただ吹いているという音である。息を注ぎ込み過ぎているから、抑揚もない。一本調子であるため、余韻も響いてこない。すぐに音色が切れてしまっている」

（たしかに笛爺の言う通りだ。おれは、音が出ればいいと思って吹いていただけだ。しかしなんで笛を吹くことと強くなることが一緒なのか、わからねえ……）

笛爺が、じろりと睨んだ。

「おまえは『なんで笛を吹くことと強くなることが同じなのか』不審に思っておるな。余計なことを考えた時点で、笛の音ではなくなるのじゃ。考えるな、感じろ！」

笛爺の言う通り、考えすぎたり、意識しすぎると笛の音は濁り、固い音になってしまう。かといって、ただ漫然と吹いているだけでは軽い音となり、耳障りな音色になってしまう。

結局その日は夜まで吹き通した。

そして、あくる日も早朝から篠笛の修行は続いた。その後、雨の日も風の日も朝から晩まで篠笛を吹いて吹いて吹きまくった。しかし笛爺は目をつぶって聞いているだけで、微動だにしなかった。

冬星は当初『篠笛なんて、誰が吹いても音色はみんな同じだろう』と高をくくっていたが、明らかに違うことに、徐々に気づきはじめた。少なくとも、笛爺の吹く音色とはまったく違う。いうなれば、〝音色の風景〟が違うのである。

冬星の吹く音色は殺風景な荒涼とした大地だが、笛爺の音色は緑豊かな山々の稜線があらわれ、雲がたなびき、鳥や動物たちが生き生きと飛び跳ね、生命力に満ちあふれた風景なのである。まさに言葉ではない世界、である。

熊野の山々の合い間を、篠笛の音色が薫風とともに駆け抜けていく。季節は初夏の兆しを感じさせていた。

——摂津交野《かたの》

ここは北斗七星舎の本拠地がある場所で、昔から星にまつわる由来が多い。七夕伝説、七夕祭り、星祭りなどがある。平安時代は交野が原と呼ばれ、皇室の狩猟地でもあり桜の名所でもあった。

その中でも『星山大神宮』は星、いわゆる流れ星伝説の聖地である。言い伝えでは、隕石落下により山の半分が崩落したといわれており、その磐座《いわくら》がご神体として祀られているという。真言密教の開祖・弘法大師空海の秘儀修法のもと、開かれたともいわれている。

——妙見菩薩信仰《みょうけんぼさつしんこう》

この星山大神宮は〝妙見菩薩信仰〟が中心となっている。

妙見菩薩信仰とは、北極星、北斗七星を神格化し信仰するものである。インド発祥の菩薩信仰が、中国で道教の北極星、北斗七星信仰と習合し、密教の天部の一つとして伝わった。

北極星は北辰《ほくしん》ともいわれ、天帝（天皇天帝）つまりすべての世界の中心であり、王であるとする。北斗七星は北極星を守る破軍星《はぐんせい》とも位置付けられ、軍神の意味合いとして密教経典に記されている。

中世初期には陰陽道にも取り入れられ、『太上神仙鎮宅七十二霊符』と呼ばれる七十二種の護符を司る鎮宅霊符神とも習合された。妙見信仰は、道教、密教、陰陽道に取り入れられたが、最古の経典は晋代の「七佛八菩薩所説大陀羅尼呪経」である。

この妙見信仰は歴史上の名だたる人物たちも信仰していた。平将門や坂本龍馬、勝海舟らにも大きな影響を与えた。

〝妙見〟とは、〝正しき眼、優れた眼で物事を見る〟という意味である。つまり善悪や真理を見通すという意味である。いわゆる政治が専制君主などにより腐敗し、治安が乱れ、民の生活が脅《おびや》かされるような状況になったとき、妙見菩薩は『賢く、才能のある者を召し出し、新たな王に据えるだろう（妙見菩薩陀羅尼経より）』としている。

『源平闘諍録《げんぺいとうじょうろく》』に、平将門が妙見菩薩からご加護される下りが記されている。将門は朝廷に反逆した逆臣《ぎゃくしん》とされているが、関東での平安貴族の統治は私欲にまみれ、善政を忘れ民衆の収奪にふけり、治安が大いに乱れていた。立ち上がったのが将門であり、悪政を敷いていた国司を追放し奪還した。これは義憤に駆られての義挙《ぎきょ》ともいえるのではなかろうか。

坂本龍馬は剣術修行のため江戸へ出て、千葉周作が創始した北辰一刀流《いっとうりゅう》道場に入門する。まさにこの北辰一刀流こそ妙見信仰である。北辰とは北極星のことで、創始者の千葉一族は陸奥国（宮城県）出身で、妙見信仰の一族であった。龍馬は北辰一刀流の免許皆伝を授かるが剣術の免許だけでなく、妙見信仰の〝秘奥義〟も伝授されたのではないかという説がある。

改革に燃える龍馬だったが、様々な軌跡を残しながらも三十三歳の若さでこの世を去った。もし生き長らえていたら、どんな日本になっていたのか？　まさに義の志《こころざし》のままに生きた武士《もののふ》であった。

〝妙見菩薩〟は、正しき義の心をもつ者にこそ大きな力を授けるものであり、世が乱れる時にこそ、この世を救う勇気ある者を選び、加護をするのである――

北斗七星舎の裏山の鍛錬場では、叱咤する大きな声が響いていた。

「こらっ、何をさぼっとる！　まだ半分も終わっとらんぞ！」

髭面《ひげづら》の大男が竹刀を持って檄《げき》を飛ばしていた。北斗七星舎の鬼大将・猪島庸十郎《いのしししまようじゅうろう》である。崖の上から荒縄が垂れており、その縄を両手でつたいよじ登る修行が行われていた。汗をかきながら必死に上っている巨漢の男は、不動であった。

「いんやぁ、たまらんわ。もう少し休ませてもらわんと身が持たん。もう腹がすいてきよったわ」

「おまえはさっき昼飯を食ったばかりやぞ！　気合を入れろ、不動！」

猪島の爛々とした目で睨まれると逃げられなくなる。この鍛錬場で数多《あまた》の強者《つわもの》の忍びたちを鍛えてきた、まさに鬼大将である。

「おやぁ不動の奴、しぼられてんな。ちっとは腹がへこむやろな」

道場の窓から覗いていた銀が、苦々しく呟いた。

銀は立ち位置や、相手との距離の取り方、体位の入れ替え方などを中心に修行を行っていた。特に様々な魔術を使う敵の襲撃は、咄嗟の判断や瞬時の行動如何《いかん》が命取りになる。突然の襲来に備えた幻道波術の発動の仕方など、実戦に重きを置いていた。

北斗七星舎の本拠地は、星山大神宮の敷地内にある。

この星山大神宮は、山々の峰の上に各拝殿が祀られており、その拝殿をつなぐように長い石段が設えてある。その拝殿の配置は上空から俯瞰してみると、まさに北斗七星の形のように柄杓型《ひしゃくがた》に配置されている。

この北斗七星の配置は〝結界〟である。この結界内に、不浄のものや邪悪なものを入れない魔法陣であり、京の都や江戸の町の中にも北斗七星結界が施されている。

『登り龍の滝』の場所では、義近が修行に精を出していた。

この滝の周辺全体が窪《くぼ》んでおり、かつて北斗七星の一部（隕石）がこの滝壺に落下したといわれている。滝壺の奥には、不動明王像が降魔《ごうま》の剣を携えて睨みをきかせている。

義近は「早く強くなりたい。強くなって、源じいと蓮華衆の仇を取りたい」と意気込んでいた。その熱心さは、指導する北斗七星舎の指導僧・斎藤聖護院《しょうごいん》にも伝わってきた。

「うむ。義近、おまえは覚えが早いぞ。棒手裏剣の正確さも格段にあがっておる。いかなるときも、平常心を忘れずに一打無心《いちだむしん》に打ち込むのじゃ」

斎藤は黒々としたあご髭を撫でながら目を細めた。

「はい！　おいら、一日も早く強い忍びになって術を会得したいです。どんな厳しい修行も厭《いと》わないので、なんなりと教えてください！」

「この登り龍の滝は、不動明王の守護力が強い場所なのじゃ。きっとおまえにも絶大な力を分けてくれるだろう。ただし武士道の義の精神を忘れるでないぞ。それでは、一段上の修行の技をおまえに教えよう」

斎藤は義近のひたむきな粘り強さを見抜き、特別に幻道波術の基礎術を教え始めた。通常ならば年齢的にもう少し年が経ってからなのだが、義近の資質を見すえての英断であった。

凛は、さらなる新しい幻道波術の開発に余念がなかった。

天鉄刀を磨きに出すと新たな幻道波術が生まれると聞き、自身の天鉄刀『月虹村正《げっこうむらまさ》』を磨きに出した。村正の茎《なかご》はタナゴ腹だが、肉が薄く鎬《しのぎ》が高い。そして表裏で一致する村正刃《むらまさば》といわれる、ゆったりとしてうねった刃文《はもん》は独自のものである。なんとも怪しく美しい輝きは、まさに凛の幻道波術にふさわしい。

「ここらへんの草花は、あまり大きなものはないけど生命力が強いわね」

そして菜食主義の凛は、そこいらじゅうに自生している葉物を観察していた。食用に用いるためと、新たな幻道波術に用いるための実益も兼ねていた。虫の餌となる葉物は、新鮮で旬のものが欠かせないのである。

若槻玄之丞は居合着に身を包み、剣術の稽古に明け暮れていた。

間近で見た忍びたちの術が衝撃的すぎて、あまりの力の格差に正直、気後れと自信を失っていた。しかしいつまでも落ち込んでいるわけにはいかない。

（わしも武士の端《はし》くれ。剣術ぐらい嗜《たしな》んでいなくては若槻家の恥じゃ。必ずや敵の首級《しるし》をあげ、父上に献上いたすぞ。見ておれ、忍びども。本物の武士の気概を見せてくれようぞ）

指導僧の吉井蔵元《くらもと》も、最近の玄之丞の上達ぶりに目を瞠った。

「玄之丞殿、最近すこぶる熱がはいっておるな。ようやく、ご自身の目指すべき姿が見えてきたとみえる。その調子じゃ、もっと鍛えなされよ」

玄之丞の白い歯がこぼれた。


北斗七星舎の根本道場のすぐ横に、本部であるお堂が建っている。

本堂内には、北斗七星舎の幹部らたちと堂心、孝明が座っていた。幹部の一人の僧が神妙な顔つきで口を開いた。

「それで鴉たちは、いよいよ京の都周辺にも出始めているのか？」

「うむ、左様じゃ。都の護りである、結界石《けっかいせき》を壊しているようなのじゃ」

「結界を壊す？　なぜ、何のために壊しているのじゃろう」

「まず護りの結界を壊したうえで、奴らが狙っているものを手にする。そのためじゃろう」

「何を狙っておるんじゃ？」

「まさか、伝説のあの……神具か！」

一同は、ごくりと唾を飲み込んだ。

「しかし、それは御子様でもご存知ないとのことじゃったぞ。先読みの術をもってしても、そのありかを探ることは出来ぬ代物じゃ。奴らが知るわけはなかろう」

　格子戸から差し込む木漏れ日が、黒い床に反射した。

「いずれにしても敵方には相当に熟練した剣術者がおるのはたしかだろう。我らの自慢の江《こう》雪《せつ》すらも、いとも簡単に斃《たお》してしまう奴らじゃ。どんな忍術で、いかような太刀を所持しているのか皆目見当がつかぬ」

「ふむ。そして何より厄介なのが、御子様の目をあざむくほどの呪術に長けた術者がいることなのじゃ」

「呪術者？　しかればあの迦波羅《かばら》の術、裏迦波羅《うらかばら》か！」

「裏迦波羅か……。魔道とも魔術ともいう。はたして我らは、奴らに勝てるのか」

「……わからぬ。敵がどのような術を使うのか、まずはその正体を突き止めねばならぬ。生き残った江雪ら忍びの話しでは、天鉄刀が引き寄せられるように狩られてしまったという事実だけじゃ」

　お堂内は重苦しい雰囲気で満たされた。その沈黙を破るかのように、堂心が頭をあげた。

「しかれば残り少ない我らの忍び隊を、京の都に集中して護りを固めるのが肝要かと存じ上げますする。ただいま強力な援軍となりうる軒猿毘沙門衆を再強化しております。彼らを戦いの最前線に布陣させ、敵の出鼻をくじくのが得策かと存じますする」

老僧たち一同も大きく頷いた。

「うむ、たしかにあの手強い敵に対峙できるのは、もはや軒猿毘沙門衆しかおらぬか」

「そういえば、軒猿毘沙門衆の忍び筆頭、冬星はまだ戻らぬのか？」

「はい、冬星はまだ熊野で修行中のようでして、もう一時《いっとき》かと思われまする」

北斗七星舎の忍びたちが手薄になってきているなか、軒猿毘沙門衆に大きな期待がかけられていた。まさに最後の望みでもあった。

この時、鴉の魔の手がすぐそこまで伸びていることを知る者は誰もいなかった——


熊野の山の稜線に雲がたなびき、ゆったりとした時間が流れていた。

夕景は山や木々そして雲を真っ赤に染め、燃え上がるような美しさであった。そして森に染み入るかのように、篠笛の音色が朗々と響いていた。

熊野に来てから、すでにひと月あまりが過ぎていたが、冬星はあいも変わらず篠笛を吹き続けていた。さすがに音色はなめらかになり、以前のようにぎこちなく途切れたりすることはなくなっていた。

笛爺が篠笛を吹いている冬星の後ろにやって来た。

「うむ、だいぶ吹けるようになってきたのう。高からず低からず、大きからず小さからず。

笛の音になってきたわい。笛吹き屋になるんであればこれでも十分だが、おぬしは違うものを求めておるからな」

「へい、ただ笛を吹くだけではねえんで。そろそろ、忍びの要諦を教えていただきたいと存じやす」

「ふむ、もう見えてきたかのう。まだか？」

「え、見えてきたとは？　いったい何が見えるというんで」

「笛の上達は、あるとき跳び馬に乗ったかのようにポンッといっきに踊り場にあがるような時がある。おぬしも、もうすぐその時が来るであろう」

そう言うと笛爺は篠笛を持ち、夕焼けの中に溶けこむように笛を吹きだした。

するとしばらく、森の中からガサッと音がしたかと思うと、一匹の大きな鹿が現れた。続いて狸《たぬき》がひょっこりと恥ずかしそうに出てきた。笛を吹いている笛爺の肩の上には、栗鼠《りす》が二匹止まってこちらをキョロキョロ見ている。

まるで動物たちは笛の音を楽しんでいるかのようであった。鹿は目を細め、狸は丸くなり、栗鼠は腹を出して無造作に座っていた。それはまた笛を通して、動物と会話をしているようでもあった。冬星からは笛爺が仙人のように見えたのも無理はない。自然と一体になっていたのである。

笛爺が、ゆっくりと目を開けた。

「この鹿も、狸も、栗鼠もみな自然の一部じゃ。木や石もそうじゃ。人間ももちろん自然の一部に他ならない。すべて糸でつながれておる。笛の音を通じてそれを感じただけなのじゃ。自分だけが生きておるとか、自分だけが強いとか、そんなつまらないことはどうでもよいことじゃ。わかるかな、冬星。頭で考えることではない」

冬星は理屈ではわからなかったが、笛の音を通してなんとなくわかったような気がした。すでに夕闇が迫り、あたりは薄暗くなってきた。不思議な感覚を抱いたままだったが、明日に備えて今日はここまでにとどめ、小屋へ戻った。空にはすでに一番星が輝きはじめていた。


翌日の早朝、冬星は明け六つ前にはいつもの小高い丘の上にいた。

昨日の笛爺の、自然と一体になった姿が脳裏に焼き付き、忘れられなかったからである。そしていつものように篠笛を吹きはじめた。

しかし今日は、いつもと違っていた。

吹き始めると目の前にある大きな石の周りに、何やら緑色の光がぼんやりと見えるのである。目をこすってみたが、やはり見える。消えることなく、発光した緑色の光の環《わ》が残像のように見える。

するとガサッガサッと音がして、林の中から大きな鹿が現れた。昨日、笛爺の前に出てきたあの大鹿である。なんと鹿の体の周りにも、光の環《わ》が覆い包むかのように輝いている。鹿の周りの光は黄色である。

「なんなんだ、これは！」

冬星は思わず声を上げた。

どこからともなく笛爺の声がした。

「ようやく見えるようになったか冬星、

――御度《おど》

というものが」

「御度？　これはいったい何なんだ！」

笛爺は目を細めた。

「御度とは、人が持って生まれた生命力や精神性、感情の状態、心の動き、それらが光の残像となってあらわれたものじゃ。大きさも、色も、形も人によって千差万別。より心を研ぎ澄ますと、その人間の将来までも読み通すことができるといわれる。もちろん人だけでなく、動物や木や石、山、川、風にも御度は宿っておる」

「人の生命力や精神性？　それが具現化したもの……」

「そうじゃ。生き死にを生業《なりわい》とする忍びの世界では、相手の動きを瞬時に読むことが生死を分ける。御度が読めることは、相手の次の動きが読めるということじゃ。御度が見えなければ、戦いに勝つことはできぬ。今後のおまえの戦いでは不可欠になるであろう」

笛爺は厳しい面持《おもも》ちでつづけた。

「これから対峙する敵の鴉たちは、すべて御度を見て挑んでくる強者《つわもの》ばかりじゃ。今まで戦ってきた奴らとは次元が違う。御度を読んだうえで魔道を使ってくる。幻魔に惑わされてはならん」

冬星はようやく篠笛の特訓が、なぜ忍びの修行に必要なのかが分かった。たしかに御度が見えるのと見えないのでは、戦いの場において大きな差となる。ましてや魔道を発術してくる強者の敵には、一瞬の油断が命取りとなる。

この御度は人が動く方向へ、一瞬先に光の環の残像が揺れる。つまり生きている人や動物であれば、次にどちらの方向へ移動するかが瞬時に読めるのである。しかも心の中で強く念じたりすると、御度の色が変化する。いわゆる忍術を発動しようとするときなど察知することが出来るのである。

「しかし、鹿や狸の御度の色は人とは違うが、いったいどうしてなんで？」

「動物には人のような欲や雑念がない。純粋で、常に自然とともに生きておる。しかし人はどうか？　腹に私利私欲を抱えておる者の御度は真っ黒く、光を放たない。冬星、おまえも御度が見えるようになったせいで、世の中の見る目が変わることじゃろう」

冬星はあらためて篠笛を見た。

まったく強さとは無関係のものと思っていたものが、実は一番強さと関係があったとは。おのれの考えのあやまちを悔いると同時に、どんな些細なものでも繋がりがあり、おろそかには出来ないのだということに気づいた。

「笛爺、すまなかった。おれは篠笛なんか忍びの役に立つわけがないと高をくっていた。しかし、このことに気づかせることだったとは、本当におれは浅はかだった」

「いや、いいんじゃよ。誰もが疑問に思うのも当たり前じゃ。こんな笛を吹いたところで強くなれるのか？となる。だが真に強い者は、どんな小さなものにも気を配る力量も必要じゃ。風の揺れ、鳥や虫の羽ばたき、月の満ち欠け。何度も言うが、すべての命は繋がっているのじゃ。その微妙な変化に気づく者こそが、真の王者となろう」

冬星は笛爺の話しに耳を傾けながら、ふと素朴な疑問がよぎった。

「笛爺、あんたはそれだけのことを熟知し体得しているのならば、まさに真の王者となれるのでは？」

笛爺はカンラカンラと笑った。

「ははは っ。真の王者か？　おまえを見ていると、まるで昔のわしを見ているようじゃ。わしもかつては忍びの頭として組を束ねておった。忍術もたくさん編み出し、数多の強敵を撃破してきた。しかし、強さには限りがない。何をもって強いとするのか？　強ければ強いほど多くの人々を幸せに出来るのか？」

笛爺は目をつぶり空を仰ぎ、まるで雲に語りかけるように呟いた。

「空を吹く風には何の欲もない。川のせせらぎはただ流れていくだけじゃ。雨は天から降り、地面を潤《うるお》し、やがて霧になってまた天に上がっていく――。真の強さとは、無欲で泰然自若《たいぜんじじゃく》とした自然そのものじゃ。自然には勝てん。わしはそれに気づいただけじゃ」

笛爺は両手を広げ、体いっぱいに風を受け止めた。

「何も構えないこの自然な姿こそ、わしの目指す道。転がり続けてこの場所にたどり着いた。しかし、おまえは違う。冬星、わしがいままでの弟子たちに教えたのはここまでじゃ。おまえには、やり抜かねばならぬ使命が宿っておる。ここからは、熊野の主《ぬし》が師匠じゃ」

「熊野の主？」

「ここ熊野は、別名『よみがえりの地』とも呼ばれている。一度死んだ魂は、この熊野の地でよみがえる。新たな息吹を吹き込まれ、使命を託されるのじゃ。きっとおまえにも熊野の主から新たな息吹が吹き込まれることじゃろう」

「おそらく、すべては決まっておったことじゃ。明日からおまえは那智の大滝の向かいの磐座の上で坐禅を組み、瞑想を行うのじゃ。必ず啓示が降りてくるじゃろう」

「新たな命、使命……」

　笛爺はそう言うと静かに笛を吹きはじめた。その音色は切なく、哀しみの色に彩られ、まるで師匠と弟子の別れの時を告げているかのようでもあった。


　翌日から冬星は大滝の向かいにある大きな石、磐座の上に結跏趺坐《けっかふざ》をして瞑想をはじめた。磐座の中央部はへこんだ窪みがあり、ちょうど人ひとりが座れるほどであった。小高い崖の上にあるため、下の古道を見下ろすことが出来た。

　目の前には、滔々《とうとう》と流れる大滝が飛沫《しぶき》をあげて勢いよく滝壺に吸い込まれる姿が広がっており、下の古道を参詣者が行き交う姿がみられた。季節は水無月から文月に移る頃で、蒸し暑さに包まれていた。

　蝉時雨《せみしぐれ》のなか、木立の間を縫って白装束の男たちが大社に上る姿があった。松明に使う大きな藁をひとり一人が担いでいた。檜の舞台では、那智田楽《なちでんがく》という神楽が奉納され笛や太鼓の賑やかな音が聞こえてきた。赤や金色の衣装に身を包んだ流麗な舞いが、目にも鮮やかに披露されていた。

今夜は三大火祭りといわれている『那智の火祭り』の日である。

神武天皇東征の時、那智の大滝を神と信仰し始まったとされる。大滝を大己貴命（大国主命）を始めとする十二の御霊代《みたましろ》として祀った。その後、那智山の中腹に那智の大滝の神々を遷し、那智大社が建立された。この神々が一年に一度、飛瀧神社に里帰りするのが那智の火祭り神事の由来である。

そしてその十二の神の御霊代を、大きく長い扇にのせて祀る『扇神輿《おおぎみこし》』が参道の前に並んでいる。扇神輿には鉄釘は一切使わず、三百六十五本の竹釘を使用し、扇などを打ち付ける。この十二基は一年をあらわしているともいう。

滝の参道では扇神輿を迎えるため、大きな『大松明《おおたいまつ》』が十二基待ち構えている。扇神輿がこの大松明のもとへ到着すると、松明に火がつけられる。ゴーという音とともに燃え盛る炎の松明は、迫力ある火柱《ひばしら》とともにあたりを赤く照らす。火の粉が激しく飛び散るなか、そばで火払所役という男が火の粉の火消しに奮闘する。

「ハーリヤ、ハーリヤ」と掛け声も勇ましいが、屈強な男衆でも燃え盛る大松明の重量には思わず顔をゆがめる。白装束の男たちと紅蓮《ぐれん》の炎の対比は、黒色の古道と神社の鳥居を浄化するかのようである。

小高い上から俯瞰していた冬星の目には、大松明の炎がまるで〝火龍《ひりゅう》〟のように映った。

炎の尾をくねらせながら、真っ赤な龍が木立の中を駆け抜けていくかのようだった。祭りは威勢のいい掛け声とともに、燃え盛る大松明が参道を昇り降りしはじめると頂点に達した。炎が乱舞する光景は、神秘的かつ幻想的でもある。

　この火祭りは、「火」だけの祭りではない。十二の神々が「水」の滝に帰られるという水の祭りでもある。そう、「火」と「水」の祭り。「火《か》」「水《み》」であり、「火《ひ》」「水《すい》」でもある。万物を構成する基本の元素でもあり、活力の源でもある。冬星もこの祭りの奥深さを、なんともいえず感じとっていた。

　やがて祭りも終わり、とっぷりと日が暮れてきた。賑やかだった参道や神社のあたりも人影がなくなり、石灯篭の灯りだけが石畳に洩《も》れていた。空には星がまたたき始めた。

　冬星はただ只管打座《しかんだざ》ごとく、磐座の上で坐禅を組んでいた。日中、熱かった石の温度も下がってきて、ひんやりとした感触になっていた。

　どれくらい時が経ったであろうか、夜中の丑三つ時が過ぎた頃、星のひとつがひときわ大きく輝き始めた。それは極の星であった。きらきらという生易しい光り方ではなく、天空の中心で明滅し始めたのである。

　冬星もそれに気づき、不思議な気持ちと引き寄せられる気持ちが交差し、その星を凝視した。するとどこからともなく『ゴゴゴゴー』という重苦しい地響きが聞こえてきた。一瞬、地震かと錯覚するほどの大きな地鳴りであった。その地響きが、だんだんと近づいてくる。『ゴッゴッゴゴッー』

何かが地の底から這い上がってくる、そんな気がした。

地響きの音が最大になった時、『ドンッ！』と大きな音がして、何かが跳ねた。

冬星は、頭上を見上げた。

「えっ！」

なんと冬星の頭の上に、巨大な、

――龍

が、うねるように飛翔していた。しかもその龍は、全身が『炎』につつまれた、〝火龍《ひりゅう》〟であった。

冬星は呆気にとられ、呆然と宙空を泳ぐ火龍を見ていた。

火龍は鱗《うろこ》から尾まで紅蓮の炎につつまれており、鋭い鉤爪は獰猛に何かを掴むかのように動かしていた。口は耳まで裂け、赤い舌がちょろちょろ見えていた。

火龍は八の字を描いてしばらくうねると空で弧を描き、大滝の滝壺をめがけ物すごい速さで飛んでいった。

ズッバーーン！

勢いよく滝壺に飛び込んだ。

そしてしばし沈黙が訪れた。山全体が静謐《せいひつ》に包まれた。

次の瞬間、『ギャアオーー』という、動物とも人ともいえない大きな鳴き声が響き、滝壺から火龍が舞い上がって出てきた。

火龍は、那智の大滝にからみつくように、らせん状になって滝登りをしながら一気に駆け上がった。

グゴゴゴゴーー
まるで火柱が、水の滝にとぐろを巻いているようだった。

それは「火」と「水」の融合といってもいい。

舞い上がった火龍は、ひときわ輝く極の星へ吸い込まれていった。

直後、あたりが真昼のように明るくなったかと思うと、極の星から冬星に向かって一線の光が放たれた。

冬星の眉間と、脇に置いてある無双光天龍長光に、その光は〝封入〟された。

「なんだ、これは！」

冬星の身体全体が赤い炎でつつまれていたが、まったく熱いという感覚はない。

「これは、御度なのか？　いや違う。なにか腹の底から力が漲《みなぎ》るようだ」

ふと長光を見やると、刀身の拵え全体が炎につつまれている。しかし下緒や房が燃えているわけではない。炎が〝外側で揺らいでいる〟といった方が適切かもしれない。

冬星が長光を握り、抜刀した。

ズギュンンン
なんと刀身全体が、

――赤い炎
となっていた。まさに不動明王の降魔の剣のごとく、鋭く赤い炎の剣先となっていたのである。

冬星は無意識に立ち上がり、長光を持つと九字を切り、真言を唱えていた。

「ノウマクサマンダ　ボダノウ……」

すると長光の切っ先から、一筋の赤い炎が糸のように放出された。

冬星は真横に太刀筋を切ると、なんと一町（約百メートル程）先までの木々が、薙《な》ぎ倒された。正確には木の幹が截断《せつだん》されていた。

「これは……、新しい幻道波術なのか」

まるで、火龍の咆哮《ほうこう》のような豪快な技である。火の烈風のごとく、あたりの木々が微塵になっていた。冬星も切れ味鋭いその破壊力に驚いた。

ふと足元をみると、冬星は宙空を音もなく、飛んでいた。

「まさか、おれは幻道波術をすでに発動させていたのか！　もとに戻ったのか！」

冬星は幻道波術を無意識に発動させていた。

その時、笛爺の言葉を思い出した。

（熊野はよみがえりの地。新たな息吹を吹き込まれ、使命を託されるのじゃ。きっとおまえにも熊野の主から新たな息吹が吹き込まれることじゃろう）

「新たな息吹、これがそうなのか――」

冬星は熊野の主から、新たな息吹と使命を授かった。


翌朝、冬星が身支度を整え笛爺の小屋に行くと、もぬけの殻だった。

笛爺の姿はどこにもない。生活していた道具類の一切合切、何もない。忽然と消えたという言い方がしっくりくる。ただ囲炉裏の筵《むしろ》の上に、真新しい〝篠笛〟が一つ置かれてあった。

篠笛をゆっくりと持ち上げ、窓から入る朝陽にかざした。透き通るような天然木の木目が実に美しい、美麗な笛であった。

冬星は、にやりと破顔した。

不器用な笛爺の、冬星への〝はなむけの品〟であることを、一寸遅れて気がついた。

（冬星、おまえに教えることはもう何もない。笛の音の心を忘れずに達者でやるんだぞ）

耳元で笛爺の声が聞こえた気がした。

冬星は幾度も笛の練習をした小高い丘の上に立ち、見慣れた熊野の山々を見下ろしていた。爽やかな一陣の風が吹き抜けていった。

修行中はこんなにもゆったりとした気持ちで眺めたことはなかったが、山の風景を見ていると熊野での日々が脳裏によみがえってきた。

もう昨日までの冬星は、そこにはいなかった。新たな息吹を吹き込まれた、旅立ちの刻《とき》を迎えていた。

冬星は笛爺のはなむけの笛を静かに吹いた。なめらかな音色は風に乗り、蝉時雨《せみしぐれ》とともに野山を駆け巡った。

三度笠越しに熊野の山々の景色を一瞥《いちべつ》すると、古道を踏みしめ熊野の山を後にした。そのとき無数の鴉が一斉に飛び立っていった。

それはまるで、これからの激闘を暗示しているかのようであった。

第六章　天鉄刀狩《てんてつとうが》り

それは神立《かんだち》の雨が降った後のことであった。

夏の午後、雷鳴が鳴ったかと思うとザーと雨が降り、北斗七星舎の本堂前の石畳が濡れ、雫が光っていた。

京の都から孝明《こうめい》のところに使者が訪れていた。

「なっ！　これは御子様《みこさま》からの便りじゃ。いったい……」

便りに目を通す孝明の表情が、とたんに険しくなった。

孝明は堂心ら幹部がいる社務所へ行き、幹部たちに便りをみせた。一同は神妙な面持ちで互いの顔を見合わせた。

「これは京の都にいる御子様からの、急を要する応援要請の文面じゃ。まさか敵の鴉たちは、御子様の居場所を突き止めたのか？」

孝明は手を横に振りながら言った。

「いや、そんなことはない。御子様は強力な結界を張っておられるうえ、防護についている忍びや僧兵たちは屈強な者ばかりじゃ。そうやすやすと破られるものではない」

堂心は身を乗り出した。

「しかし、このような急を要する便りを無視はできぬ。ここは一刻も早く京の都へ援軍に向かうべきと進言いたしまするる！」

長老の幹部は白いあご髭を撫でながら呟いた。

「ふむ、たしかに京の都で何かが起きているようじゃ。堂心、孝明、何か良い策はあるか？」

「はい、いま訓練しておる軒猿毘沙門衆らがめきめき腕を上げております。こ奴らを連れていけば、必ずや御子様をお守り抜くことができまする。わしも直接同行致す」

堂心が自信をもって推薦したが、孝明は難色を示した。

「たしかに軒猿毘沙門衆は、いまの戦力の中では最も強い者たちじゃろう。しかし、結界の張り方や、御度の見え方はまだ未修得なのではないか？　もしその能力に長けた敵が現れた場合、赤子も同然じゃ。時期尚早と思うが……」

もう一人の老幹部も眉間にしわを寄せながら言った。

「軒猿毘沙門衆とは、あの越後の軒猿衆のことか？　たしかにいま我らの七星舎には、強い忍びがいなくなってしもうた。御子様をお守りすることを考えると、堂心が言うように軒猿衆に賭けてみるしかないか」

幹部たちの長い談義の結果、軒猿毘沙門衆を連れて京の都へ行くことが決まった。出立《しゅったつ》は明日になった。

暮れ六つが過ぎ、七星舎の大広間では夕餉の準備をしていた。

「あーー、今日は本当に腹が減ったな。猪島の大将、張り切ってやがったからな」

不動は腹を押さえて『どっか』と座布団の上にあぐらをかいた。義近が隣りに座り、憧れと好奇な目で不動をチョロチョロ見ていた。

「不動のおいさんの幻道波術は〝雷《いかづち》〟だろ？　すげぇかっこいいな。おいらも一端《いっぱし》の忍びになったら、雷の幻道波術を使いたいなぁ」

不動はギロリと義近を見下ろした。

「おめえを見てると、昔のおれを見てるようだ。おれも幼いときから、忍び頭《かしら》の爺さんに育てられたんだ。昔はガリガリに痩せててな。よくいじめられたもんだ」

不動は歯ぐきを出して、ニッカと笑った。

「まあ、強くなってからそいつらに倍返ししてやったけどな。へへへ。でも、おめえも強くなりたいんだったら、弱い自分に打ち克《か》つしかねえぞ。その弱い自分を乗り越えたとき、新しい自分と出会えるんだ。一番手強いのは、怠けようとする自分の心だ」

義近はきらきらとした目で不動を見つめ、その言葉に惹きこまれた。

「こいつは、おれの忍び頭の爺さんからもらったもんだ。おめえに、やる」

不動は持っていた巾着袋の中から、〃石〃を取り出した。その石は真ん中から、ぱっくりと割れていた。

「この石は、なに？」

「これは、〃雷の神様の石〃だ。雄石《おいし》と雌石《めいし》にわかれているが、擦り合わせると火花が散る。迷信かもしれねえが、こいつを持ってると雷の力が増すといわれている」

「でも不動さん、そんな大切な石をおいらにくれてもいいのか？」

「もうおれは、雷の幻道波術を極めたからな。今度は若いおめえに、雷の技を継いでもらいたい。おれが見込んだ男は間違いねえ。だども、もっと食って腹をふくらませないと強い雷は出ねえぞ。はっはっはっ」

義近はなんだかとても嬉しくなった。今まで別の世界の人だと思っていた軒猿毘沙門衆の不動が、自分と同じ境遇だったということばかりではない。親がいないという、心の孤独をつねに抱えているにもかかわらず、それを乗り越える勇気をみずからの手でつかみとったという事実を知ったからだ。

（そうだ、自分にもできる！）

そう思うと自然に涙があふれてきた。義近は不動みたいに強くなるために、山盛りに盛った炊き立ての白米を、口いっぱいに頬ばった。

そこに堂心が入ってきた。

「みなの者、夕餉の途中だが申し訳ない。実は急を要する一大事が起きた。明日の朝一番で京の都へ行ってもらう。あの御子様に、敵の魔の手が伸びてきておるようなのだ。お主《ぬし》ら軒猿毘沙門衆の力が是非とも必要じゃ。銀、不動、凛、頼むぞ」

突然のことに、一同は驚きと同時に使命感に包まれた。

「なんや、御子様にそない危機が迫っておったとは知らなんだ。おれらが行けばコテンパンに敵を熨《の》してやるぜ！　なあ、不動！」

不動も右腕をかざし、力こぶを誇示した。

「玄之丞殿も、一緒にご同行いただきたい」

「はっ、了解仕《つかまつ》った。やっと拙者の出番がきて嬉しゅうございまする。ここで鍛えた技を、思う存分発揮できると思うと腕がなり申す」

玄之丞も浮足立った。

「義近、おまえも初仕事や。しっかりやれよ」

「もちろんだ！　おいらの忍びの術をこれでもかと見せつけてやるよ！」

その時、義近の耳元で誰かの声がしたようであったが気にも留めず、早めに床に就いた。

あくる朝、事件は起きた。

明け六つ前、どたどたと廊下を走る音で銀は目が覚めた。

「何事や！　騒々《そうぞう》しいな」

銀が不動を起こし、寝ぼけ眼《まなこ》で縁側に出たとき若い雲水《うんすい》が走ってきた。銀は雲水をつかまえて質《ただ》した。

「なんや、何か起こったのか？」

「はい、孝明様が、死んでおられました！」

「な、なんやて！　孝明が、嘘やろ？」

雲水は血相を変えて、本堂の方へ走っていった。

銀にはその事実がすぐには受け入れられなかった。なぜなら孝明は結界師であり、有能な七星舎の密教僧である。そうやすやすと寝首を掻《か》かれる無能な僧ではない。

しかもこの七星舎の境内には、強力な結界が張られており、敵がたやすく侵入してくることは出来ないはずである。これはある意味、七星舎にとっても由々しき事態であった。もしかしたら、すでに敵が結界を破り侵入しているのかもしれない。

「鴉の奴ら、油断が出来んな。いつの間に侵入したんや……」

銀は警戒の眼差しで、あたりを窺った。

七星舎の社務所は早朝から騒然となっていた。

堂心や幹部らが集まり、孝明の突然の死について話し合っていた。

「本当に考えられぬ。昨日まで無事だった孝明が、今朝にはこんな変わり果てた姿になっていようとは」

「南無大師遍照金剛《なむだいしへんじょうこんごう》……」

「しかし、敵はどこから入り込んできたものか」

「この手口は相当な術者だな。首筋を横一文字に、何のためらいもなく掻き切っている」

旧知の友であった、堂心が堪え切れず涙を流した。

「ぐうう、なんという仕打ちじゃ。こんな惨《むご》いことになろうとは……。孝明はわしとは違い、いつも冷静で頼りになる奴じゃった」

敵について様々な憶測が飛び交い、七星舎の境内敷地内をくまなく探したが、怪しい者は見つからなかった。

孝明の亡骸《なきがら》は白装束に包まれ、枕経が読誦された。葬儀はあらためて行うことになった。

このような騒ぎが起きたため、京の都行きの話しも一時は頓挫する方向で話し合われたが、急を要することでもあるため当初のとおり、決行することとなった。

早朝の騒ぎがあったため、すでに未八つ時（午後二時）を回っていた。

堂心はすでに身支度を整え、仁王門の下で待っていた。蜩《ひぐらし》が鳴き始め、じっとりとした蒸し暑さが境内を覆っていた。ほどなくして凛、銀、義近、玄之丞、不動が小走りにやってきた。昨日の孝明の死を胸に、みな沈痛な面持ちで出立した。

堂心一行は淀川を北上しながら、北河内郡枚方《ひらかた》を通り京の都を目指す。

生駒山の山並みを横目で見ながら、丘陵地帯をひたすら歩く。このあたりは大坂から吹きつけられる熱風が生駒山で阻まれ、異常に気温が高くなる。一行は吹き出る汗を拭いながら、枚方の峠を越えた。

山崎を過ぎると長岡京の町が見えてきた。

八条が池の湖面がキラキラと光るのが目に入ってきた。長岡天満宮を囲うように躑躅《つつじ》が周りを囲んでいる。一行は天満宮の豊かな緑陰を左手に見ながら、広い葦《あし》の原に出た。

「いやあ暑いなあ、堂心はん、一休みしまへんか？」

銀はこの暑さに閉口した。不動もヘトヘトといった感じである。この路を歩きなれている堂心も、さすがにこの暑さには堪《こた》えたとみえて腰を下ろした。みなが背中の荷を降ろした時、霧なのか靄《もや》なのかわからないが、あたりは一気に真っ白な帳《とばり》に包まれた。

「なんや、霧か？　しかしこんな暑い夏の夕方に霧とは、変やな……」

その時、銀の天鉄刀『松濤一文字《しょうとういちもんじ》』が、ズンッと重みを増した。

（はっ、これは敵や！　いかん、敵の攻撃や！）

「不動！　凛！　気をつけろ、敵の攻撃や！　抜刀しろ！」

気づいたときはすでに真っ白な霧に包まれ、前も後ろも横も、まったくわからない状態であった。みな、手探りのおぼつかない足取りで一歩一歩前に進んだ。

「おい、不動。どこだ！　いたら大声を上げて位置を示せ！」

銀はとにかく声だけをたよりに、仲間へ呼びかけた。

「おらはここだ、銀。おまえの右隣りにいるぞ。こっちに来い」

「そこか不動、今行くぞ……痛てっ！　何をする！」

銀は脇腹を刀で突かれた。すんでのところで避《よ》けたので、深傷《ふかで》には至らなかった。

「お、おまえは、不動じゃないな！　誰や！」

（くそ、声は不動の声そのものだった。なんや、こいつが敵なのか？）

銀は脇腹を押さえながら、一文字をかざした。天鉄刀は行くべき道を指し示してくれる。まるで方位磁石のように、行くべき道に剣先が動く。

「おい、凛！　凛はこっちか？　さすがにわいの一文字も探しあぐねておるわ」

「そうよ銀、わたし凛よ。わたしはこっちよ。こっちに来て」

（ほんまか？　ほんまに、凛なのか？　声は凛の声そのものだが……）

するとの左側からも凛の声がした。

「銀、わたしはこっちよ！　そいつはニセモノよ。気をつけて！」

「なんや、こっちも凛か！　でもほんまもんの凛なのか？」

即座に、右側にいる凛が耳元でささやいた。

「何を言ってるの、銀。そっちがニセモノよ、だまされないで！　わかるでしょ」

（なんや、声がまったく一緒やから、わからん。どうすりゃ……）

――敵の攻撃だった
まるで本物とそっくりの声色《こわいろ》を使い、幻惑する。真っ白な霧に包まれているため姿形が見えず、敵からはいとも簡単に捕捉され仕留められてしまう。実に狡猾《こうかつ》で恐ろしい術である。

「わかった。それなら質問を出す。虫のことならなんでも知っとる凛ならすぐわかる質問や。それじゃいいか、『蚕《かいこ》の好物』は何や？　言ってみろ！」

右側の凛が即座に答えた。

「蚕の好物は、〝大葉《おおば》〟に決まってるわ。そんなこと考えなくたってわかるわ」

すると左側の凛は静かに答えた。

「蚕の好物は、〝桑《くわ》〟よ。こんなの質問にもならないわ」

銀がにやりと笑った。

「ほう、やっぱり馬脚《ばきゃく》を現したな。声色だけ真似ても、中身までは似せられなかったな！」

すぐさま銀は凛に抱きつくと、地面に転がった。

「蚕の好物は、〝桑〟や！　ニセモノめ、まんまと嵌ったな！」

銀は突風が吹く風の幻道波術、『裂葉風』を右側のニセモノの凛に向かって発動した。

一気に突風が吹き、真っ白な霧を吹き飛ばした。

敵の本体が見えた。

風にあおられ長い黒髪がなびいた。

女のようだ。伊賀袴《いがはかま》を穿《は》いているが、華麗な花柄模様の袖なし打合わせを着ていた。額に巻いた鉄冠《てっかん》がきらりと鈍く光った。

「はっはっはっ、ようわかったな。おまえは風を操れるのか。あたいの魔道『霧襖《きりぶすま》』を吹き飛ばすとは少しはできるようだな。だが、霧があろうがなかろうが、おまえらの動きはすべて見切れるぞ」

「おまえは鴉の手の者か！　なぜおれたちを狙う！」

「あたいは、〝狭霧《さぎり》の涼《りょう》〟。言っておくけど、おまえらが今まで相手にしてきた鴉とはわけが違うからね。あたいらは銀《ぎん》の組の鴉。下っ端の者たちとは格が違うのよ。ここから先には行かせないよ」

「なんだと！　格が違うだろうが、おれたち軒猿毘沙門衆がおまえらを叩きのめしてやるぜ」

涼は不敵な笑いを浮かべた。

「ふふふ。おまえら、御度《おど》も見えないようだね。たとえ霧の中でも、熟練の忍びは御度が見える。御度が見えなければ赤子も同然だ。この勝負、勝ったも同然」

銀はさらに、風が乱発して吹く幻道波術『吹花擘柳《すいかはくりゅう》』を発術させ、あたり一面の霧を吹き飛ばした。ようやく葦の原の全貌が見えてきた。

後ろから若槻玄之丞が、脇差を八双《はっそう》にかまえて走ってきた。

「お凛どの、大丈夫でござるか？　あっ、銀どのと抱き合っておるとは。いや、誠にこれはこれは失礼つかまつった。拙者はお凛どのさえ無事ならば……それでよいのじゃ」

「いえ玄之丞さん、これは違うのよ。銀が敵に術をかけるため、こんな格好になってるのよ」

「おい、おまえら何をいちゃいちゃ言ってるんや、あれを見ろ！　奴らもう一匹いるで！」

霧が晴れた広い葦の原の向こうに、狭霧の涼とともに黒い影が立っていた。

全身黒緑色で、鎖帷子《くさりかたびら》を身につけており肩幅が広く、手が異様に長い男だ。遠目で見ると、全身が黒光りしてまるで昆虫のようである。

「言い忘れたな。あたいら鴉の掟として、相棒と二人一組で行動するのさ。こいつの餌食になったら逃げ出せないよ。覚悟しな」

全身黒光りの男が両腕をあげた。

「おれは、〝土蜘蛛《つちぐも》の弥八《やはち》〟。獲物を狩る。ただそれだけが生きがいだ。捕まえたら絶対に離さねえ、おれの獲物だからな――」

高々とあげた両手のひらに、白い泡のようなものが『ぶくぶく』と噴き出し始めた。すると涼と弥八の後ろから、黒装束の忍び衆たちがいっせいに現れた。その数ざっと二十人。

銀が臨戦態勢の構えをとった。

「敵が来るで！　不動、凛、鶴翼《かくよく》の構えで迎え撃つぞ！」

その瞬間、弥八と涼の姿が一瞬かき消されたかのように見えた。いや、消えたのではなく、あまりにも速い忍足《にんそく》で銀たちの間合いに入ってきたのである。これほど速く忍足を使える者は初めてだった。銀は意表を突かれた。

気づくとすでに弥八が、銀の眼前に立っていた。

弥八の両手から、白い粘着質の物体を噴出した。どろっとした液体で、銀の足と両腕にからみついた。まるで蜘蛛の糸のような物体で、からみついた部分が繭《まゆ》のようにもつれあい、身動きがとれない状態になった。

「な、なんやこれは！　ぐっ、からみついてとれへん」

弥八は両手を器用に動かし、まるで銀を丸い繭玉《まゆだま》にしたてるかのように右や左、上や下へ白い蜘蛛の糸を縦横にからめはじめた。

黒装束の忍びとともに後方に回り込んだ涼は、『毒針《どくばり》吹《ふ》き矢《や》』を吹いてきた。最後尾にいたのは玄之丞であったが、七星舎で鍛錬した七星剣術で何針かを弾き返した。黒装束忍びたちは、凛が応戦した。

繭玉にされた銀は弥八の手中にあった。

弥八は銀の繭玉を引きずり、なんと振り回しはじめた。ブン、ブンと音を立てながら空を切っている。恐ろしい怪力の持ち主だ。

「どうだ、おれの〝蜘蛛のゆりかご〟の気分は？　縦糸と横糸で、強さとたわみ具合が違うのがわかるかのう。ほうれ、ほうれ」

繭玉を上空に高々と放り投げたかと思うと、なんと地面にしたたかに打ちつけた。

ドシーン！

「ぐわぁーー！」

銀の悲鳴が響いた。間近にいる不動が戸惑っていた。

「ぐっ、ううう。おい不動！　雷《いかづち》を放て！　おれには構うな、いいからやれ！」

もし不動の雷の幻道波術を放てば、当然ながら銀もろとも吹っ飛ぶ。しかしこのままでは土蜘蛛の弥八に弄《もてあそ》ばれつづけ、絶命してしまうのは必至だ。

「どうする、不動さんよ。おれの繭玉の恐ろしさがやっとわかったか。おれはこの蜘蛛の糸、一本一本を操れる。首にからみついている糸を締め上げることだって出来るんだぜ、へへへへへへっ」

弥八は繭玉を、今度は真横に振ったかと思うと、大きな岩に思いっきり打ちつけた。

ガシーン！　ベキッ！

「おお、手ごたえがあったぞ。その音は、あばら骨の一本は折れたかのう」

不動はなす術がなかった。まさに蜘蛛の糸の上に落ちた虫のように、身動きすらできずに一人ずつ殺られていくのか、と体中で寒さを感じた。

そして弥八は繭玉をこれまで以上の速度で振り回し始めた。

「ようし、次でとどめだ。すげえ高さから地面に叩きつけられれば、間違いなくあの世行きだな。さあ、死のゆりかごの見せ場だぞ――」

「やめろ！　貴様、許さんぞ！」

不動は叫ぶのがやっとだった。

弥八は繭玉を高く高く放り投げると、上空で大きく弧を描きながら、地面に叩きつけようと振りかぶった。

ブウウン
――……

音が、とまった。

弥八も不動も一瞬何が起きたのか、わからなかった。

見上げると、はるか上空で繭玉が静止している。

上空でパタパタと、風にひるがえる道中合羽の音だけが聞こえてきた。

よく見ると、繭玉が静止しているのではない。誰かが宙空に浮いて、銀の繭玉を抱きかかえているのである。

不動の瞳孔が見開いた。

「あっ、冬星！　冬星や！　来てくれたんか！」

冬星が上空で繭玉を抱え、見下ろしていた。

「みんな、待たせたな。間に合ったぜ」

冬星は長光を抜刀すると、繭玉につながれている糸をブチッと断ち切った。

「ううっ、冬星か。もう幻道波術は使えるようになったんか、よかったな……」

銀は繭の中で安堵した。

「ずいぶんとおれの仲間に手痛い歓迎をしてくれたようだな。倍にして返してやるぜ」

冬星は音もなく地面に降りてきた。鋭い視線で弥八を睨みつけた。

すぐさま弥八のところに、狭霧の涼と黒装束の忍びたちが集結した。

「お、おまえは空を飛ぶことが出来るのか？　おまえまさかあの伝説の忍び、ながれ星冬星か！」

涼が気色ばんで言った。

「おまえらのような、どす黒い御度を見てると、吐き気がするぜ！」

「御度が見えるようだな。たしかに今までのこいつらとは格が違うようだ。だが多勢に無勢だ。あたいらの本気の攻撃に耐えられるか、勝負だ！」

黒装束の忍びたちが、一斉に冬星を取り囲んだ。

冬星がふわりと宙空に飛びあがった。

次の瞬間、凄まじい速さで回転する幻道波術『破龍天鳳《はりゅうてんぽう》』を繰り出した。回転しながら黒装束忍びの群れに突っ込んだ。天鉄刀の刃先が、目にも止まらぬ速さで何人もの忍びたちを切り裂いた。

逃げる黒装束忍びを、韋駄天《いだてん》のごとく素早さで追いかけた。

冬星の足の速さは尋常ではない。敵の忍びも目を瞠った。あっという間に追いつき、片っ端から屠《ほふ》っていった。

すると涼と弥八の後方から、さらに黒装束忍びの援軍が出てきた。総勢三十人。第一陣よりも数を増してきた。なんとしてでも軒猿衆を潰したい意向が透けて見えた。

義近が震えて叫んだ。

「冬星さん、後ろからまたいっぱい敵が来たよ！」

義近は怖くて、思わず目をつぶった。

冬星はさらに増えた黒装束忍びを睨みながら叫んだ。

「義近、みんな頭を下げて低く伏せるんだ！」

そう叫ぶと印を結び、真言を唱えた。右手の無双光天龍長光を天に向かって高々と突き上げた。

長光の切っ先から、突然〝火柱《ひばしら》〟があがった。

火柱は刀身全体を包み込み、紅蓮《ぐれん》の〝火刀《ひとう》〟と化した。冬星は火刀を横一文字に構えると、一気に薙《な》ぎ切った。

ビューーーーイ

『火龍烈風華《ひりゅうれっぷうか》』

火刀の先端から一筋の赤い炎が、まるで光線のように放たれた。冬星の新たな幻道波術である。

その一筋の炎の糸は、一町（百メートル）先までほとばしった。弧を描くようにぐるりと薙ぎ切った後には、黒装束忍びの首が截断され、吹き飛んでいた。なんと後方にあった木々の幹や大石までも、真《ま》っ二《ぷた》つに截断されていた。

涼と弥八は目を瞠った。

冬星は弥八の眼前に立っていた。

「おい、蜘蛛は火には強いのか？」

弥八は冬星に手を後ろに隠しながら、蜘蛛の糸を練った。

「い、いや、蜘蛛は火に弱いなあ。火は嫌だなぁ」

と言った瞬間、弥八は右手を突き出し、蜘蛛の糸を冬星に向かって噴出した。

冬星は長光の刀身で蜘蛛の糸を受けた。白い蜘蛛の糸は、冬星の刀身にぐるぐると巻きつき、弥八の手中の糸と同化した。

「へへへっ、蜘蛛の糸でつながればこっちのもんだぜ。その刀も使い物になんねえだろ」

冬星は冷ややかな顔で一瞥《いちべつ》した。

「こんな子どもだましに乗るとでも思っているのか。おまえの御度の動きを見ていれば、大体やりそうなことは見えていたぜ」

蜘蛛の糸でぐるぐる巻きにされた長光が、一瞬で炎の火刀に変わった。長光は紅蓮の炎に包まれ、蜘蛛の糸はどろりと溶けて地面に流れ落ちた。

「あひーっ、おれの糸が、溶けるううう」

燃えさかる炎は、蜘蛛の糸でつながれた弥八の手にも燃え移った。火はまたたく間に全身に燃え広がり、弥八は火だるまとなった。

冬星は長光の鋭い刃《やいば》を弥八に向け、一振りでぶった切った。

弥八の胴体が真っ二つに切り裂かれた。二つに裂かれた亡骸は空に舞い、それぞれが地面に伏臥した。

狭霧《さぎり》の涼が愕然としていた。

「な、なんだ、おまえの術は！　聞いていないぞ、火の刀など……。だがな、決してあの方々には勝てぬぞ。〝金《きん》の鴉様《からすさま》〟には、おまえでも到底かなわないぞ。そんな天鉄刀すらも歯が立たぬわ。いまに見ておれ！」

涼は踵を返し、敗走した。

冬星のもとに不動、凛、義近、玄之丞、堂心らが駆け寄ってきて、久しぶりの再会を喜んだ。すぐに銀の繭玉を丁寧にはがし、傷の処置をして介抱した。

堂心も汗をかきながら白い歯を見せた。

「いやあ冬星どの、本当にかたじけない。危ういところであった。それにしてもまたすごい術を身に付けたな。熊野からは、いつ戻られたのじゃ」

「本当にたった今だ。天鉄刀が疼《うず》いたので、間に合ってよかったぜ」

冬星は、狭霧の涼が最後に言った言葉が気がかりだった。

（金の鴉？　天鉄刀すらも歯が立たない……。どういうことだ）

夕闇も迫る頃になり、一行は長岡京の密教ゆかりの寺院に宿をとった。

――乙訓寺《おとくにでら》
長岡京のなかでもひときわ大きな光明寺の東側にある、真言宗豊山派の寺院である。

牡丹《ぼたん》寺としても有名だが、京の都最古の寺である広隆寺と同時期の創建とされる。

由来は聖徳太子が開いたと伝わり、弘仁二（八一一）年に弘法大師空海が嵯峨天皇から任命され、別当を務めた。伝教大師最澄と弘法大師空海が初めて出会った場所であり、密教についての法輪を交わした記録も残されている。

また早良親王がここに幽閉されたが、このことが要因となりわずか十年で都を長岡京から平安京に遷都したといわれている。

冬星たち一行は、乙訓寺の本堂でお参りをさせてもらった。

本尊は秘仏で八幡大菩薩《はちまんだいぼさつ》といわれている。首から上は八幡大菩薩で、下は弘法大師空海であるともいう。合体大師像ともいわれている珍しい本尊である。

そしてもう一つの秘仏である、毘沙門天立像《てんりゅうぞう》も拝ませてもらった。どこの毘沙門天立像も、勇ましく雄々しい表情が常であるのに対し、乙訓寺の毘沙門天立像は幽愁をたたえたお顔立ちをされていた。まるで何もかもを悟ったかのような、慈しみのある表情だ。熊野で笛爺から篠笛の極意を授けられた冬星には、この毘沙門天の自然と呼応した何物にも囚《とら》われない無の姿が、心に深く刻まれた。

一行は宿坊の広間で夕餉を食べながら、今日の話しを振り返っていた。

「それにしても、敵はおれらが来ることをわかっていたかのように、待ち伏せしていたみたいだったようだが……」

不動が腕組みをし、眉間にしわを寄せて呟いた。

「たしかにあの葦の原は、人目につかぬ場所ゆえ、奇襲するにもってこいのところでござる。京の都に土地勘がある奴らに違いない。恐ろしい奴らでござる」

玄之丞も襲撃の余韻が、いまだに冷めやらぬようだ。

「いずれにしても、敵はわしらの動きを察知しておるようじゃ。透波《すっぱ》や間者《かんじゃ》を放ち、的確に狙いうちされておる。しかも徐々に敵の強さが、あがってきておる。油断は出来んぞ」

堂心は冷静に現状を見すえていた。

「あのくノ一は、銀の鴉とか言ってたわよね。以前の忍びは銅の鴉と言ってたわ。銀とか銅とか、そんなにも強さが違うのかしら」

凛はくノ一の言ったことを気にしていた。

「そうだ、金の鴉は強いとか言ってたぞ。まだ上の鴉たちがいるのか？　おいらにゃ、とてもかなわんだろうなあ」

義近も凛の言葉を受けて、不安になっていた。

「しかし、あれだけの黒忍びを使って追い打ちをかけてきたところをみると、敵も必死になっているということだ。何かを焦っているのか、何を狙っているのか……」

冬星も敵の本心を思いあぐねていた。

「ちっ、わいがこんなにやられてしもうて、すまへんな。しかし脇腹が少し痛むだけで十分に戦えるで。幻道波術も出せる」

銀が脇腹を押さえながら言った。

「いや、銀は少し休んだ方がええ。わしが先頭に立って盾がわりになる。北斗七星舎の僧ならば当たり前や」

堂心は頼もしく胸を張り、銀の肩を叩いた。不意の襲撃であり、みな興奮気味だったが、やっと安堵の色が見えた。

今夜の夕餉のご馳走は、たけのこ料理だった。

「ここ『乙訓のたけのこ』は、日本一ともいわれておってな、長岡京の一番の名物なのや。春先の、たけのこの刺身も絶品やぞ」

堂心が得意げに語り、たけのこを口いっぱいに頬ばった。

たけのこの佃煮《つくだに》やちりめん煮、たけのこ御飯など、たけのこ尽くしであった。精進料理でもあり、寺院の宿坊でもよく食されていた。特にえぐみの少ない白子たけのこは柔らかく、歯ざわりが良いのが特徴である。

「ほんとうに、このたけのこは柔らかくてうまいなあ」

食いしん坊の不動はお代わりをしていた。食べ盛りの義近も、不動に負けじとお代わりをした。凛が微笑ましく見ていた。

不動が横目で隣りのお膳を見ると、食後の和菓子が並べられてあった。『たけのこ最中』と包み紙に書いてある。名物のたけのこを最中にしたもので、柚子風味、大納言、白小豆の三種類があった。

その横に、網代笠《あじろがさ》のような形をした茶饅頭も添えられていた。

「いやあ、乙訓は料理から菓子まで、うまいもんがたくさんあってええところやなあ。この茶饅頭もうまそうやなあ」

不動はすでに最中や茶饅頭を物色していた。

と、そのとき足早に廊下を走る音が、一同の耳に聞こえてきた。

「申し！」との急を告げる声が響き、ガラリと戸が開いた。それは京の都にいる御子様からの使者であった。

「どうした、こんな夜ふけに！」

堂心の声が険しく響いた。

「はっ、ただいま、御子様のお屋敷が敵方に取り囲まれております る！ ただちに救援に来られますようにと、お願いに参りました！」

使者の息がかなりあがっているようで、肩で息をしている。

「何っ！ まことか！ そんなところまで敵が攻めていようとは。これは誤算やったな」

「屋敷の防備は、明日まで持たないのか？」

冬星が怪訝《けげん》そうに尋ねた。

「おそらく警護している忍びや僧兵は、すでに相当少なくなっていることやろう。他の寺院などに救援に向かわせていたと聞いておるからな。その隙《すき》を狙われたな……」

「明日まで待っていたら、やられてしまうで。今すぐ行かんと、あかんで」

「そうだ、銀の言う通りだ。おれもそう思うぞ」

不動も気合が入っていた。だが、堂心は神妙な面持ちで言った。

「しかし、夜は危険すぎる。奴らの魔道は夜こそ水を得た魚のように、活動がさかんになる。その術の威力も最大化するともいう。それを覚悟しなければいかんぞ」

銀や不動、凛は黙って頷いた。

時はすでに暮れ四つ（午後十時）を回っていた。

いま助けに行かなければ、御子様をはじめ最後の砦が総崩れとなる。明日まで待っている余裕はなかった。みなの心はすでに固まっていた。

しかしまた義近の耳元で、誰かの声が聞こえてきた。

（来て……は……、だ……、ここに……）

「えっ、何だ？　何て言ってるんだ？　あなたは誰なの」

義近にはまったく意味が分からず、誰の声なのかもわからずじまいだった。このことは、誰にも伝えずにいた。

堂心と軒猿毘沙門衆一行はさっそく支度を整え、漆黒の闇の中を出立した。桂川《かつらがわ》に沿って歩き、京の都の御子様屋敷を目指した。

ただ、京の都に入る橋のたもとにはすべて検閲の関所があり、厳しく取り締まるため通行が出来ない。そこで都の橋の関所にくわしい、京都所司代の若槻玄之丞の助言により、手薄な嵐山の渡月橋《とげつきょう》から都に入ることとなった。

夏の夜だが、さすがに虫の声しか聞こえない漆黒の夜であった。人の姿は見当たらない。ただ満月の明かりのみが道を照らしていた。

左手に松尾大社が見えてきた。月夜に照らされ、瓦屋根が白く映えている。ほどなくしてようやく嵐山に入った。渡月橋は目と鼻の先である。

この嵐山の中ほどに古い寺が見えてきた。門札には、

——法輪寺《ほうりんじ》
と墨守で揮毫《きごう》してある。この法輪寺は、和銅六（七一三）年に元明天皇の勅願により行基が建立したとされ、その後、天長六（八二九）年に弘法大師空海の弟子・道昌が、虚空蔵菩薩像《こくうぞうぼさつぞう》を安置し寺号を法輪寺とした。地元では、嵯峨《さが》の虚空蔵《こくうぞう》さんと呼ばれている。宗派は真言宗五智教団である。

山門から本堂まで、かなり長い石畳が敷かれている。漆黒の闇夜の中、月光に照らされて石畳がひときわ白く、浮き上がって見えた。

なぜか堂心と軒猿毘沙門衆一行は、不思議とこの寺に惹かれ石畳の上にいた。無意識に足が動いたといってもいい。まるで引き寄せられるかのように……。

すると、チリーン、チリーンと、鈴《れい》の音がどこからともなく聞こえてきた。

鈴の音はだんだんと大きくなってきた。

冬星の全身に悪寒が走った。いや、今まで感じたことのない殺気と空気の濃度が濃くなっていくのを、体が先に反応したのである。

同時に天鉄刀が異様に熱く、疼《うず》きはじめた。

（こ、これは、いかん！　何か相当、不吉な感じがする――）

全身に鳥肌が立つのを感じた。

冬星の隣りを見ると、銀や不動、凜、義近、玄之丞たちが幻覚に操られているかのように、半眼のまま、うつむき加減で歩いている。

「いかん！　これは、催眠術法だ！　知らぬ間に幻魔の術に嵌《はま》っていたのか！」

冬星は刀の鐺《こじり》で、銀たちの首の後ろを叩いた。荒療法だったが銀や不動と凜は目を見開き、義近と玄之丞は蒸せたかのように咳をして、ようやく正気に戻った。

視線が、そこに向けられた。

正面の石畳前方の石段を、降りてくる人影が見えた。

鈴の音とともに、『ゆっくりゆっくり』こちらに向かって歩いてくる。

それは漆黒の闇夜の中、そこだけ光が当たっているかのように、きわめて鮮烈に、きわめて白く浮き上がっていた。

近づくその影が、はっきりと見えてきた。

――白い二人
一人は、山伏の白装束を身につけている。頭巾《ときん》を付け最多角数珠《いらたかじゅず》を携えていた。髪は総髪で肩まで伸ばし、あご髭を生やしていた。目は大きく爛々としていた。そして、腰には見たこともない太刀、または剣と思《おぼ》しき刀剣を下げていた。

もう一人は、錫杖《しゃくじょう》を携えた僧である。網代笠を被りいかにも密教僧の出で立ちだが、それはかなり風変りであった。なんと上から下まですべて〝真っ白〟なのである。小太りで肌が白いが、細い弓型の目の奥には得体のしれない不気味さを感じさせた。

闇夜の中、その白い二人は異様な心気炎《オーラ》を醸していた。

チリーン、チリーン、チリーン
白い僧が網代笠をつかみ、こちらに視線を向けた。

「これはこれは軒猿毘沙門衆の皆さん、こんばんは。こんな闇夜の中、よくここまでお越し下さった。いや、予定通りお連れ申したと言った方が良いかな」

冬星はものすごい威圧感に圧倒された。空気がぴりぴりと音を立てて切り裂かれるような、経験したことのない威圧感である。

「わたしは金の鴉。名は『豪種院抜道珍海《ごうしゅいんばつどうちんかい》』と申す。もちろんお初にお目にかかる。しかれば金の鴉は、滅多に姿を現さぬもの。銀や銅の鴉、またそれ以下の者たちとは一線を画する存在。人の生き血を吸うなど野蛮なことは論外。ご存知かもしれませんが、魔道の極意、裏迦波羅を極めた者のみが到達できる――それが金の鴉です」

「何が目的だ！　なぜおれたちをつけ狙う」

「卑弥呼はみなさんに教えていないですか？　神の道具〝神具〟の存在を。この世には二つの相反するものが整合性をもって安定を保っている。いわゆる、阿と吽、陰と陽。卑弥呼は知っていますが、神具にも両極があるのです。そのひとつがこれです」

白い僧、珍海は山伏の男が下げている刀剣を指さした。

「この剣は、みなさんがお持ちの天鉄刀と同じく天空の星で出来ています。しかしみなさんの天鉄刀とは比べものにならないほどの強さを有しています。いや、この剣は歴史そのものと言ってもいい。単なる刀剣ではないのですよ」

山伏の男が、剣を抜いた。

ギィラーーン
その剣は変わった形をしていた。

日本刀のような片刃の剣ではなく、両方に刃がある両刃《もろは》造りの形状であった。いわゆる、西洋の剣である。拵えも革製で設えてあり、柄の部分は金属製で出来ており刻印が施されていた。その地鉄《ぢがね》はまるで月の表面のように黒く、光があたると虹色に変化した。

「この剣は、『露魏奴之剣《ろぎんぬのつるぎ》』と申す。悠久の時代から、はるか彼方より飛来し、人々の心と治世を操り、常に歴史の陰で君臨し続けてきた。そう、もはや神そのものといってもいい。しかし、もう一つの神具を手に入れなければならないのです。なぜだか……、それは言えませんがね」

山伏の男が、露魏奴之剣をかかげながら言った。

「わが名は〝遠呂地《おろち》〟。お主らの御度はよく見える。残念ながらわしらには勝てぬ。魔道を極めた金の鴉の前では赤子も同然だ。無駄に死者を出したくはない。どうだ、わしらの仲間にならぬか？」

「何をほざくか！　この悪党ども！　わしらを甘く見るな！」

銀が一文字の柄に手をかけて、臨戦態勢に入った。

「ふむ。やはり無駄なようですね。ところで堂心、大役ご苦労だった。もう、こちらに来なさい」

後ろにいた堂心が、スッと珍海のわきに移動した。

一同は、呆気にとられた。

銀が目をむき出して凝視した。

「ど、堂心、どういうことや？　何かの間違いか？」

「すまない、黙っておって。見ての通りじゃ。わしは鴉の組の者じゃ――」

堂心は敵方に、寝返っていた。

「はじめは北斗七星舎に忠誠を誓っておった。だが、最愛のわしの妹を救うことはできんかった……。両親に捨てられ、わしと妹二人で歯を食いしばって生きてきた。妹はわしが得度入信するため、体をすり減らし金をつくってくれた。だがそれがもとで病に侵され、日に日に弱っていったのじゃ」

堂心は己の身の上を、とつとつと語った。

「何度も何度も御子様に、妹の病を治してほしいと懇願した。だが御子様は〝病も運命であり、治すことは出来ない〟と断られた。なぜだ、なぜ、他の者の命は救うのに、わしの妹の命を救ってはくれなかったのだ！」

首から下げている胸の小さな箱を、大事そうに見つめた。

「これは裁縫が得意だった妹の指の骨だ。この小さな骨を見るたびに、悔しさと虚しさが胸の底から込み上げてくる」

銀は驚きと怒りが混じった声でなじった。

「おまえの気持ちも分かるが、それで仲間を裏切ったんか？　おまえそれでも僧侶か？　恥ずかしいとは思わんか？」

冬星が三度笠越しに鋭い視線で睨んだ。

「孝明を殺《や》ったのも、堂心、おまえか」

「孝明を殺るつもりはなかった。しかし、密通者と会っているところを見られてしまってな。仕方がなかったんや……」

冬星たちは侮蔑の目で堂心を見た。

「だがな、冬星、銀。裏切ったのはその理由だけではない。鴉の力は絶大や。強さにおいては北斗七星舎の比ではない。残念だが、おまえらでは金の鴉には勝てぬぞ。闇の力、魔道の底力は、善道の力を凌駕する。戦っても無駄だ。命を粗末にするだけや」

珍海が胸の銅鏡をさすりながら笑った。

「ほほほっ。わたしが言うことをすべて堂心が言ってくれました。その通りです。闇の力は、光の力を凌ぐ。魔道の威力は絶大です。わかりませんか？　だって堂心が寝返っていたことすら気づかない、いや気づかせない我らの魔道の力を見たでしょう。この〝魔鏡《まきょう》〟を通じて卑弥呼の目を撹乱し、妨害の幻魔を出し続けていたのですよ。さすがの卑弥呼ですらも見抜くことは出来なかった」

銀が抜刀した。

「許さねえ！　覚悟しろ！」

銀は風の幻道波術、『裂葉風』を珍海たちに向かって発術した。

勢いよく吹いた風は珍海たちの直前で割れ、四方に散っていった。まるで風が避《よ》けるように撥《は》ねたのである。

「ふふふ。皆さんの術はわたしたちには当たりませんよ。なぜなら強力な結界を張りめぐらしてあるからです。言ったでしょう、魔道の威力は絶大だ、と」

すると珍海は、銀と同じ風の幻道波術を、銀たちに向かって放った。

グゴーー
「皆さんが放った術を、そのままそちらへ返すことが出来るのです。魔道『胡桃返し《くるみがえし》』という術です。さあ、どんな幻道波術があるのか楽しみですね」

不動と凛は顔を見合わせ、汗を拭った。

「それでは遠呂地よ、おまえから行きなさい。さあ、狩りの始まりです！」

遠呂地は露魏奴之剣を振りかざし、向かってきた。

速い――

冬星が瞬時に、無双光天龍長光で遠呂地の剣を受けた。

ガキーーン
「な、何ーー！」

冬星が驚愕した。受けた長光の刀身が、一部黒く変色したのである。

（どういうことだ！　この剣は……、いったい）

冬星は、遠呂地の剣を弾き返した。こんなにも重い剣は初めてだった。

すぐさま遠呂地は、銀にとびかかった。

銀は一文字で受けたが、なんと瞬時に刀身全体が真っ黒く変色した。変色したというよりも、〝焦げて炭化《たんか》した〟という言い方が正しい。

「なんや！　わいの天鉄刀が、炭《すみ》になっちまった――」

遠呂地は炭化して崩れた一文字を叩き落とすと、銀もろとも袈裟切りに切った。

「ぐううっ……」

「銀っ！　大丈夫かっ？」

銀は胸を押さえて前のめりに斃《たお》れた。

不動と凛も抜刀して応戦したが、銀と同じく遠呂地の剣に触れただけで、天鉄刀が黒く炭になってしまった。

「ほっほっほっ、これぞ天鉄刀狩り！　これで百七本目になりましたね、炭となった天鉄刀は。この露魏奴之剣は、天鉄刀を炭にしてしまうのです。まさに〝天鉄刀食《ぐ》い〟の剣。さて最後に冬星さんの長光を食らいましょうか」

冬星は身構えると、真言を唱え九字を切った。とたんに長光が炎に包まれ、火刀と化した。

「ほう、これは珍しい。天鉄刀が火を纏《まと》うとは。やはり冬星さん、あなただけは格が違うようだ。もしかしたら、鹿の頭から伝授されたのですか？　まあしかし、露魏奴之剣に通用するか見物ですね」

冬星が宙空に飛び上がると同時に、遠呂地も飛び上がってきた。

二つの刃が激突した。

直後、ものすごい轟音と火花が散った。その火花と衝撃音はあたりを明るく照らすほどの閃光を放ち、苛烈なものであった。

まるで遠呂地の露魏奴之剣が、冬星の無双光天龍長光にかみついて離さない、という光景であった。かみつかれた長光の刀身部分が黒く変色し始めた。

「ぐううっ、ノウマクサマンダ……」

冬星は必死に真言を唱え、精神を一点に集中した。

炎に包まれた火刀長光は、黒くなるのが一部分だけにおさまり、それ以上は広がらなかった。冬星の類《たぐい》まれなる精神力が長光に封入されたのである。

しかし豪壮な露魏奴之剣の圧力は、ぐいぐいと冬星を押し込んできた。耐えるのがやっとで、とても押し返す余裕などなかった。

冬星は仕切りなおすと、幻道波術《ガイ》『破龍天鳳《はりゅうてんぽう》』から『火龍烈風崋《ひりゅうれっぷうか》』を発術させた。火龍の炎は凄まじく、今までにないほどの炎烈風《えんれっぷう》を吹いた。

しかし遠呂地は露魏奴之剣を盾にし、なんと炎をすべて撥ね返した。

「冬星さん、なぜわれわれ金の鴉が二人一組なのかわかりますか？　それは、剣術に長けた忍びと、魔道の呪術に長けた者が組むことで、呪術により剣術者を補い守る役目をしているのですよ」

珍海が目を細めて言った。

「どうやら、剣術では時間がかかりそうですね。ならば、とっておきの魔道を使うとしますか。冬星さんも喜んでもらえると思いますよ。ふふふ」

珍海は数珠をこすり、魔鏡を持ち上げると真言を唱え始めた。陀羅尼のような長い真言であった。するとあたりの空気が一変した。

バーーーーン
一瞬、空間がゆがんだかのような錯覚にとらわれた。

風に揺れていた草や木が止まったかのようであった。虫の声も聞こえない。冬星は、銀や不動、凛たちを見た。まるで人形のように動かないで止まっている。

「はっ、これはもしや！」

冬星は久しくこの感覚を忘れていた。珍海と遠呂地は不敵な笑みを浮かべていた。そう、あの術を発術したのだ。

――不識不想《ふしきふそう》

かつて冬星は、越後の名僧・明慶義正《みょうけいぎしょう》のもとで難行《なんぎょう》の『虚空蔵求聞持聡明法《こくうぞうぐもんじそうめいほう》』を結願《けちがん》し、時空を〝凍《こお》った時の静寂《しじま》〟にできる幻道波術『不識不想』を習得した。この術をあつかえるのは、明慶義正から受け継いだ冬星だけである。

冬星も不識不想の真言を唱えた。

「ナム　アキャシラバ　オン　アミリキャ　アリボ　ソワカ」

バーーーーン

この凍った時の静寂の中で動けるのは、冬星と珍海と遠呂地だけである。珍海が目を見開いて、冬星に語りかけてきた。

「冬星さん、久しぶりに出しましたね不識不想を。どうですか懐かしいでしょう。わたしも懐かしいですよ、あの頃が、ふふふ。あの頃は冬星さんも若かったですね。わたしのことを覚えてはいませんかね？」

「おまえは……、誰だ！」

「そうでしょうね、わたしも金の鴉幹部になり、貫禄がつきましたからね。あの時の面影もないでしょう。そろそろ冥途の土産に正体を明かしましょう。わたしはかつて、越後大乗院の明慶義正のもとで小坊主として奉公していた、珍念《ちんねん》ですよ」

「はっ、おまえはあの時の小坊主か！」

「わたしは貧しい家から小坊主で弟子入りし、さんざんひどい目に遭わされてきたんです。いつか上位の僧侶になって、見返してやると肝に銘じたんです。そしてついにその日がきました。あの明慶義正が突然、亡くなったんです。身の回りの世話をしていたわたしは、義正の秘蔵本や書付けなどを手中に入れました。その中に不識不想の極意が書かれていたのです」

「おまえはそれを、自らのものにしたのか……」

「あんな死ぬような修行をしていたら身が持ちませんから。不識不想の術を手に入れれば、この世に怖いものなどありません。そうでしょ、冬星さん」

「おまえは、おのれの私利私欲のために不識不想を使うのか？　それでも密教僧か！」

「まあ、おかげで金の鴉の幹部に就任することが出来ましたからね。次は、その上を目指します。人生はいかに有利な駒を使って、のし上がるか。そのためなら手段は選ばなくてもよいのではないですか？」

「ほとほと、呆れる奴だぜ」

「ふふふ。何とでも言うがいいでしょう。この凍った時の静寂の中で、邪魔者は入ってきません。冬星さんと遠呂地だけで、思う存分戦ってください」

闇夜の凍った時の静寂《しじま》の中で、炎の剣先が宙空を舞った。

冬星と遠呂地の一対一の戦いが繰り広げられた。冬星が空を舞う、『天戸渡り《あまとわた》』を発術すれば、遠呂地も同じ術を出してきた。後ろで珍海が操っているのだ。

火刀長光と豪壮な靂魏奴之剣が宙空で火花を散らした。

だが圧倒的に遠呂地の剣が勝り、冬星は終始押され気味であった。

「天鉄刀でも、黒焦げにならないものがあるのですね。初めてです、驚きました。さすがは冬星さんの長光だ。神具ではなくとも、是非とも欲しくなりますねぇ」

驚くことに、靂魏奴之剣はまるで生き物のように、地鉄《ぢがね》の色が七色に変化するのである。

呼吸しているかのごとく、刀身の内部で何かが動き回っているかのようだ。

「ところで、もうそろそろじゃないですか、冬星さん。あなたの不識不想が使える持ち時間はだいたい一寸（六分間）ぐらいでしょう。もうすぐ時間切れですね。残念ですが、わたしの不識不想はまだ続けることが出来ますよ」

パチーーン

珍海の言った通り、冬星の不識不想が切れた。

冬星は、地面に伏して動けなくなった。

「そう、常人が不識不想を発術すると、その後は動けなくなります。この幻道波術は一般の者から見ると時が凍ったかのように見えますが、実は術を発動した者が常人の数十倍の速さで動いているのですから、その身体への影響は計り知れない。筋肉の収縮が起こり、おそらく息をするのも困難な状態に陥るでしょう」

冬星は不動明王の呼吸法で、なんとか立ち膝をするのが精いっぱいだった。腕を上げることもできなかった。

「明慶義正は不識不想を禁断の術にしたがために、一寸以上を超える方法をあなたには教えていなかったようですね。もっとも、秘蔵本には書かれていたようですが義正自身も知らなかったようですがね。それでは残念ですが、とどめを刺させてもらいましょう。冬星さん、さようなら」

珍海は冷ややかな目で冬星を見下ろした。遠呂地が剣先を真下に持ち替え、冬星のところまで歩いてきた。最後の一刺しの時が来た。

と、その時、冬星の肩や頭、足の上に、ぷくぷくと
――小さな水の玉

がふくらみはじめていた。少しずつだが確実にふくらんでいた。

遠呂地が剣を振りかぶった時、珍海が思わず叫んだ。

「待てっ！　遠呂地、そこから離れろ！」

遠呂地は呆気にとられたが、即座に後ろに飛び退いた。珍海が小さな水の玉に気づいたのである。

「水の玉？　まさか、お裕か？　これは厄介な……」

気づくと、冬星の周りに無数の水の玉がひしめきあっていた。まるで冬星を守るかのような〝水の鎧《よろい》〟のようだ。

「水は、水だけは魔道には邪魔なものです。相性が悪い。お裕ならば、水の玉を一気に破裂させてくる気ですね。一度、不識不想を解いてから、あらためてお裕を排除せねばならんでしょう」

珍海は不識不想を解いた。

その時、寺の仁王門の上から、お裕の声が響いた。

「早く、冬星たちを連れて逃げるんだよ！　不動、凛！　今しかないよ！」

「やっぱりお裕ですか。裏切るのですね、いいでしょう。後でゆっくりあの世に送ってあげましょう。その前に毘沙門衆たちの息の根を止めるのが先です」

刹那《せつな》、脱兎《だっと》のごとく不動が突っ走ってきた。

不動は雷《いかづち》の幻道波術を、珍海と遠呂地に向かって発術させながら突っ込んできた。珍海は一瞬、面食らったが『胡桃返し』で、不動へ雷を弾き返した。

不動は自身の雷を浴びながらも、かまわず前へ突き進んだ。

全身の皮膚がすでに張り裂け、血だらけになっていた。思わず銀が叫んだ。

「不動！　無茶なことはやめろ！」

銀は瞬時に悟った。不動は死ぬ気であると。

「おおおおおーー！」

不動は血だるまになりながらも、珍海の目の前までたどり着いた。

「ひいぃ、こいつは何なんだ！　自分の雷を浴びているのに、まだ立っているのですか！」

珍海がのけぞった。捨て身の忍びの姿を初めて見たのである。

「おれは軒猿毘沙門衆の雷の不動だ！　仲間は絶対に死なせねえぞ！　おまえみたいな卑劣な坊主にはげんこつをくれてやる！　もう一度、小坊主からやり直せ！」

不動が仁王立ちになり、珍海を恐ろしい形相で睨みつけた。

「お、遠呂地よ、早くこの不動をたたっ斬《き》れ！」

珍海は不動の気迫に気圧《けお》され、冷や汗をかいた。

「義近よ！　よく見ておけ！　軒猿毘沙門衆は仲間を最後まで絶対に見捨てない。最後まで食らいついて離さない。そしておまえが、雷の術を継承するんだ、いいな！」

不動が目を見開いて、義近に訴えた。

「ふ、不動のおいさーーん！」

義近が泣き叫んだ。

「この法輪寺には、雷の神様が祀られている。おまえにあげた雷の石のお守りだ。必ずやおれたちを守ってくれるぞ。信じて突きすすめ！」

遠呂地が走りこんで、剣を不動の真上から振り下ろした。同時に不動が右手を突き上げ、今までにない大声で叫んだ。

──『大雷電波《だいらいでんは》！』

轟音とともに、一瞬、真昼になったかのように閃光が閃《ひらめ》いた。

バリバリバリーー！

不動の体中から雷が飛び散り、珍海と遠呂地めがけて炸裂した。

二人はまばゆい光に包まれ、その影がかき消された。壮絶な爆風や爆裂音とともに、あたりを真っ白い煙が覆った。

爆音の後、静寂の間が流れた。

煙が消えた後、黒くすすけた不動がうつ伏せで斃《たお》れていた。

黒焦げの体から、ぶすぶすと煙があがっていた。

「不動のおいさーーん！　うわーーん！」

義近の泣き声が静寂を破った。

珍海と遠呂地は土煙の中から姿を現した。魔道の結界で防いだようだ。

「いやあ、捨て身の攻撃には参りました。下劣な奴らがやりそうなことですが、まさか道連れにしようとは……。結界を強化しておいて良かったです。あっ、魔鏡が、割れている！」

珍海の胸に下げてあった魔鏡が、真ん中からパックリと割れていた。

「ま、魔鏡が割れるとは信じられない！　こんなことが起きるとは、大変なことです。早く修復しなくては、卑弥呼に先に知られてしまいます！」

珍海はひどく取り乱し、血走った眼《まなこ》で割れた魔鏡を何度も凝視した。その隙に、玄之丞が走ってきて冬星を担いだ。

「さあ、今のうちに逃げましょう！　せっかくお裕さんと不動はんが命懸けで助けてくれはったんです、急ぎましょう。凜さんと義近は、銀さんをお願いします！」

てきぱきとした玄之丞の機転で、騒然とする法輪寺からいちはやく逃げ出した。凜は玄之丞のこんな姿を見るのは初めてで意外だった。

真夜中ということもあり真っ暗で右も左もわからなかったが、京の都を知り尽くした玄之丞のお陰で匿《かくま》ってくれる寺院に転がり込んだ。すでに丑三つ（午前二時）時を過ぎていた。

珍海と遠呂地は土煙に巻かれたのか取り乱したのかは定かでないが、それ以上は追ってこなかった。

その寺院は嵯峨の中央にある、ひときわ大きく由緒ある寺院であった。

伽藍形式の寺院は唐門をくぐると各お堂が点在し、廊下で結ばれている。池の水面に月がゆれて光っていた。本尊を不動明王とするこの寺院は、皇室ゆかりの寺院でもある。

行燈《あんどん》に照らされ、沈鬱な顔をしている凛に玄之丞が言った。

「不動はん……、本当に残念やったです。凛さんたちのお気持ちも、いかばかりかお察し申します。拙者が力不足だったのが口惜しいです。申し訳ござらん」

「いいえ、不動らしい最後だったわ。自分を犠牲にして仲間を救うという、軒猿毘沙門衆らしい生き方だった。私は誇りに思うわ」

義近は丸くなって泣いていた。

「不動のおいさん、まだまだいろんな術を教えてくれるって言ってたのに……」

「銀は深傷《ふかで》だったみたいだけど、ここのご寺院さんから手厚い手当を受けてさせてもらっているのね。本当にありがたいわ、玄之丞さんに感謝します。冬星は体力の消耗が激しいから、少し休ませてもらえれば大丈夫かと思うわ」

凛は少し安心し、玄之丞に礼を言った。ただ、ある疑問が頭をもたげた。真夜中にもかかわらず、こんなに由緒ある寺が匿《かくま》ってくれることが不思議でならなかった。

「でも本当にびっくりしたわ。玄之丞さんって、お顔が広いのね。こんなに由緒あるお寺と知り合いだなんて。しかも突然、こんな真夜中なのに」

すると玄之丞が振り返り、急にあらたまった表情になった。

「凛さん、今まで黙っていてすまへんかったです。実は拙者は、『公儀隠密《こうぎおんみつ》』なのです」

「えっ！　公儀隠密って、あの御庭番《おにわばん》などの将軍直属の密偵近侍《みっていきんじ》ってこと？」

――公儀隠密
その成り立ちは南北朝時代から存在していたが、戦国時代に忍び＝忍者集団として戦国大名や幕府に属した。特に伊賀甲賀忍者の一部が幕府に重用され、江戸幕藩体制の隠密としての職務を司った。歴代の徳川将軍下において諜報活動を束ねる組織となり、幕閣という政府組織の一角に掌握された。中でも徳川吉宗は伊賀忍びを改編して『御庭番』とし、将軍直属の諜報機関とした。この公儀隠密ならびに御庭番は、島原の乱、慶安の変、竹島事件、シーボルト事件などに深く関与したともいわれている。

「身分を黙っていて申し訳ござらぬ。実は幕府側からも国体を脅かす、謎の鴉集団について調べるようにとの密命が下っておったのです。そして北斗七星舎の堂心の素性と行動をつかむため、わざと拙者がこの役をかって出たといういきさつなんです」

「それじゃ、はじめから堂心を疑っていたのね」

「堂心の名は、幕府側で目星をつけたうちの一人でした。ただ、謎の鴉集団との決定的証拠をつかまねば動くことができないため、拙者が密偵として志願をしたのです。堂心は拙者を京都所司代の御曹司としか見ていなかった。あえて剣術の腕前がつたなく、顔が広い武家の士族を装《よそお》ったのです。実はわたしは直心陰流《じきしんかげりゅう》五段の腕前です」

玄之丞がはじめて自身の正体を明かした。たしかに数多《あまた》の敵の攻撃にあっても負傷せず、くぐり抜けてきたことから、凛も得心した。

「隠密ならば、わたしたち忍びと同じような存在ということよね。少し親近感が湧いたわ。ちょっと玄之丞さんが頼もしく見えてきちゃった」

「いやいや、お凛さんから、そのようなお気持ちはもったいないでござる……」

言葉をはさむように、義近が鋭い目つきで割り込んできた。

「あの冬星さんでも勝てなかったんだよ。しかもあの無双光天龍長光でさえも黒くなってきちゃって……。いったいあの敵と、どうやって戦えばいいんだよ、玄之丞さん！」

「ふむ、たしかにあの金の鴉は、今までの敵とは比べものにならないくらい強い。冬星はんの最強の幻道波術をもってしても、歯が立たぬ。拙者にもどうしたらよいかわからぬ」

玄之丞は途方に暮れた。敵のあまりの強さに、呆然とするしかなかった。

「やはりここは、御子様におすがりするしかなかろう。御子様だったらきっと、戦い方を知っとるに違いありまへん」

玄之丞たちはその晩ゆっくりと寺院で休んだ。明朝から今後のことについて話し合うということとなった。


文月の送り盆の頃となり、つくつく法師の大合唱が寺院境内に染みわたっていた。翌日は朝から陽ざしが強く、京盆地特有のねっとりとした暑さが覆っていた。

本日十六日は、嵐山で精霊を送る行事として灯篭流しが行われる。

宵闇の中、桂川にゆらゆらと七千以上もの灯篭が流れていくのを眼下に見ながら、五山の送り火が灯される。如意ケ嶽の「大」の後、北山の東方に「妙」「法」と続き、嵯峨曼荼羅山に「鳥居形」が闇夜に煌々《こうこう》と浮き上がる。

寺院の奥座敷では、玄之丞と凛、義近、冬星が障子をぴったりと閉めて向かい合っていた。

障子戸からは、庭からの夏の強い陽ざしがこぼれて差し込んでいた。

話し合いでは、手傷を追っている銀の療養が大事との意見もあったが、一刻も早く御子様のところへ参るのが先決であるとの結論に至った。しかれば、夜に移動するのは危険であり、安全な日中に大通りを通行していくこととなった。

ちょうど盂蘭盆会《うらぼんえ》の本日は、灯篭流しや五山の送り火が灯されるため、日中から町に人手が多く繰り出されるので、目立ちにくいのが幸いであった。

さっそく町衆や商人風に出で立ちを変え、昼過ぎに寺院を出た。負傷している銀を玄之丞が肩に手をかけながら随行した。

仁和寺から龍安寺を通り、北野天満宮前を歩いた。さすがに人の出が多く、玄之丞や冬星たちは人ごみに紛れていたため怪しむ者は誰もいなかった。

京都御所を過ぎると鴨川にさしかかり、御子様屋敷近くに来ると護衛の僧兵が案内をしてくれた。ようやく屋敷に到着したのは、七つ（午後四時）時であった。

一行は屋敷の大広間に通された。

広間からは美しい日本庭園が眺められた。

夕方の日に照らされ、躑躅の緑陰が庭石に長い影を落としていた。きらきらとした池の反射が、広間の障子戸に映っていた。

しばらくすると、奥の方から侍者に付き添われた少女が歩いてきた。

卑弥呼《ひみこ》――、御子《みこ》である。

「みんな、久しぶりであった。しかし大変な戦いだったな。冬星、銀、凛、よくがんばった。玄之丞、義近もよいはたらきをしたな。不動は本当に、残念だった……」

冬星が重い口を開いた。

「御子様、このたびの戦いは今までにない、苛烈なものでございやした。敵は金の鴉という格上で、天鉄刀がすべて黒く炭化してしまう魔道の剣を振りかざし、おれたちの幻道波術もほとんど通用しなかったんでごぜえます」

御子は目を閉じて黙って聞いていた。

「ふむ、まさしくあの剣だわ。一千年に及ぶ因縁の剣。天鉄刀を食らう魔道の剣。魔道の僧、珍海も一緒だったわけね。数多の天鉄刀の残骸が目に飛び込んでくるわ。ゆうに百を超えてるようね。でも冬星さんたち、よく食らいついたわね」

御子は冬星を見つめながら、静かに口を開いた。

「冬星さん、実はあなたが金の鴉と戦ったのは、これが初めてではないのよ」

「なにっ！」

冬星は気色ばんだ。

「そう数年前、直江の津今町に、冬星さんが記憶を亡くして彷徨《さまよ》い流れ着いたのは、金の鴉と激しい戦いをした後だったの。敵の術者は冬星さんの記憶を消し去り、仲間の北斗七星舎の忍びは全滅した。命絶える前に七星舎の忍びは、最後の力で無双光天龍長光を毘沙門天像に隠したのよ」

冬星は御子の言葉に衝撃を受けた。あの時の真実が、いま明らかになったのだった。

御子は胸の翡翠の首飾りを握りしめ、目を見開いた。

「でも今回は無駄ではなかった。そう、不動が命懸けで珍海を道連れにしようとしたことは無駄ではなかったのよ。不動の捨て身の攻撃で、奴の『魔鏡』が割れたのよ。この魔鏡が割れたことで、すべての妨害や撹乱の幻魔が取り払われたの」

「魔鏡って、そんなに御子様を妨害していたのか？」

義近が窺うように御子を見た。

「義近にはわたしの声が少し届いていたかしら。念波《ねんぱ》を送ったのだけど、魔鏡のせいで途切れてしまっていたかもね。子どもや動物は邪念がないから、念波を受け取りやすいのよ」

「あ、そういえば、誰かの声がおいらの耳元に聞こえてきたよ！　でも何て言ってるのかわからなかったな」

「やっぱりそうね、魔鏡の仕業よ。堂心の心変わりも、珍海の魔道の妨害で見抜けなかったのは口惜しいわ。でも魔鏡が壊れたいま、すべてがはっきりと見えるようになったの」

御子の双眸が光った。

「〝神具《しんぐ》の在《あ》り処《か》〟がわかりました！　あの魔道の剣、露魏奴之剣を斃《たお》せる、唯一の神具です。この神具以外では、露魏奴之剣を斃せません」

一同は御子の言葉に、思わず息を飲んだ。

あの金の鴉・遠呂地が振りかざしていた、天鉄刀をすべて黒く炭にしてしまう魔道の剣、露魏奴之剣。奴に勝てる唯一の〝神具の在り処〟が、いまわかったのだ――

「しかし、魔道の奴らも死に物狂いで魔鏡を修復してくるでしょう。神具の在り処を隠そうとしてくるはずです。これは時間との戦いでもあります。奴らが早く見つける前に、われらが先に見つけ出さなければなりません」

冬星も息を飲んだ。

「しかし敵はなぜ、それほどまでして神具を手に入れようとしているんだ？」

「世の中は阿《あ》と吽《うん》、陰《いん》と陽《よう》、表と裏があります。昼があれば夜があるように、必ず物事には両極があります。この神具も同じで、陰と陽があります。陰が露魏奴之剣であり、陽はもうひとつの神具です。そして裏迦波羅の世界では、この両方の神具を手にした者は『この世のすべてを統《す》べる力が宿る』といわれているのです」

「この世のすべてを統べる？」

御子は厳しい顔つきで言った。

「だから絶対に、彼らにもう一つの神具を渡してはならないのです」

一同に緊張感が走った。冬星もようやく敵の企みに気がついた。

「それで、その神具は、いったいどこにあるんで？」

御子が、ぎろりと冬星を見た。

「越後です。越後の卑弥呼であった沼河姫《ぬながわひめ》（奴奈川姫）のお膝元に眠っています。やはり、卑弥呼の中でも一番呪術力が強かった越後の沼河姫のもとに眠っているのも、きっとご縁なのでしょう。なぜならわたしも沼河姫の血筋を引く者だからです。この国の霊性の故郷ともいわれる越後に、わが国の未来がかかっているといっても過言ではありません」

御子はすっくと立ちあがった。

「いいですか、時は待ってはくれません。わたしたちが先に神具を見つけなければ、この戦いに勝つことは出来ません。急ぎます。明日、越後へ発《た》ってもらいます」

そう言うと、義近に鋭い視線を投げた。

「大人や武士、忍びではすぐに奴らの念波で居場所がわかってしまいます。子どもや少年は邪念が少ないので、義近に行ってもらいます」

「えええーー！　おいらが？　大丈夫かな、一人で」

「一人ではありません。武士や忍びではない、商人《あきんど》を一緒に同行させます。商人は武士や忍びの氣とは違い、奴らの念波にかかりにくいのです。ただし、完全な商人ではありませんよ。半分、忍びの訓練も受けている者ですから、おまえを助けてくれるはずです」

御子は付き人に合図をすると、ほどなくして齢四十歳ほどの商人風の男が現れた。西日に当たり、影が襖に投影した。頭には商人特有の頭巾を被っていた。

「お呼びでございますか御子様。濱野屋信平《はまのやしんぺい》、ただいま参上いたしました」

「さっそくですが濱野屋、明日、この義近とともに越後へ出立しなさい。とても重要な任務です、よろしく頼みますよ」

「ははっ、了解つかまつりました」

濱野屋信平は即座に踵を返し退室した。御子は義近の眼前に腰をおろした。

「義近、おまえも忍びの一員だ。不動の意志を継いで、立派な忍びになりなさい。この旅はおまえにとってかけがえのない旅であり、また修行にもなることでしょう」

そう言うと御子はにっこりとほほ笑んだ。

義近も突然のことで驚いたが、期待をかけられているという期待感と不安感につつまれたが、元来怖いもの知らずの向こう見ずな性格から、内心わくわくしていた。

「敵方には一切悟られないよう、義近には手紙や文《ふみ》などは持たせません。義近には、わたしの念波を飛ばしますから、しっかりと聞いて無事に神具を持ち帰るのですよ。待っていますよ」

冬星たちは義近にすべての希望をゆだねた。もしこの任務が失敗に終わればすべては水泡に帰す。みなの目が、義近に注がれた。

もう夕陽がとっぷりと暮れ、広間は宵闇に包まれていた。灯篭の明かりが仄かに灯《つ》きはじめた。庭の垣根越しに、五山送りの「大の字」が山に赤々と灯っているのが見えた。

第七章　神具《しんぐ》

翌朝は霞《かすみ》がかかっていた。

義近と濱野屋は旅支度を整え、御子屋敷を早朝に出立した。旅の行程は最短で往復することが求められていたので、なるべく陸路よりも舟路を選んだ。また舟旅の方が、敵に狙われにくいという側面もあったためでもある。都から徒歩で東方へ移動し、琵琶湖からは舟に乗り敦賀を目指した。

琵琶湖の船着き場についた義近は初めて任された大仕事に、心が浮き立っていた。

（おいらの初仕事だ。見ててくれ、源じい、不動のおいさん）

濱野屋とともに舟に乗り込んだ。朝早いためか、同舟の客は少ない。濱野屋は笠を外して義近の横に座った。

「義近殿《よしちかどの》、何か食べ申すか？」

「あ、いや、おいらはいいよ。ところでその〝義近殿〟っていうのは、よしてくれよ。義近でいいよ、濱野屋のおじさん」

「いやいや御子様から、大事な義近殿の護衛を任されたので、そんなわけにはいきませんよ。大事な義近殿に何かあったら大変ですから」

濱野屋は商人でもあり、細かいことに気遣いをする性格であった。義近は年上から敬語を使われることが、何だかくすぐったい感じだった。

「ところで御子様が言っていた、神具って何だろうかね？　美味いものかな、食べられるものじゃないのかなあ」

「さあ、皆目見当がつきませんね」

舟旅はゆったりして心がおだやかになる。ある意味、とても退屈でもある。水平線の上に、たなびく雲を目で追うだけの、まったりとした時間が過ぎていく。義近は、あの京の都での激しい戦いがまるで嘘であったかのように思えてきた。

敦賀湊に着くと越後を目指し、舟に乗り込み海路でさらに東にすすむ。右手に越前の芦原や加賀を眺めながらすすみ、内陸の潟に着岸してから河川沿いにすすんだ。越中國を通り過ぎ、また海路に出る。しばらく直線の浜が続いたかと思うと、霞が晴れて越後國の糸魚川湊が見えてきた。

義近は、出立前の御子様の言葉を思い出した。

「糸魚川の湊で降りなさい。そこからは陸路で『関山《せきやま》』を目指しなさい」

ここ糸魚川はあの三人の卑弥呼の一人、沼河姫の聖地でもある。また世界でも有数の純度の高い翡翠の産出地でもある。ただこのことは、一般の人々は知らない事実だ。

義近と濱野屋は舟を降りようとした。その時、義近の耳元で御子の声が響いた。

「義近、糸魚川で舟を降りてはいけません！　降りると見せかけてもう一度乗り直しなさい。そして直江の津で降りなさい。敵が同じ舟に乗っているようです。いいですね、悟られないようにするのです」

義近は一瞬びくっとした。

こんな穏やかな舟の旅路にも、敵が混じっているのかと内心驚いた。

義近は濱野屋に耳元で告げると、何人かの客人と降りると見せかけて、舟の後方に覆ってある筵《むしろ》の中に素早くもぐり込んだ。義近は筵の中から、ゆっくりと外の岸壁を覗いてみた。百姓風の男三人ほどが、きょろきょろとあたりを見回していた。

「あいつらが敵だったのか……。濱野屋のおじさん、気がついたかい？」

濱野屋は、かぶりを振った。

「いや、全然ですよ。だって日照りの話しをしていたばかりですから、まさかねえ」

舟はゆっくりと岸壁を離れ、ふたたび海上に出た。次の湊は直江の津今町である。

海路から見ると、真っすぐな岸が続く湊が直江の津であることから『直の浜』としてこの名がある。古《いにしえ》より湊町として栄え、全国七湊にも数えられた。北前船航路では日本海側の主要湊であり関東への起点としても重要な湊であった。中山道《なかせんどう》追分宿から分岐し、小諸・上田・信濃を経て続いている北国街道最大の分岐点でもある。

かつて室町時代の越後守護・上杉房定《ふささだ》の治世下時代、京都に次ぐ大都市として六万人もの人口を有していた。応仁の乱勃発後、京の都の著名な文人墨客らはここ直江の津に逃避し、至徳寺や安国寺で官官接待を受けたとの記録が残されている。

直江の津今町湊はたいそうの賑わいで、多くの人が行き交っていた。四十物《あいもの》（魚介類）や海産物を乗せた大八車がひしめきあっている。義近を乗せた舟は、湊の入り江近くの船着き場に着いた。海路からの舟運はここが終着らしい。義近と濱野屋は舟賃を払い降りた。

義近は直江の津今町を見渡して、冬星から聞いていた話を思い出した。

「ここが冬星さんの故郷、直江の津今町かぁ。けっこう活気がある町だな」

大坂方面から来た舟や、これから出羽へ出航しようとする舟などが沖に停泊し、小舟で荷を運び入れていた。水平線の向こうに、かすかに佐渡島の稜線を見ることが出来た。

義近たちはさらに南下するため、河川専用の舟に乗り換えた。

直江の津今町では荒川という呼び名だが、以南では関川と呼ばれる。関川は焼山から発し、妙高山麓を経由し直江の津今町で日本海に注ぐ、この地域の主河川である。明治時代の鉄道敷設期まで、この関川での舟運が物流の中心であった。高田藩主・松平光長公時代の寛永元（一六二五）年頃から関川の整備が行われ、直江の津今町から広島（現・新井）、田井（現・

板倉町）まで舟の通れる区域に改良がなされた。

舟が平野を通り越し、高田藩の城下に近づいてきたとき、にわかに義近の耳元で御子の声がささやいた。

［義近、この次の稲田で舟を降りなさい。そして高田春日神社へ行きなさい。そこでは龍神様から、大きな手がかりがつかめるようです］

「えっ、龍神様からの手がかり？」

［そう。倶利伽羅《くりから》、倶利伽羅……とおっしゃっています。いいですね、必ず行きなさい］

義近と濱野屋は稲田で舟を降り、高田春日神社へ向かった。

向かう途中、高田城を外堀から眺めて二人は感嘆した。本丸を中心に周りを二の丸で囲み、三の丸を付けたす折衷型の大規模な平城は、なかなかお目にかかれない。さすが時の天下人・徳川家康が天下普請させて築城した城である。その枡形門《ますがたもん》の大きさに至っては全国でも屈指の大きさである。大坂夏の陣前に築城されたという当時の緊張感が、そこかしこにあらわれてもいた。

ほどなくして二人は、高田春日神社の門をくぐった。

社《やしろ》の提灯に記されている家紋は、『竹に雀』上杉の家紋である。神社境内には小さな社が点在しており、薬師如来坐像などが祀られていた。神仏習合の形態から、その起源が古いことを物語っていた。

義近が賽銭箱の前でお参りをしていると、眉目秀麗《びもくしゅうれい》な巫女さんが声をかけた。

「ようこそ越後へ、義近様。お待ちしておりました」

涼やかな目元は澄んでおり、装束ともあいまって、まるで天女のような雰囲気であった。

「えっ！　なんでおいらの名前を知ってるの？　初めて会ったのに」

義近は面食らった。濱野屋も驚いてあごが外れそうになった。

「私はここの宮司《ぐうじ》で美島《みしま》と申します。私は幼少の頃から霊感が強く、大人になるまで不便な生き方でしたが、現在《いま》では人様の占術も鑑定しています。左様《さよう》、京の都の御子様から念波を受け取りました。義近様たちがここに来られるということを」

「あ、そうなのか御子様から。それならば話しが早いです。おいらたちは神具を求めて越後に来ました。その手がかりが、ここ高田春日神社にあるというので参りました。御子様が言った倶利伽羅とは、いったい何でしょうか？」

美島宮司はにっこり微笑んで、義近たちを一番古い社《やしろ》へ導いた。鉄の閂《かんぬき》を開けるとギィと音がして扉は開いた。

薄暗い社の奥に、一幅の〝幟《のぼり》り旗《はた》〟が安置されていた。

外からのうすい陽光が旗に当たり、その全貌があらわになった。そのとたん、義近と濱野屋は身震いした。

そこには、豪壮な剣にからみついた龍神、〝倶利伽羅龍〟が描かれていたのである。今にも動き出さんばかりの迫力は、見る者を圧倒せずにはいられない。鋭い眼光と鉤爪は恐ろしいほどの筆致で描かれ、絵から飛び出して首を掻っ切られそうである。

「こっこれは、すごい龍だ！　こんな迫力ある龍は見たことがないよ！」

「そうですか、これは〝倶利伽羅不動尊御旗《くりからふどうそんみはた》〟です。当社に代々受け継がれてきた家宝でもあり、歴史そのものでもあります」

「いったい、いつの時代からあるんですか？」

「この御旗を作らせたのは、上杉謙信公です。謙信公が出陣の際、大嵐に襲われ難儀したとき毘沙門天に祈願をしました。すると西南方向から倶利伽羅龍神が現れ、たちまち嵐は収まり晴天になったといいます。さっそく謙信公は絵師・狩野直信を呼び、倶利伽羅不動尊像を描かせたのです。それが、この御旗です」

「へえー、上杉謙信公さまが描かせたのか。というとものすごい由緒ある御旗なんだな！」

「謙信公は出陣に赴く際、必ずこの御旗を携行し、戦に勝利したといわれています。そしてこの御旗は謙信公の時代から現在まで続く、祭りになくてはならないものなのです」

「祭り？　謙信公の時代から現在まで続いている祭りがあるんですか？」

「はい、それが『御剣祭《みつるぎさい》・南方位山代参登山《なんぼういさんだいさんとざん》』です。地元では〝なんぼいさん〟と呼ばれています。毎年文月の二十三日に、この倶利伽羅不動尊御旗をかかげ町内を渡御し、聖なる山である妙高山に謙信公に代わって代参登山するならわしです」

――御剣祭・南方位山代参登山

上杉謙信公が描かせたという倶利伽羅不動尊御旗をかかげ、毎年文月に妙高山へ領内民の安全、五穀豊穣、子孫繁栄を祈り、真言宗宝塔院月光寺住職・天室和尚に代参登山祈願を命じた。春日山神社は城の遷城にともない、当初の春日山城下から福島城下、そして高田城下へ移ったが、御旗の守りを高田春日町に命じた。領内の村々から一村一名が村の代表として小旗を持ってお供をし、その数は一三五九本に及んだと記録がある。この風習は現代でも、上越市地域の宝『水谷家と南方位山・歓喜堂』として登録されている。

「謙信公の時代から、欠かさず今でも続いているとはすごいなあ。みんな龍神様を大切にしているんだね」

「実は、この越後の地は、龍神様が守っているという言い伝えがあります。頚城郡《くびきごおり》を囲むようにして、三つの黒姫山があります。北の刈羽《かりわ》黒姫山、信州の黒姫山、西の青梅《おうみ》黒姫山です。黒姫山は苧麻《ちょま》、苧《からむし》、機織り信仰の山でもありますが、龍神伝説の伝承地でもあるのです。そしてこの三つの黒姫山の地内には、大きな龍が横たわっているという昔からの言い伝えがあります」

「龍神様に守られたところなんだなあ。神具と何か、関わりがあるような気がしてきたな。ところでこの倶利伽羅龍剣にはどんな意味があるんですか」

「倶利伽羅龍剣は、お不動様、すなわち不動明王なのです。不動明王が持っている降魔の剣は魔を滅する唯一の剣です。まさに正義の剣の象徴です。どんな魔物も紅蓮の炎と降魔の剣で退治をするのです」

(魔を滅する唯一の剣か……。それがあれば、あの金の鴉なんかこてんぱんにやっつけられるのになあ)

義近は美島宮司から話しを聞いていて、ふとあることが心に浮かんだ。

「あのう宮司さん、御旗だけではなくて、もしかしたら本物の倶利伽羅龍剣があったとか?そんなことはないですかね?」

美島宮司は怪訝な顔をして義近を見つめた。

「当社にはこの倶利伽羅不動尊御旗はありますが、太刀や刀剣の類は一切ございませんね。あしからず」

と言った後、社務所の隣りの空き地に視線を向けた。

「ただ、当社がお城と一緒に遷社してきたとき、この場所にお寺も移ってきたのです。今ではこの通り、空き地になっており何もありませんが、お寺は別の場所に移ってしまいまして」

「そのお寺は、どこへ移ったのですか？」

「関山権現《せきやまごんげん》です。寺内にある宝蔵院というお寺です。でも今、はたして残っているかどうか」

「関山、ですか？」

（御子様が言っていた〝関山〟という地名だ。そこに何かありそうだな）

「おいらたちは、これからその関山へ行くんだ。ここからどれくらい舟でかかるのかな？」

「関山までは舟でも結構かかりますよ。もう、夕方になりますから、良かったら今晩は当社でお泊りになられてはいかがですか？」

義近たちは美島宮司のお言葉に甘えて、一晩の宿を取らせていただくことになった。社の隅には、夕陽に照らされた鶏頭《けいとう》の花が真っ赤に咲き乱れていた。


そのころ、京の都の御子屋敷では、冬星たちが坐禅修行を行っていた。

冬星、銀、凛、玄之丞たちが薄暗いお堂の中で、一心不乱に坐禅の瞑想に耽《ふけ》っていた。朝に一回、午後に三回の坐禅を組み、精神の集中を鍛錬していた。冬星が半眼で、格子戸のすき間から外の景色に視線を移した時、御子の声が聞こえた。

「冬星さん、もう少し阿頼耶識《あらやしき》を開いた方がよいですよ。神仏の声が届きやすくなりますから。丹田呼吸法を楽にしてみてください。ご心配されている、越後へ行っている義近たちはうまくやっているようです。一歩一歩近づいているようですから、もう少し待ちましょう」

銀の傷も癒え、軒猿毘沙門衆たちには、御子が直接修行を直伝していた。北斗七星舎での厳しい体術修行ではなく、精神面を強化する卑弥呼の呪術的修行であった。

この修行は軒猿毘沙門衆が得意とする幻道波術を強化するだけでなく、折れない心を醸成するという側面を有していた。金の鴉のような強敵を前にしても動じない精神性がつくられることは、これからの激戦を前に必須条件であったからだ。

坐禅道場の床の間に座っている御子が、ゆっくりと目を開けた。

「はい、皆さん、かなり呼吸法が整ってきました。だいぶ戦闘時の術の精度も上がると思います。嵐が来ても、雨が吹いても、その平常心を忘れないで維持してください。しけの日であっても海の底はまったく動じないのです。そのように常に冷静にご自身の阿頼耶識を操ってください」

しかし御子は内心、焦っていた。

（鴉の連中は、きっと死に物狂いで魔鏡を直していることでしょう。魔鏡が完全に復元されてしまうと、神具は彼らの手の内に入ってしまう。そして義近への念波も閉ざされてしまう

わ。一刻も早く、義近が神具を手に入れなければ……この世は終わってしまう）
そんな心持ちとは裏腹に、平静を装う御子であった。
葉月も終わり頃となり、都の町中では地蔵盆《じぞうぼん》があちこちで行われていた。町内のお地蔵さんにお化粧を施し前掛けをかけ、祭壇に飾り付けをして供物を捧げる。鮮やかなホオズキが供えられ華やかな様相を呈していたが、残暑は依然として厳しかった。

越後の国、高田春日神社
義近と濱野屋は一晩の宿を借りた翌日、早朝に美島宮司にお礼を言って出立した。

次の目的地は、山間《やまあい》の地『関山』である。やはり舟での移動であった。舟は高田平野を越え矢代川に入り、合流地点の老津という分岐点を経て山の渓流沿いをすすんだ。さらに舟は山間部に入ってくると、雄々しい妙高山が眼前に広がってきた。

「うわあ、すげえ妙高山だ、でっかいなあ。形が山っていう字そのものだね」

妙高山はこの地域全体の信仰の対象であり、シンボル的な存在である。

別名、〝須弥山《しゅみせん》〟とも呼ばれている。須弥山とは仏教界において、世界の中心に位置する山であり、太陽や月はその中腹を回転している。仏典におけるシュメール（須弥山）は漢訳で、音訳は妙高となる。

またチベットで仏の山と崇拝されているカイラス山に妙高山がよく似ているということから戸隠山・白山とともに山岳信仰の霊山として、木曽義仲や上杉謙信などからも崇められた。古来より修験道の聖地であり、一般者の入山禁止、女人禁制が固く守られてきた。平安時代中期から鎌倉時代にかけ、弥勒《みろく》菩薩信仰が盛んとなり、空海弘法大師も妙高山の霊力を直感で悟り、修行の場とした。山の頂に阿弥陀如来の鎮座する霊山として、宗派を問わず、多くの信仰を集める霊験あらたかな山でもある。

ようやく関山の舟つなぎ石の場所に到着し、二人は降りた。すぐに御子の声がした。

「まっすぐに関山権現へ行きなさい。かなり目的に、近づいています」

山を登るように行くと、小川の上に石の太鼓橋が架かっており、目の前に長い石段が連なっていた。石柱に、『関山三社権現』と彫られている。

義近と濱野屋が本社の賽銭箱の前で参拝していると、宮司らしき人影が見えた。濱野屋が丁寧にあいさつし、自身の紹介をすると奥から恰幅の良い人物が出てきた。

「これはこれは、よくおいでなさった。わたしはここの宮司の高津《たかつ》と申します。そうですか、高田春日神社の美島さんのご紹介とあらば、是非ご協力いたしましょう」

義近たちは、本社のわきの社務所に通された。

「すみません、この関山権現さんに、宝蔵院というお寺はありますか？」

「宝蔵院ですか。残念ながら、今はありません。高田のお殿様が代わられてから、妙高山の管理が宝蔵院からお役人様のところへ行ってしまったのです。それまではたしかに、妙高山の入山許可や管理はすべて宝蔵院が取り仕切っておりました」

義近は残念そうな顔で言った。

「倶利伽羅不動尊にまつわることや、倶利伽羅の刀剣類などは宝蔵院にはなかったですか？」

「うーん、倶利伽羅不動尊の刀剣類ですか……、はて聞いたことはないですね。ただ当社には、上杉謙信公が寄贈したという双龍の幟旗はございますが」

ここで宮司の高津は、眉間にしわを寄せた。

「ただ、この宝蔵院は実に不思議な寺でして、昔から特別な存在であったといわれております。関山三社権現の別当寺として古くから栄耀栄華をきわめておりました。太陽が昇るところから沈むところまで、すべて寺の領地であったといいます。古来からの噂では、何か特別な宝物を有しているのではないか、との言い伝えがされておったということです」

「特別な宝？」

「かつて上杉謙信公様が亡くなられた後、上杉景勝公時代に織田信長公の軍勢が越後に攻め込んでまいりました。その時、なぜかこの宝蔵院の隅から隅までを探索し回ったという話しがありまして。結果、蜘蛛の子一つ残さずに焼き払われてしまったのです」

「あの織田信長の軍勢が、宝蔵院を探し回った？　いったいなんでだろう」

「それです！　織田信長公は知っていたのです、神具の在り処を！」

突然、御子の言葉が飛び込んできた。

「えっ！　神具がここにですか？　本当ですか、御子様！」

高津は、独り言を言いだした義近を怪訝な顔で見た。

「あ、ごめんなさい。おいらたまに、独り言を言うので気にしないでください」

濱野屋が必死にとりなしに入った。

「いやあ、この子は感受性が旺盛でしてね。ところで宝蔵院さんに伝わる何か言い伝えなどはないのでしょうか、何でもよろしいのですが」

「言い伝えというほどでもないのですが、あることはあります。境内の脇にある北弁財天と南弁財天のうしろに祀られている〝大岩〟があります。この大岩の下側に、ある文言が彫られているという言い伝えなんです。でもこれは誰も見たことがないので、真実かどうかは定かではありませんのでね」

「是非、教えていただけますか」

高津はおもむろに書院の引き机から分厚い冊子を取り出し、ある頁《ぺーじ》に指を置いた。

「このようなことが、言い伝えられています」

――我が魂　阿弥陀如来の頂きの足室《そくしつ》に拠りて　幾千年か眠る
山字のもと　神佛《しんぶつ》を信ずる衆生《しゅじょう》の為　義者《ぎしゃ》とともに蘇《よみがえ》らん

「はるか昔からの言い伝えらしいのですが、誰が、何のために、何を言わんとしているのか、まったくわからないのです」

「阿弥陀如来は、こちらに安置されているのですか？」

「いや、妙高山の山頂に阿弥陀堂がありまして、阿弥陀三尊像が祀られております。こちらにはありません」

高津の話しに、ますますわからなくなる濱野屋であった。すると高津は何か思い立ったかのように立ち上がった。

「いま修験僧の者が、当社で修行をしております。あの者でしたら、物知りですので何か思い当たることがあるかもしれません。尋ねてみましょう」

そういうと二人を外へ連れ出し、裏手の杉木立の道に案内した。

木洩れ日の杉木立の間に、山伏姿の二人の男たちが薙刀《なぎなた》を振りかざしているのが見えた。若い男と、もうひとりは白髪で長いひげを生やした老人であった。

「えいっ！　たあーー！」

老齢の山伏の声が大きく、若山伏を圧倒していた。その爛々とした目は大きく、とがった鼻は赤かった。杉林で見るその姿はまるで〝天狗《てんぐ》〟のようであった。

高津が声を掛けると、キッと視線をこちらに向けてきた。険しい山々で修行を重ねてきた猛者《もさ》らしく、鋭い眼力である。義近と濱野屋は背筋が伸びた。

「長尾《ながお》殿、こちらは京の都からお越しになった、義近殿と濱野屋殿だ。是非とも協力をしてやってほしい、頼んだぞ」

天狗の老人はじっと義近を見た。見たというより、睨んだという方が適切かもしれない。

「わしは修験僧の、長尾金馬《きんば》じゃ。ここで修行を重ね、かれこれもう三十年になる。ここいらでは〝赤天狗の長尾〟と呼ばれておる。お主たちも修行に参ったのか？」

「いやいや、おいらたちは探し物を見つけにきたんだ。ところで赤天狗の長尾さん、いま何の修行をやっていたんだ？　薙刀を目にも止まらぬ速さで振り回していたけど」

長尾は、一間《いっけん》以上はあろうかと思われる長い薙刀を握り、地面に突き刺した。

「これは〝仮山伏演武《かりやまぶしえんぶ》〟じゃ。古来より『関山権現の火祭り』とともに伝わる秘伝の演武なのじゃ。かつて信長軍の外敵が攻めてきた時、山伏たちがこの演武のごとく勇猛果敢に戦った。関山権現を守るために生まれた、山伏の戦闘型といってもいい」

義近は長尾がいったい何歳なんだろうか、と素朴な疑問がもたげたが口をつぐんだ。

「ところで、阿弥陀様は妙高山の頂上にあると聞いたんだけども、〝山の字〟ってなんだか知っているかい？」

長尾天狗は鋭い目つきで宙空を見すえ、腕組みをした。

「この聖なる妙高山、須弥山は一般の者は入山禁止となっておる。じゃがわしは、修験の道を究めるため何度も頂上を踏破しておる。山の頂には、たしかに阿弥陀堂があり、阿弥陀三尊像が鎮座されておる。しかし山の字とは、はて、そのような地名があったかのう」

すると隣の若い山伏が長尾に耳打ちをしてきた。

「長尾様、もしかしたら山の字とは、春先に山頂付近に現れる『雪形《ゆきがた》』ではありませぬか」

「うむ、田口《たぐち》、たしかにそうやもしれぬのう。春先のあの山の字だな」

「え、雪形とはどんなものなんだい？　おいらは雪国育ちではないんで、よくわからんが教えてくれますか？」

地元出身の田口という若い山伏が教えてくれた。

「雪解けの季節になると、山肌に残雪が残り、それがまるで文字や動物の姿に似た形として現れるのです。飛び跳ねる馬だったり、種を撒く農夫の姿だったり。この妙高山では春先の山頂付近に、『山』という字の雪形がくっきりと現れます。おそらく言い伝えの山の字とは、そのことを指すのではないでしょうか」

――妙高山の山の字

雪国では雪解けの季節である五月頃から山肌に残雪が残り、文字や動物の姿に似た形として現れる。越後では妙高山の『跳ね馬』、南葉山の『種撒き男』が知られている。特に妙高山の山の字は、江戸時代から多くの旅人から有名であった。

江戸時代後期の浄土真宗の僧が書いた書物には、絵入りで出版されている。関山の関所から眺める山の字は壮観であったようだ。

「そうか、わかってきたぞ！　あの言い伝えの内容が！　お宝、神具は妙高山の頂上にあるんだ。ようやくわかったぞ御子様！」

「義近、よくここまでたどり着きましたね。立派ですよ。早く目的地まで行くのです。もうあまり時間がありません」

もう時間がない。明日まで待ってはいられなかった。

義近は高津と長尾に頼み込み、すぐに妙高山を登る手はずをとりつけた。妙高山は修験の修行山ともあって急峻な箇所も多いが、忍びで訓練している義近と濱野屋にはさして難しい登山ではなかった。

長尾が先頭に立ち道案内をした。さすが熟練の山伏だけあって、すいすいと岩場をなんなく乗り越え登っていく。さすがの義近も息が上がった。あっという間に長尾の白い背中が遠ざかっていく。

「おいおい長尾の天狗さん、ちょっと待ってくれよ。ひい、追いつけないよ――」

義近と濱野屋は置いてけぼりにならないよう、必死に長尾に食らいついた。途中、滝や池などがあり、麓からは想像できない風光明媚な景色が広がっていた。

ようやく頂上に着いた。頂上には阿弥陀堂が鎮座しており、阿弥陀三尊像が安置されていた。眺めがすばらしく、南方には野尻湖が望めた。北方には米山、弥彦山までも望められ、日本海の先にはうっすらと佐渡島も見ることが出来た。雲海の上にいる様は、まさに須弥山の上にいるような錯覚を覚えた。

長尾と田口の山伏は、山の字形となる付近を探索していた。義近たちが汗を拭いながら登ってきた。

「このあたりじゃと思うのだが……」

長尾が杖であたりを突《つつ》いていた。山頂から少し断崖状になっている場所であり、通常ではあまり立ち入らない場所でもある。田口がある方向を指さした。

「あの岩は、前からありましたかね？　おそらく山の字のてっぺん部分はあそこになろうかと思うのですが……」

山の字形となる一番上の先端の部分に〝岩〟があった。だが長尾は、不思議そうに岩の周りを凝視した。

「この岩、何かおかしいのう。地面の周辺全体が一段深くえぐられているようにも見える。まるで誰かが掘ったかのように。しかも岩があるのはここだけじゃ。まわりには雑草しか生えておらぬのに、ここだけ岩があるのも奇妙じゃな」

みんなで腕組みをして思案していた時、義近に御子の声が響いた。

「この岩の下です。この岩の下に、神具は安置されています。岩をどかしてみてください」

「えっ、この岩の下なの御子様？　わかりました、さっそく岩をどかしてみます」

義近は長尾たちに岩をどかしてもらうように頼んだ。長尾山伏たちは木棒をテコにして、岩の下にあてがった。山で生活する山伏らしく、慣れた手つきであった。

ドコッ
岩が音を立てて転がった――

目の前に現れた光景に、義近たちは驚いた。なんと、岩の下には人が入れるほどの大きな穴が開いていたのだ。深い。穴は三間（五・四メートル）ほど下まで掘られており、石の階段が付けられていた。

「こ、これは、いったい何だ！」

一同は何かの夢を見ているかのようだった。明らかに誰かが穴を掘り、何か大切なものを埋めたのだ。穴の側壁や階段も、かなり古い時代のものであることが一目でわかった。

一番背の低い義近が下までゆっくりと降りた。底には観音開きの石棺が埋められていた。かなり古いものである。義近は恐る恐る、その石棺の扉を開いた。

ギイーー
土埃とともに開かれた扉の中には、和紙に包まれた木箱があった。桐の箱であろうか、たいそうがっしりとした重みである。義近はその和紙を紐解《ひもと》こうとした。

その時、突然に雷鳴《らいめい》が轟《とどろ》き始めた。

ガラガラガラーッ
長尾の顔が曇った。

「これはいけない、雷が近づいてきた。だがおかしいのう、今まで雲ひとつない晴天であったのに、突然雷雲が近づくとは。こんなことは初めてじゃ。義近殿、早く下山の準備を」

義近は、あわててその木箱を風呂敷に包むと背中に背負い、長尾が案内する道をひたすら歩いた。背中に背負っている木箱は重く、背中に食い込んできた。しかしそれ以上に、何か歴史そのものを背負っているかのような重責が義近の心を支配していた。

（これは、ただものじゃないものだ。いったい何だ……）

関山権現に着いたときは、もうとっぷりと日が暮れていた。

本宮内の広間には、義近と濱野屋をはじめ高津や長尾も同席していた。義近が担いできた木箱が行燈《あんどん》の灯りに照らされ、中央に置かれてあった。義近がおもむろに木箱に巻かれている和紙を丁寧に紐解《ひもと》いた。桐の箱があらわになった。箱の中央に、墨守でこう揮毫されていた。

――翡天倶利伽羅八大龍王剣

一同は息を呑んだ。

「これは、何と書いてあるんだ？　高津様、おわかりになりますか？」

「ふむ、これは、『ひてんくりから　はちだい　りゅうおうけん』とお読みするのです」

「翡天倶利伽羅八大龍王剣《ひてんくりからはちだいりゅうおうけん》ですか？」

古い桐の箱から伝わってくる心気炎《オーラ》は、並大抵のものではなかった。

そして義近はゆっくりと、埃をかぶった木箱のふたを開けた。

皆の視線がいっせいに注がれた。

そこには金色の拵《こしら》えにつつまれた、きらびやかな〝太刀〟があった。

驚くことに、拵え（鞘《さや》）全体が金で覆われていた。鐺《こじり》と柄巻《つかま》きの部分の装飾は銀色であったが、鍔《つば》のない合口《あいくち》拵えに仕上げられていた。鍔がないため、金色の一本の長い棒のように見える。

合口拵えは鞘部分と柄巻き部分が一体となっているため、美しい流麗な曲線を描くことができる。粋人《いきじん》好みの合口拵えは、戦国武将でありながらも美意識の高かった上杉謙信が好んだとされ、山鳥毛一文字や姫鶴一文字など、腰反りが特有の備前刀の美しさを引き出しているともいわれる。

義近は金色の太刀の柄巻きを握ると、横一文字にかまえ、静かに抜刀《ばっとう》した。

「！」

誰もが、絶句した――

なんとその刀身には、〝龍がからみついていた〟のである。

刀身の漆黒の地鉄《じがね》に、『緑色の模様』が、まるで倶利伽羅龍のように螺旋状《らせんじょう》に巻きついているのである。

「これは、何じゃ！　この緑色の龍は！」

長尾天狗が目を瞠《みは》って叫んだ。高津や濱野屋も、まるで金縛りにかかったかのように動けなかった。そして高津が絞り出すように言った。

「これは、もしや……。この緑色の模様は、まさか……」

「こ、これは、この緑色の模様は何なの、高津さん！」

義近が血の気だって尋ねると、高津はひと呼吸おいて答えた。

「これは、

——翡翠
です。間違いない、これは、翡翠です！」

一同は、愕然とした。

刀身に〝翡翠をまとう太刀〟など、この世に存在するはずがない。しかも翡翠が倶利伽羅龍のように、刀身にからみつく太刀など見たことも聞いたこともない。

いや、この漆黒の刀身の地金から、およそ地上の玉鋼《たまはがね》でつくられたものではなく、天空の星・天鉄からつくられたものであることが想像できた。そしてこの世において、奇跡の石とされている翡翠。黄泉《よみ》がえりの力や、再生の力をも有しているといわれる最強の石。この二つが融合した、奇跡の姿がそこにあった。

義近の耳元に、御子の声が今まで以上に大きく響いてきた。

「義近、やっと見つけましたね神具を！　すばらしい、本当にすばらしいです！　これこそまさに神の御姿《おすがた》です。天の星が地上の石・翡翠と融合し、そのまま神の太刀になられた唯一の神刀です。数千年の眠りからいま、目覚められました」

この奇跡の神刀は天からの神の意志と地上の龍が一体となり、この世の護《まも》り神《かみ》として古来より安寧と平和を司ってきた。

従来の天鉄刀のように隕鉄を鍛錬し刀にするのではなく、隕石が落下融合し、そのままで神の太刀として誕生した奇跡の一振りである。その神々しい姿は、まさに神龍そのものであった。

居合わせた者たちは、歴史的な一瞬に立ち会ったという実感で身震いがした。長尾天狗も修験道人生において大きな衝撃を受け、自身の哲学を大きく揺るがせた。

義近は翡天倶利伽羅八大龍王剣を握り、高々とかかげて見た。その時またしても、耳元で誰かがささやいた。

〈礼を言うぞ、童子。数千年の眠りから目覚めさせてもらったわい。しかしおまえは義者《ぎしゃ》ではないようだな……〉

義近は一瞬驚いた。また御子様からの声とばかり思ったが、ずいぶんとしわがれた声であり、まるで老人のような声だったたからだ。

(えっ、あなたは誰ですか？) 声の主に問いかけたが、返答はなかった。

その後、御子から義近に早く帰るように促す念波が届き、急いで京の都へ出立する支度にとりかかった。季節は彼岸を迎え、いよいよ秋の様相を呈していた。

ここは都にほど近い、大きな屋敷邸。

巨大な石塀で囲まれた大屋敷は、外界と拒絶するかのようなおもむきであった。真っ黒い門を通った左手には日本庭園の池があり、色とりどりの錦鯉が泳いでいた。

庭園に面した広い座敷には、六人の男が座っていた。

一人の老齢の男が口を開いた。

「神具を先に見つけられたとは、失態であったな」

「左様。あれだけ金、銀、銅の忍びの者たちを存分に放っておきながら、出し抜かれるとは言い訳は出来んぞ」

男たちの苛立った様子が、座敷全体に張り詰めていた。

「なんでも、われらの目をかいくぐり、童子を使者にさせたようじゃ。大人でないため御度が見えにくく、あてが外れたということか」

「童子ならば見逃してしまっても無理もない。だが、そんな肝っ玉のすわった童子をよく見つけてきたたな」

「これも卑弥呼の采配か。敵ながら、やりおるわい。一杯食わされたな」

いちばんの長老がしかめっ面で右手を上げた。

「まだ魔鏡は修復できんのか？」

「もう少しのようですな。あれさえ復元できれば、こちらのものです」

「早く直すようにしろ。手段は選んではおれんぞ」

庭の鹿威《ししおど》しが、コトンと乾いた音を立てた。

「金の鴉たちに、もうあの禁断の術を解禁させたらいかがでしょうか？」

「たしかに、そうじゃ。冬星とかいう忍びは格が違うようだからな。今のうちに一網打尽にしておくべきじゃろう」

「卑弥呼の手下も、日に日に忍術の腕を上げていると聞く。油断はできん」

「軒猿毘沙門衆とかいう忍びの連中、なかなか手強い奴らだ。早めに始末すべきじゃ」

「ふむ、そうじゃな。もうなりふり構ってはおれん。金の者どもに下知せよ。卑弥呼の一派は皆殺しじゃ！」

池の水面に陽光が当たり、障子戸に突き刺さった。座敷の中に陽が差し込み、長老の横顔を浮き立たせた。深い刀傷のある頬が、陰影とともにその存在感を醸し出していた。いや、それ以上に双眸《そうぼう》が赤い炎のごとく、恐ろしいほど滾《たぎ》っていた。

「卑弥呼との千年の戦いに勝利するのは、わしらぞ！」

午後の陽に映える屋敷の屋根瓦には、無数の真っ黒い鴉が群れていた。

京の都、御子の屋敷では暗雲が垂れこめていた。

御子の侍者たちが、浮かない顔で本堂内に集まっていた。

「それで御子様のご容態は、いかがか？」

「日に日に、悪くなっているとのことだ。ほんに参ったな」

「やはり、敵方の呪詛《じゅそ》が原因だろうか？」

「しかし、あの御子様を呪詛できる術者は、相当に熟練した使い手であろう。そうでなければ、御子様の念術で撥ね返しているところだからな」

ここ数日、御子が急に体調を崩し寝込んでしまった。

胸の痛みを訴え、かれこれ十二日になる。御典医《ごてんい》にも診てもらったが、原因不明との診断であった。朝晩めっきり涼しくなったため流行《はや》りの風邪ではないかとみる者もいたが、常人ならいざ知らず、それは到底考えられなかった。

御子は屋敷の奥座敷で臥《ふ》せっていた。

枕元に愛猫の三毛猫がちんまりと佇んでいた。御子は冬星を呼び出した。ほどなくして冬星がやって来て、襖越しに声をかけた。

「冬星でございます。御子様、お呼びでしょうか」

「ゴホッ、ゴホッ、冬星さんね。どうぞ、中へ入ってください」

薄暗い座敷に入ると、青い顔をした御子が半身だけ起き上がっていた。

「御子様、大丈夫でございますか？」

「ええ、まあね。この通り、敵方も必死で私を狙い撃ちしてきているのよ。相当な調伏《ちょうぶく》を行っているみたいね。もう最後は力と力の勝負になると思うわ。それより……」

「無理はなさらないでくだせえ」

「それより、義近が神具を手にしました。早く無事に神具を届けてもらえれば、逆転させることが出来ます。わたしも神具の御力《みちから》によって大きな念をいただけます。そうすれば力も今より増大させることが出来るのです」

「それは良かった。もうすぐ義近は到着するでしょう」

「義近とはしばらく念波が途絶えてしまい、心配をしています。おそらく敵はわれらが神具を手にしたことを、すでに気づいているはず。無事に帰ってきてくれればいいのですが」

「あいつは不動仕込みの不屈の精神を持っているので、いざとなれば底力を発揮します。必ずや、無事に帰ってくると思いやすよ」

御子は胸を押さえながら言った。

「そして冬星さん、神具は真の〝義《ぎ》の勇者《ゆうしゃ》〟を求めています。いや、真の義の勇者が現れたからこそ、千年の眠りから目覚めたのです。その真の義の勇者こそ、冬星さん、あなたです」

「おれが、真の義の勇者？……」

「そうです。忍びの秘技を修得し、難行の求聞持聡明法を修め、御度が見える修練も重ねた。しかし何よりも、私利私欲でなく義に向かう姿こそが、真の義の勇者なのです。穢《けが》れのない、純粋な心に、神仏は宿ります。すべてはあなたにかかっています」

冬星は一瞬たじろいだが、まっすぐに御子を見つめた。

「わかりやした。義の心を高くかかげて、おのれの信ずる道を突き進みます」

その瞳には、覚悟の色があらわれていた。御子はにっこり微笑んだ。

「きっと神具から冬星さんに語りかけてくると思いますよ。その言葉に、拒《こば》まず身を任せなさい」

冬星が退室した後、御子はふたたび咳き込みはじめたため、急ぎで尼僧たちが呼ばれた。尼僧は御子を介抱し、薬草を呑ませた。御子はその後ふたたび床に臥せった。


越後の義近は直江の津湊を出て、もうすぐ越前の敦賀湊に到着するところであった。

義近の背中には、何重にも風呂敷に巻かれた神具があった。今のところは順調で、追っ手らしき連中も見当たらない。

「いやあ、御子様もさぞかし喜ばれるだろうなあ。このすばらしい神具をひとめ見たら卒倒するかもね、濱野屋のおじさん」

「はい、本当に信じられぬお宝でございます。早く都へ持ち帰りたいですね」

義近は意気揚々とふるまう反面、少し不安でもあった。実はあれから、御子の念波が途絶えてしまっていたからだ。もう十五日も音信不通で、何かあったのかと気がかりであった。

そうこうしているうちに舟は敦賀湊に着いた。

ここからは、運河である疋田舟川水路《ひきたふなかわすいろ》を経由して琵琶湖方面まで行く。疋田舟川水路は、文化十二（一八一五）年に敦賀湊から琵琶湖間まで通ずる運河が完成した。これにより舟運による大量輸送が実現された。川幅は九尺（二・七メートル）、総延長は約六・五キロであり、底が浅いため河底に丸太を敷いて滑《すべ》りやすくしてあるのが特徴である。

季節はすでに神無月に入っていた。

ススキの穂が風に揺れ、おだやかな秋の陽光が差していた。舟からは、黄色い葉や実った稲穂の光景が眼前に広がっていた。

その後しばらく陸路を歩き、琵琶湖にてふたたび舟に乗り換えた。義近たちが乗った舟は三十国船のような大きな舟であったが、乗客はまばらだった。

舟が岸から離れ、岸が見えなくなったころ、異変に気がついたのは濱野屋だった。

「おや、後方から何か黒いものが向かってきますな。はて、何でしょうか」

「えっ、何、黒いもの？」

舟の後方から、いくつかの黒い影が見えた。しかし薄い靄《もや》に包まれ、それが何であるかは近くに来るまでわからなかった。義近は船頭に尋ねた。

「ねえ船頭さん、あの後ろから来るものは何なの？」

「それはな、冥途からの使いかもしれぬぞ、ふふふふ」

次の瞬間、船頭はざぶんっと舟から湖水へ飛び込んだ。義近はすぐに嫌な予感がした。

「はっ、敵か！　敵の襲来だ！」

飛び込んだ船頭は黒い装束になり、足の裏に丸い板をあてがい、器用に湖面に浮いていた。それはまるで、『水馬《あめんぼ》』のようだった。

先ほどの後方からの黒い影は五つほどになり、その姿があらわになった。なんと黒い影は黒装束の男であった。信じられぬが湖面の上に立って、こちらに向かってきているのである。

「これは敵の忍びだ！　濱野屋のおじさん、気をつけて！」

「は、はい！　義近殿、でもどうしますか？　ここは水の上ですよ」

濱野屋が言い終わるや否や、水上の黒い影から『ビュン、ビュン』と、弓矢がたて続けに放たれた。あっという間の瞬撃だった。

舟の乗客数人の急所に命中し、またたく間に絶命した。残るは義近と濱野屋だけとなった。大胆にも白昼堂々と一般の客まで巻き添えにすることは、今までにないものだった。

「な、なんだ！　奴らは他の人までも殺す気か！」

義近は鳥肌が立った。すると黒い影のひときわ長身の男が近づいてきた。その距離約三間（五・四メートル）。

「ようよう、おれたちは銀の鴉だ。おれの名は『水馬《あめんぼ》の鉄《てつ》』。見てのとおり、水の上を自在に歩ける魔術だ。おい小僧、おとなしくその背中の箱をよこせ。おれは手段を選ばん主義でな、童子だろうと女だろうと容赦はしねえぜ」

異様な細身の体で器用に足の裏の板を動かし、水上を自在に移動していた。他四人の連中も同じような風体で、背中に数多の弓矢を装備していた。

「なんだと、こんな水の上で襲うとは卑怯だぞ！　死んでもこの箱は渡さねえぞ」

義近はちらりと濱野屋を見た。目で合図を送った。

「濱野屋のおじさん、この隙に忍びの技を出してくれ。さあ、いまだ！」

「えっ、いや、わたしは棒手裏剣ぐらいしか出せませんが。よろしい、やりましょう」

濱野屋は懐に手を入れると、棒手裏剣を投げた。

「えい！　やあ！」

棒手裏剣は弧を描き、〝ぽちゃん〟と湖面に落ちた。全然、敵に届かない。

「ええっ、それだけなの？　濱野屋のおじさんの忍びの技って？」

「あい、かたじけない。面目ござらん」

水馬の鉄は、苦笑しながらゆっくりと近づいてきた。

「ははは。なんだよう、こ奴ら素人同然とは、片腹痛いわ。それじゃ早いとこ片づけて、箱と舟を横取りさせてもらうとするか。こりゃ楽勝の仕事だなあ」

水馬軍団はぐるりと舟を取り囲み、水上から弓矢を雨霰《あめあられ》のように射ってきた。

義近と濱野屋は、舟に積んである積み荷の陰に隠れた。しかし狭い舟の中で隠れようもなく、濱野屋の肩に矢が突き刺さった。

「あ、痛っ！　ううっ」

濱野屋がもんどりうって斃《たお》れた。

「これはやばい。おいらたち、ここで死んじまうのか」

義近は観念しようとしたとき、不動の言葉が頭をよぎった。

（義近、おまえが雷《いかづち》の術を継承するんだ、信じて突きすすめ！）

「そうだ、不動のおいさん、おいらは雷の継承者だ！」

懐《ふところ》に入れていた、雷の石のお守りを握りしめた。義近の顔つきが変わった。真言を唱え印を結び、右手を高く突き上げた。

「雷の神様よ、おいらに力をくれ！　幻道波術《ガイ》『雷電波《らいでんは》』！」

瞬間、稲光《いなびかり》が閃《ひらめ》き、あたりが真っ白な光につつまれた。義近の指先から雷光がほとばしり、水面へ放射状に走った。

ビカッ！　ズババババー！！

まばゆい雷光の筋は、水面に浮いている黒い男たちの体を覆い貫《つらぬ》いた。光はまるで生き物のように、うねりながら獲物を捕らえた。

「うぎゃぁぁぁ！」

轟音が鳴り響いた後、水馬軍団は全身が真っ黒に焼け焦げ、ぶすぶすと白い煙をあげた。感電死した亡骸《なきがら》は、水面の下に静かに消えていった。

義近は放心状態だった。覚醒したおのれの力に戸惑いつつ、不動に対しての感謝の気持ちがあふれていた。懐かしかった不動との思い出が脳裏をよぎり、涙と鼻水がとめどもなく流れていた。

「不動のおいさん、おいら、やったよ。雷の継承者になれたよ、ぐすっ」

そばで見ていた濱野屋が、肩を押さえて呆然とその光景を見ていた。幻道波術を見たのも初めてだったが、若き軒猿の誕生を目の当たりにしたのだった。

その後、義近たちは無事に大津の湊に着いた。

大津からは京の都まで街道沿いを歩いた。敵の目を警戒しながらの道中は気が抜けなかったが、途中、旅芸人の団体と出くわしたので、団体の一員にまぎれ込んだ。おかげで敵の目を欺くことに成功し、京の都の御子屋敷に無事帰ることが出来た。

御子屋敷では、冬星をはじめ銀や凛、玄之丞らが義近と濱野屋の久しぶりの帰還を喜んだ。無事に帰還したことを喜ぶと同時に、神具を無事に持ち帰ったことを褒《ほ》め称えた。

ただ、義近が心配していたことが的中していた。

御子から念波が届かなくなったことは、やはり体調悪化が原因であったと知ったのだ。義近のみならず、北斗七星舎にとっても由々しき事態であった。

ほどなくして義近は御子に呼ばれた。すぐに病床の際《きわ》に来るようにとのことだった。侍者に付き添われ、義近と濱野屋が奥座敷前の廊下に着座した。

「おお、無事に帰ってきましたね、ゴホッ。よく成し遂げました、立派です。礼を言いますよ、義近と濱野屋」

すぐに障子越しから御子の声が届いた。

「濱野屋、義近をよく守り、任務を貫徹しましたね。肩の傷は後で治してあげます。ゆっくりお休みなさい。義近よ、中に入りなさい」

義近は、しずしずと座敷の中に入った。

「義近、ただいま戻りました。御子様のおかげで無事に神具を見つけることが出来、持ち帰ることも出来ました。おいらだけでは到底見つけることも出来なかったです。いつも遠いところから念波を飛ばしていただき、本当にありがとうございました」

御子は起き上がり、優しい目で義近を見つめた。

「少し見ない間に、成長しましたね。どうやら、あなたの道を見つけることが出来たようですね。あなたの御度の色が、はっきりと変わりました」

「はい、御子様の言った通りでした。この旅は、おいらにとって自分と向き合う旅でした。そして不動のおいさんとの約束を守ることが出来ました。お礼を言います」

「あの世で不動も喜んでいるようですよ。『おれの言った通りだろ』、と私の耳元でささやいています。義近、あなたの信ずる道を行きなさい」

「不動のおいさんも喜んでくれているのか、嬉しいなあ。ところで御子様、お体のお加減はいかがですか？　顔色がすぐれないようですが、大丈夫ですか？」

義近は、青白い顔をした御子の様子が気がかりであった。

「気遣《きづか》ってもらってありがとう。たしかにここ数日はかなりきつかったわね。でも、あなたが神具を届けてくれたので、もう大丈夫です」

「えっ、大丈夫って？　神具が、治してくれるの？　それはどういうことだろう」

御子はにっこり微笑んだ。

「そうよね不思議よね。でもこの神具には、ものすごい力が宿っているのです。そう、使命であり宿命でもあるのです、いまここに目覚めたことが。つまり神具は神そのものなのです。だからこそ、鴉の者たちが死に物狂いで手に入れようとしていたのです」

義近には御子の話す内容が、瞬時には理解できなかった。

「さっそく明日、神具の〝開眼式《かいがんしき》〟を執り行います。この式には二つの意味があります。一つは、神具の封印を解くということです。密教修法により、永年の間眠りにつかれていた術を解除し、その無限の力を開放するのです。そしてもう一つは、神具に関わる人々へ、神の慈悲心と無限の力を与えてもらうためです」

「そんな深い意味があるのか――」

「おそらくこれは、数千年に一度のことでしょう。わたしたちは時代に選ばれし者であり、数少ない運命共同体です。神具とともに、この国の大きな変化をもたらす宿命を背負っているのです。ここで正しき道を選ばなければ、空海弘法大師が月蔵経で見た暗黒の世が現実となり、この世は終焉を迎えることとなるでしょう。数千年前、神具が封印される前の時代にも善と悪とが拮抗《きっこう》し、壮絶な戦いが繰り広げられました。運よく悪を退けることが出来ましたが、はたして今回もそうなるかは我々次第なのです」

御子は厳しい表情で静かに言った。

義近にはよく理解できなかったが、とてつもなく重要でそして大変なお宝であることだけは強く感じた。また御子の体調が『そんなすぐに回復するものだろうか』と訝《いぶか》しんでもいた。まだ半信半疑であったというのが本音である。

その後、義近たちは久しぶりにゆっくり休み、疲れを癒した。御子屋敷では明日の開眼式に向けて準備に奔走した。

神無月半《なか》ばになっていたが、時おり季節外れの蝉の鳴き声がしていた。しかしすぐに松虫の声にかき消された。赤蜻蛉《とんぼ》の群れが、秋空を覆うようにいっせいに飛んでいった。

第八章　龍と大蛇《おろち》

翌日は、うろこ雲が天高く広がる秋晴れであった。

御子屋敷の大本堂では、開眼式が執り行われていた。本堂外陣《げじん》は多くの僧侶たちで埋め尽くされ、高らかに声明《しょうみょう》があげられていた。

内陣《ないじん》の祭壇中央には神具が据えられ、金色の拵えがきらきらと煌《きら》めいている。四隅を五色の紐で結界が張られた中に、御子が白い装束に身を包み真言を唱えていた。堂内は伽羅《きゃら》香の匂いが立ち込め、独特な異空間を醸していた。

僧侶たちが奠供《てんぐ》、理趣経《りしゅきょう》、後讃《ごさん》を読誦すると、銅鑼《どら》と鐘が鳴らされた。しばらく余韻の後、御子が両手で神具を押し頂き、真上に高くかかげた。何かの呪文を口ずさむと、目をかっと見開いて動かなくなった。

外陣には、冬星や銀、凛、義近、玄之丞たちも臨席していた。

義近は昨日、座敷で御子と話したことを思い浮かべていた。この開眼式には神具に関わる自分たちにも大きな意味があるということを考えていた。また何より御子の体調の具合がとても気がかりだったため、はたして開眼式が無事に出来るのかとの不安が強かった。

次の瞬間、神具をかかげたまま動かなくなった御子の様子に異変が起きた。土気色《つちけいろ》していた顔色が、どんどん赤みを帯びてきたのである。艶《つや》のなかった肌が、みるみるうちに潤いが増し、若々しい姿を取り戻したのである。その様子はまるで、太陽が植物に生命を吹き込むかのようであった。間近で見ていた者たちは驚いた。義近は御子が言った、『神具の持つ力』を目の当たりにした。

御子は背筋を伸ばし、黒光りする自慢の黒髪を両手でうしろに束ねた。ゆっくりと振り向き、外陣にいる冬星たちに艶やかな口元から美声が発せられた。

「みなさん、神具の封印が解かれ、数千年の眠りから目覚められました。神のご意思は、我々とともにあります。神は正しき道を切り開くために、さらなる精進と困難に打ち克つ強い心を持ちなさい、と仰《おっしゃ》っておられます。さすれば、神のご加護が得られるでしょう」

力強い御子の言葉は、聞く者の心を打った。

開眼式は無事に終了し、参席した多くの僧侶や関係者は各寺務所へ戻っていった。銀、凛、義近、玄之丞たちも控えの間に戻った。ただ冬星だけは御子に呼び止められ、本堂に残っていた。

薄暗い本堂内にいるのは、御子と冬星だけである。

御子が冬星に静かに言った。

「いま、神具の神よりお導きがありました。数千年の眠りから覚醒した御礼と、宿命である目的を達成するための義者との再会、そのことを伝えたいと仰っています。もしかしたら、冬星さんへ直接、念波を送られるかもしれません」

たしかに先ほどから冬星は頭痛がしており、何かが脳内でささやいているような感覚に襲われていた。

それを察したのか、御子が右手のひらを冬星の額に当ててきた。すると、鮮明に声が冬星の頭の中に響いてきた。

〈ようやく会えたな、義者よ。永らくこの時を待っておったぞ〉

「はっ、あなたは、まさか神具の神……様ですか？」

冬星は戸惑いながらも、その格式高く神々《こうごう》しい声に、素直に応じていた。

〈左様《さよう》、わしは神具に宿りし御魂《みたま》。その名を倶利伽羅八大龍王という。古来よりこの日《ひ》の元《もと》の国《くに》を護《まも》り伝えてきた。数千年ぶりに目覚めたわい、実に久しぶりじゃ〉

冬星と御子は、しばし神具の御魂の声に耳を傾けた。

〈わしが目覚めたということは、おそらく奴も目覚めたということじゃろう。魔道の御魂を宿りし者ども、ふたたびこの地に根を下ろそうと画策しているのじゃ。しかし、あの時のことが悔やまれる〉

「あの時のこと、とはいったい何ですか？」

冬星のこの問いに、神具の御魂は信じられない過去の事実を話し始めた。

〈忘れもしない、あともう一息という時に、奴に逃げられてしまったのじゃ。とどめを刺せなかった代償が大きかったが、義者の手傷もひどかったので無理もなかった。しかし逃してしまった後、奴は生き延びて次の機会を虎視眈々《こしたんたん》と狙っておったのじゃ〉

「それほど手強《てごわ》かったのですか」

御魂の声が一段低く、重くなった。

〈奴は、大蛇（おろち）と名乗っていた。八つの頭を持った大蛇に身を変えて、我が国土を席捲《せっけん》しようとしてきた。なんと我が国の神羅万象《しんらばんしょう》までも手中に入れようとしてきたのじゃ。とんでもない奴らだった。壮絶な戦いが幾日も続き、ついに奴の刀身にクサビを打ち込むことが出来た。そう、もうあとひと太刀だった……。実に惜しかった〉

神具の無念さが、ひしひしとこちらにも伝わってきた。

〈渾身の力を込めて振り下ろした時、奴の剣にヒビが入り刃こぼれをさせたのじゃ。見事な一撃だった。そして次の一撃で、粉々に砕けるはずじゃった。しかし奴は、最後のあがきで非道な術を発動し、油断したすきに逃げてしまったのじゃ〉

「そうだったのですか。過去にも、壮絶な戦いがあったのですね。神具の神様でも苦戦するというのは、やはり並大抵の敵ではないということですね。道理で天鉄刀をも食ってしまう恐ろしい力を秘めているということが、よくわかりやした」

〈うむ、天鉄刀ですらも食ってしまう奴は、この世のものではない。奴は天空から飛来した、別の星の由来のものじゃ。奴を斃《たお》せるのは、唯一無二のこの倶利伽羅八大龍王剣だけじゃ。この龍王剣は、天の星と地の石が融合して出来た奇跡の一振りじゃ〉

御子も頷いた。

「おおおっ、波動がひときわ大きく輝いています。やはり天空の星と、大地の輝石・翡翠が一体となったのですね。まるで天空の神と、天地自然の八百万《やおよろず》の神々が呼応するかのようにひとつとなった、そう、奇跡そのものです。だから蘇我氏も翡翠の在《あ》り処とともに、敵から守るため秘匿《ひとく》したのですね」

〈うむ、敵の猛追から逃れるためには翡翠ごと封印するしかなかったのじゃ。悪意のある者どもに渡らぬよう、価値のわかった先人たちは秘密の場所を移しながら受け継いできた〉

蘇我氏が、翡翠の産出地を奈良時代から昭和の時代まで隠し通した理由が、いま明かされた。翡翠とともに封印された、奇跡の倶利伽羅八大龍王剣を敵の手に渡さぬよう綿密に意図されたものだったのだ。

〈蘇我が隠した以降も、敵方は何度となく極秘裏にわが国を攻めてきた。だが、わしの念波と結界を駆使して各時代の義者たちを後押ししてきたのじゃ。過去の義者のなかには、おのれを極限にまで高めたすぐれた者もおった。そう、上杉謙信という武人は本当によくおのれを律し、義の旗印のもとで邪神たちと戦った。わしも惜しまず魂の念波を送り守護をした。彼は倶利伽羅八大龍王剣の御旗を作り、それに応えてくれた。懐かしい限りじゃ〉

歴史の宝庫から紐解かれる真実を目の当たりにし、冬星と御子は圧倒された。

〈しかし、わしだけでは戦えぬ。義者あってこそ力をふるうことが出来るのじゃ。心も体も鍛錬された義の者でなければ駄目だ。到底常人には扱えぬぞ。冬星、おぬしは求聞持聡明法を会得し、御度の目通しも出来る。だが何より、義の心をどんなことがあっても捨ててはならぬぞ。奴はあらゆる手で、おまえを篭絡《ろうらく》してくるじゃろう。最後の最後まで諦めるでないぞ。わしを信じろ〉

「へい、わかりやした。絶対に奴を斃すまでは諦めはしません。龍王様を信じます」

夕暮れが近づき、薄暗い本堂は蝋燭の灯りが仄かに顔を照らすほどになっていた。須弥壇の上から御子が冬星に視線を向けた。

「いいですか冬星さん、すべてはあなたにかかっています。この一戦が雌雄《しゆう》を決する天王山となるのです。絶対に勝たなければなりません。万が一のことがあれば、この世は闇に包まれてしまいます。お願いします、冬星さん。わたしも全力で加護をいたします」

冬星の固い口元が、その決意を表していた。

翌日から御子は、北斗七星舎の再編成と立て直しに追われていた。頼みの綱であった堂心は敵方に寝返り、孝明は亡き人となっていたため、統率する司令塔を決めあぐねていた。するとそこに、老僧が杖をついて御子の前に現れた。

「おまえは大老の前田ではないか、どうした?」

驚いた御子に、老僧は白く長い眉毛を動かし、窪んだ眼《まなこ》で御子を見た。

「御子様、お久しぶりでございます。大きくなられましたな、本当に立派になられた。わしも年をとりましたが、心は昔のままでござりまする。御子様の一大事と聞いて、飛んでまいりました」

老僧は寺内でも一番高齢の前田道山《まえだどうざん》であった。御年《おんとし》八十歳を超えている。かつて北斗七星舎の長老を務め、その義理堅き姿は多くの僧や忍びたちから尊崇されている存在である。

御子は前田が高齢なため、すでに隠居の身になっていたとばかり思っていた。しかし気骨な前田は御子たちが危機に直面していると聞き、居ても立ってもいられず馳《は》せ参じてきたのである。

「おそらく御子様は、隊を束ねる司令塔を探しておられるとお見受けいたしました。その任、わしに請け負わせていただきとうございます。たしかに高齢なため、忍びのような戦いはできませぬが、配下の者たちに正しき下知《げち》を下すことは出来まする。こう見えても、人を見る目は若い者たちには負けませせぬ」

その目の奥には、何事にも動じない不屈の精神と、幾多の実戦で積み重ねてきた自信が、青い炎のように滾《たぎ》っていた。御子でさえも、その迫力に気圧《けお》されそうになるほどであった。さすが永年培ってきた貫禄にはかなわない。

「わかりました。隊の長は前田に任せます。しかし此度《こたび》の敵は相当手強い相手です。おそらく金の鴉組や銀の鴉組を放ってくるでしょう。一対一ではかないませんから、組織戦に持ち込むよう、入念な戦略が必要です」

「ふむ、そうくるであろうと思い、すでに屈強な忍びたちを選抜してきました。今、北斗七星舎でめきめき腕を上げている気鋭の若衆たちでございます」

前田はうしろを振り返り、中庭の隅に向かって手を叩いた。すると一瞬、影が横切ったかと思った直後、目の前に黒装束の男が伏していた。

「まずは『鼯鼠《むささび》の安兵衛《やすべえ》』でござりまする。この中野安兵衛は俊敏な動きで相手を撹乱する技を修得しております。まさに鼯鼠のごとく、木から木へ飛び移ることが得意であります」

つづいて地を這うような黒い影が現れ、中野安兵衛の横に並んだ。

「こ奴は、『土竜の丸《もぐらまる》』。丸十一郎《といちろう》は低位置からの攻撃を得意とし、敵からは捕捉されにくい戦法を得意としております」

そして庭の大きな欅の樹上から、〃サササッ〃と何かが降りてきた。黒い影の男の手には鎖鎌《くさりがま》が握られていた。

「これは『蟷螂《かまきり》の新助』でござりまする。この宮下新助は鎖鎌《くさりがま》の達人で、これを使うことにかけて右に出る者はございません」

黒装束の男たちの後ろに、かげろうのような影が見えたかと思うと、瞬時に手前へ移動していた。

「こいつは『かげろうの敏八《びんぱち》』。空蝉《うつせみ》の術を使います。井村の敏八は瞬時に高速で移動し、様々なものに擬態《ぎたい》します」

四人の班頭《はんがしら》忍びのうしろには、手下の黒忍び十人ほどが控えていた。

「この四人の班頭が使う忍びの術は、軒猿毘沙門衆の幻道波術には及びませんが、必ずや、お役に立てるものと思います」

御子の前に、ずらりと精鋭が集まった。この騒ぎの中にもかかわらず、前田は用意周到に若い忍びを集め準備をしてくれていた。その前田の気遣いに、御子は心底ありがたい気持ちでいっぱいだった。つい知らぬ間に、涙があふれていた。

「前田、本当にありがとう。礼を言うぞ。大変な時によくこれだけの者たちを集めてくれた。これなら申し分ない。互角に敵とたたかえるぞ」

「何をおっしゃいますか、御子様。これしきのことをやって当然です。北斗七星舎の者たちはみな御子様をお守りし、国体の安寧を願う者たちばかりです。礼を言うほどに及びません」

前田は長いあごひげをさすりながら破顔した。

長老の前田はどこまでも義理堅い。

本当に北斗七星舎にとっても頼れる存在である。前田の頼もしい統率で、不安にかられていた御子と北斗七星舎は一つにまとまった。

そのとき、庭の隅で『沢蟹《さわがに》』が一匹、塀伝いに歩いているのを気づく者は誰もいなかった。

茶褐色の沢蟹が塀の前で立ち止まった瞬間、びゅっと音を立てて舞い降りてきた鴉が沢蟹をくわえ、彼方へ飛び去っていった。

御子屋敷では、敵との大いなる戦いを前に、忍びたちが準備をし始めた。

冬星や銀、凛、義近、玄之丞らも武器や兵糧、身支度に余念がなかった。敵がいつ襲ってくるのかわからぬ状況下で、誰もが緊張状態におかれていた。

第九章　絶界

雁渡《かりわた》しの風が吹き始める頃となった。

秋も深まり、真っ赤に色づいた紅葉《もみじ》が鮮やかに京の都を染めていた。

紅《くれない》色《いろ》に染まる神無月は、京の都にとって祭りの季節でもある。三大祭りのひとつ、平安神宮の時代祭、北野天満宮のずいき祭、そして三大奇祭のひとつとされる鞍馬の火祭がある。

御子屋敷ではここ数日間戦《いくさ》の準備をしてきたが、人心の緊張も頂点に達していたこともあり、しばらく息抜きとして秋祭りを楽しむよう休みを与え、厳戒態勢を解いた。やはり多くの忍びの心をひとつに束ねるには、懐柔策《かいじゅうさく》も必要である。

三日だけであるが、御子屋敷の者たちは肩の荷が下りたといわんばかりに喜び勇んで町へ散っていった。

屋敷の庭に面した縁台に、義近がぽつんとひとりで座っていた。そこへ銀が通りがかった。義近の浮かない顔を見つけて覗き込んだ。

「どうした義近、おまえも町へ遊びに行かへんのか？」

「おいらは行かねえ。ここにいる。だって、いつも遊んでくれる凛のおねえちゃんも、花札をしてくれる玄之丞にいちゃんも、仲良く手をつないで二人だけで行っちゃったんだもん。

おいらを置いてさ。ずるいよ。一緒に連れていってくれればいいのにさぁ」

「ははあ、凛と玄之丞か。あいつら、最近いちゃいちゃしてたからなあ。無理もあらへん。義近、大人には大人の事情ってもんがあるんや。かわいそうやけど、許してやってくれへんか」

銀は、凛と玄之丞が恋仲になっているのを気づいていたが、義近はまだ子どもでわかっていない。銀も切ないところだが、ここは時間をかけて悟らせていくしかないと腹をくくった。

「そない切ない顔をするな、義近。そんならわしが、屋台で美味いもんをぎょうさん買うてやるさかい、気を取り直せ」

義近は、ぶすっとした仏頂面で銀の後をしぶしぶついていった。


冬星は屋敷内にある、刀鍛冶の工房にいた。

ここ京の都は日本刀の五箇伝、山城・大和・美濃・備前・相州の内に入る日本刀の産地でもある。三条宗近の三条派、粟田口吉光の粟田口派、来國俊などの来派などが有名である。

御子屋敷内には小さいながらも『たたら製鉄炉』がある。古来からのケラ押し法で玉鋼《たまはがね》をつくる。炉内に砂鉄と木炭を入れ、フイゴで風を送り燃焼させる。木炭と砂鉄を継ぎ足す作業を三昼夜にわたりくり返す。こうして玉鋼の元である鉧《けら》が出来るのである。

まさに熟練の技術と、気の遠くなるような根気が求められる。それが日本刀づくりである。

小屋に近づくと、藁灰《あく》の匂いがあたりに一面に広がっていた。前に炭俵《すみだわら》がうず高く積まれている。

冬星は自身の無双光天龍長光を持参してきた。金の鴉との一戦で、真っ黒に煤《すす》けてしまった刀身を修復してもらうためであった。

仄暗い小屋の中に、火床《ほど》の熾火《おきび》がちらちらと見えた。小屋の中では痩せた躯体の老人が一心不乱に刀身を砥石で研いでいた。

「もし、ごめん申す」

老人はちらりとこちらを見やると、気難しそうな顔で出てきた。

「なんや、作刀の依頼か？　わしは鈍刀《なまくら》は作らんぞ」

「いえ、修復してもらいたい一振りがあるんで、おねがいをしてえんでございます」

「ふむ、中に入れ」

不愛想だった老人は冬星と腰に下げている無双光天龍長光を見るや、一瞬で目が輝いた。まるで永年の待ち人に再会したかのようだった。明らかに顔色が変わった。

老人はさっそく長光を鞘から抜き、手に取ってしげしげと見た。

「これはすばらしい――。ふむ、思った通りじゃ。こんな天鉄刀を見るのは初めてじゃ」

老人は何度も何度も、穴が開くほど眺めていた。

「おぬし、あの、ながれ星冬星か？」

「へい……、さようで」

「そうか、やはりこの持ち主にして、この名刀ありだな。黒く煤けてはいるが、皮鉄《かわがね》が焦げただけで、心鉄《しんがね》までは達していない。上手く研げば大丈夫ぞ」

「そうですか、それはよかった」

今まで固い表情をしていた老人は柔和な顔つきになった。

「わしは五十年以上刀を作ってきた刀匠の國義《くによし》と申す。この山城だけでなく、備前でも刀を打っていたことがある。この天鉄刀も名匠の手によるものであろう。なぜならすぐれた刀匠でしか出せない備前の秘伝〝丁子映り《ちょうじうつり》〟が施されておる。しかも隕鉄《いんてつ》と玉鋼を融合するという、きわめて難しい技術を要するのが天鉄刀なのじゃ。その天鉄刀に、これほどの匂い出来と映りを叩きこめるのは至難の業じゃ」

刀匠の國義は長光を持ちながら、冬星に視線を向けた。その眼光は永年刃《やいば》と向き合ってきて妥協を許さない、鋭いものであった。

「冬星、〝名刀は名将を選ぶ〟という言葉を知っとるか？」

「はっ、名将が名刀を選ぶのではなく、名刀が名将を選ぶ、ということですか？」

「そうじゃ。名刀が名将を選ぶのじゃ。持ち主が誰でも良いというわけではない。刀にも命があり、生きている生き物じゃ。しかもその持ち主の魂がすぐれていればいるほど、刀自身も高潔な魂を持つ」

「高潔な……、魂」

「刀には、三つの魂が封入されている。一つは作刀した刀匠の魂。二つ目は持ち主の魂。そして三つめは刀自身の魂。これらが一体となり、武人の道を切り開くのじゃ。その気高き志《こころざし》が高いほど、刀の魂も呼応して光り輝く。不徳な者が持つと刀の輝きは曇ってしまう。刀を輝かせるのは、持ち主の心がけ次第なのじゃ」

國義はゆっくりと刀身を鞘に納刀《のうとう》した。

「これだけ黒く煤けても、心鉄を守れたのはおぬしの高潔な魂があったからじゃ。今後とも精進するのじゃぞ」

「はっ、ありがとうございまする」

「この一振りは、わしが精魂込めて修復をいたす。おぬしは、これからの厳しい戦いに備え多くの者を守る責務がある。選ばれし者は、弱いものを守る高い責務を負うことを忘れぬようにな」

冬星は深々と頭を下げ、國義に長光を預け後にした。

事が起こったのは、夕刻暮れ六つ（午後六時）の頃であった。

御子屋敷の者たちに出されていた三日間の休暇は本日の午九つ（正午）時までであったが、凛と玄之丞だけが、戻ってこないのである。

時間に甘い凛は別にしても、几帳面な玄之丞が定刻までに戻らなかったことは今まで一度もなかったため、屋敷内の一同は騒ぎ始めた。

広間にいた冬星のもとへ、銀と義近が走ってきた。

「さんざんあたりを探したんやが、どこにもおらへん。狐につままれたみたいや。こりゃ、おかしいわ――」

銀が腕組みをして困惑していた。

この話は御子にもすぐに伝わった。御子は目をつぶり、念波でさぐった。

「残念ながら、凛と玄之丞は敵方に囚《とら》われてしまったようね。もうすぐ向こうから知らせが来るようです。しばらく待ちましょう」

すでにとっぷりと日は暮れて、あたりは夜の帳《とばり》が下り始めていた。

義近が手持ちぶたさに、縁台から庭の方に向かって石を投げていた時、「あっ！」と大きな声を上げた。

暗がりの中に、白い影がぼんやりと浮き上がってきたのである。

白いもやのようだった塊《かたま》りはやがて人の形になった。義近の大きな声を聞いて、冬星や銀たちが駆けつけてきた。

それは網代笠を被った僧侶の姿となった。錫杖《しゃくじょう》を手にした白い僧が一歩前に踏み出して来た。

「わしは金の鴉の、堂魔《どうま》と申す。もちろんこれは実体ではない、残留思念残像《ざんりゅうしねんざんぞう》である」

「凛と玄之丞を連れ去ったのは、おまえらか！」

冬星が幻像に向かってなじった。白い僧は不敵な笑いを浮かべた。

「ふふふ、たしかに。おまえらの仲間二人はわしらが拿捕《だほ》しておる。当然ながら交換条件での引き換えとなる」

「交換条件とは、なんだ？」

「ずばり、〝神具〟と引き換えだ。これ以外の選択肢はない。断れば二人とも、死ぬ」

瞬時に緊張が走った。

敵は情け容赦のない奴らだ。その言葉が事実であり、手段を選ばぬことを冬星たちは承知していた。だからこそ一刻も争う事態なのだ。額にじわりと脂汗《あぶらあせ》が流れるのを感じた。

堂魔は表情を変えずに淡々と語った。

「今夜、子《ね》の九つ刻《どき》（午前零時）、鞍馬寺《くらまでら》で待つ。神具を持って来られたし。神具と引き換えに二人を引き渡す。もし一刻経《た》っても現れなかった場合は、すべて御破算《ごはさん》となる。御覚悟の程を申し候」

言うや否や、堂魔は〝ぼわん〟と煙のように消え失せた。まるで夢でも見たかのような一瞬の出来事に、一同はその場に立ちすくんでいた。


このことは直《ただ》ちに御子に報告された。

御子はしばし目を閉じ、瞑想をしているようだった。やがてゆっくりと目を開け、まっすぐ正面を見据えた。それは、今まで見たこともない厳しい目つきであった。

「これは避けては通れぬ関門となりましょう。地獄を通らねば、極楽へは行けません。運命の刻《とき》がやってきたのです」

御子は、切れるような鋭い目つきで冬星をじっと見つめた。

「冬星さん、ついに来ましたこの刻が。千年に一度の運命の刻がやってきたのです。かつてのように義が勝つのか、または悪が勝つのか。雌雄の結果は、私にも見えません。あなたと倶利伽羅八大龍王剣が一体となって、時代を切り開くのです。覚悟はいいですね」

冬星は黙って頷いた。まるで熱い血潮がほとばしるかのように力が漲《みなぎ》っていた。

さっそく冬星や銀、北斗七星舎の忍びたちは支度を整え、決戦の場である鞍馬寺へ向かった。義近も頭にハチマキをしめて張り切って臨んだ。

――鞍馬寺《くらまでら》

鞍馬寺は京の都の北方に位置する〝浄域《じょういき》〟とされる鞍馬山にある。宝亀元（七七〇）年、鑑真《がんじん》和上の高弟鑑禎上人《がんていしょうにん》が、毘沙門天を祀る草庵を結んだのが始まりとされる。

その後、藤原伊勢人が観世音菩薩を奉安する一宇を建立し、毘沙門天とともに千手観音も安置し祀っている。

鞍馬寺は、赤灯篭沿いの参道を抜けると仁王門（山門）がある。九十九折参道の先には、由岐神社があり、さらに登ると中門、寝殿、転法輪堂、そして本殿金堂《こんどう》に至る。さらに奥の院参道をすすむと、木の根道、大杉権現社、義経堂、不動堂があり、最終突き当たりには、奥の院魔王殿が鎮座している。

鞍馬山は、山岳信仰や山伏の修験密教も盛んであった。鞍馬には天狗が棲むといわれ、なかでも鞍馬に棲む大天狗は僧正坊と呼ばれる最高位であり、天狗にとっても鞍馬山は最高位の山とされている。

鞍馬寺の本尊は、毘沙門天・千手観音・護法魔王尊の三身が一体となって『尊天』と称する。毘沙門天を光の象徴にして『太陽の精霊』、千手観音を愛の象徴にして『月輪の精霊』、護法魔王尊を力の象徴にして『大地の霊王』としている。

『尊天』とは、〝すべての生命を生かし存在させる宇宙エネルギー〟であるとしている。この護法魔王尊はサナート・クマラとも称されている。六五〇万年前、金星からこの地に降り立ったもので十六歳のまま永遠に年を取らず、俗にいう鞍馬天狗は護法魔王尊であったのではないかともいわれている。

本尊の毘沙門天・千手観音・護法魔王尊は秘仏であり、六十年に一度丙寅年にしか御開帳はしないが、お前立ち像が代わりに安置されている。

ここ鞍馬は〝浄域〟と呼ばれるほど、京の都の中でとても神秘的なところである。古来より様々な言い伝えや伝承、祭りが残されている。

神無月二十二日は、『鞍馬の火祭り』が行われる。三大奇祭のひとつに数えられる祭りである。朱雀天皇の詔により天下泰平と万民幸福を祈念して遷宮された由岐神社。かがり火を焚いて御遷宮の行列が行われたのが、この火祭りの始まりとされる。剣鉾や松明を持って、〝サイレイ、サイリョウ〟のかけ声を繰り返しながら鞍馬の町内を練り歩く。炎がひしめき合う火祭りは、火の粉が四方に飛び散り壮観な祭りでもある。まるで大地の鼓動と、人々の魂の鼓動が響きあうかのようである。

そして鞍馬寺本殿金堂正面には『六芒星《ろくぼうせい》』が刻まれ、強力な結界が張られている。まさにこの鞍馬の地は、大地と天空の意志が織りなす神秘の場所なのである――

御子は、敵から指定された場所が〃鞍馬〃と聞いた瞬間、あることが脳裏をよぎった。

「鞍馬……か。まさかやつらは。いやそこまで察知してはおらぬであろう。だが、あの場所に行かせてはならぬ――」

先読みの術で読もうとしたが、珍海の妨害念波で攪乱された。

「やつら、魔鏡を修復したのだな。かなり強い念波で先読みを邪魔してくる。あとは冬星さんと、倶利伽羅八大龍王剣様にゆだねるしかあるまい」

御子は遠くから念じていた。

冬星たちが鞍馬に着いたのは、子の九つ刻（午前零時）少し前であった。

真っ赤な血が滴《したた》るかのように色づいた参道沿いの紅葉が、灯篭の灯りに照らされ冬星たちを出迎えた。

赤い紅葉に覆われた石段を一歩一歩登り始め、山門を過ぎた時だった。まっすぐな参道の奥から、鈴の音が聞こえてきた。

チリーーン、チリーーン、
チリーーン、チリーーン、
冬星だけでなく、銀や義近、北斗七星舎の忍びたち十人は臨戦態勢に入った。

音のなる方へ視線が注がれた。

暗い参道の先に、仄かに白い影が二つ見えてきた。

白い影は音もなく近づいてきて、やがて二人の僧の姿になった。それは網代笠を被った、見覚えのある顔だった。一歩前に出てきた僧は、あの豪種院抜道珍海《ごうしゅいんばつどうちんかい》であった。

「冬星さん、お久しぶりですね。お元気そうで何よりです。残像ではなく実体でお目にかかれて嬉しいですよ。しかし、この日が来てほしくないと願っていたのはあなただけではありません。わたしも冬星さんとは、お別れをしたくはないんですから――」

珍海はいつもながら不敵な笑みを浮かべ、何を考えているのか皆目見当がつかない様子だった。もう一人の白い僧は堂魔で、無機質な目でこちらを見ていた。

気づくと、参道の右側の茂みに敵の黒装束忍びが十人、そして反対側の茂みにも十人潜んでいた。後方からは、ひたひたと息をひそめて三十人以上の敵忍びが詰めてきていた。冬星たちは完全に取り囲まれていた。

「よく約束通り来ましたね。まあ、放《はな》っておいた沢蟹からすべて手に取るようにあなたたちの動向は見えていましたから目測通りですが。こちらから強引に取りに行ってもよかったんですが、手荒な真似は嫌いでね。北斗七星舎の中でも手強《てごわ》かった〝鹿の頭〟も、もういないでしょうけど、冬星さんだけは侮《あなど》れないですからね。わたしは慎重を期するのですよ」

底光りする珍海の目の奥に、確固たる自信と凄みがあった。

「さあ、取り引きです。約束通り、あなたの仲間と神具を引き換えにしてもらいましょう。答えはひとつしかないと思いますが、冬星さん」

冬星は腰に差してある、神具に手をかけた。

御子との約束では、『神具を敵方へ渡しなさい』という指示だった。冬星はためらったが、御子は『大丈夫です。神は正しい者に審判を下します』と言って冬星を送り出した。

冬星は神具の柄頭《つかがしら》を掌《てのひら》で押さえながら言った。

「その前に、凛と玄之丞は無事なのか？　本人を連れて来い！」

参道の奥から、胴体を縄で縛られた凛と玄之丞が連れてこられた。後ろ手に縛られており、普通の忍びでは解けそうにない縛り方だ。やつれているようだが無事なようだ。

しかも二人を連れてきた男は、あの裏切り者の〝堂心《どうしん》〟であった。

堂心は裏切ったことを悪びれもしない様子でこちらを見下ろしていた。

「ははっ、久しぶりやのう。だから言わんこっちゃない、こちら側に寝返れば良かったのじゃ。しかしもう後の祭りじゃのう」

銀が憎々しい顔で睨んだ。

「このやろう、裏切り者め！　よくそんな口がたたけるな！」

やつれ髪の玄之丞が声を発した。

「冬星さん、神具を渡しては駄目だ！　渡しても奴らはきっとみんなを殺す気だ！　拙者らのことは気にするな、早く逃げてくれ――」

「そうよ、私たちの不注意で捕まってしまったのだから、みんなに迷惑をかけられないわ」

凛も必死に訴えた。

「どうしますう冬星さん。取り引き中止にしますか？　二人はあの世に行くことになりますが、仲間を見殺しにしていいんですかあ？」

珍海は意地悪そうな目つきで冬星を見た。

冬星はゆっくりと腰から神具を引き抜き、突き出すように差し出した。

「おお、いい心がけです。さすが、ながれ星冬星、忍びの星だ。さあ早く神具をこちらへ」

堂心が冬星の手から神具を受けとると、珍海へ渡した。

珍海は神具を両手でつかみ、高くかかげた。

「これはすばらしい！　聞きしに勝る、これぞ神具です！　風格、威厳、輝き、どれをとっても神の領域。これぞ長い間求めていた代物《しろもの》です」

珍海は恍惚の表情で、神具を右頬に当てた。

「さすれば、もう一つの神具『露魏奴之剣《ろぎんぬのつるぎ》』をあわせ持ったわたしは、この世を統《す》べる王となろうかのう、遠呂地《おろち》よ」

後ろに控えていた遠呂地が前に出てきて、腰に携えていた露魏奴之剣を珍海に手渡した。

珍海は左手に持ち、左頬に当てた。両頬に二つの神具を頬ずりしている光景は、滑稽《こっけい》でもあり、権力に憑《と》りつかれた不気味な姿でもあった。

がしかし、次の瞬間、予想外のことが起こった。

「ぎゃあああああーー！」

耳をつんざく、珍海の悲鳴が響き渡ったのである。

なんと、右頬に当てていた神具が突如、〝炎〟に包まれたのだ。

珍海の右頬の皮が焼けただれ、剥がれ落ちた。その瞬間、神具は生き物のように飛び跳ね、くるくると旋回しながら宙空に舞った。

冬星は見逃さなかった。

勢いよく地面を蹴って、宙空で神具を〝はしっ〟と握りしめた。

冬星が着地した瞬間、銀が号令を発した。

「そりゃ！　戦《いくさ》のはじまりやで！　みんな、心してかかれーー！」

茂みから黒装束忍びが刃《やいば》を抜き、飛びかかってきた。銀たち北斗七星舎忍び軍団も抜刀し、闇夜の中で白刃が交錯《こうさく》した。

キィーーン　カシーーン

銀に新たに与えられた天鉄刀、『青嵐一文字《せいらんいちもんじ》』が闇夜に煌《きら》めいた。

天鉄刀と忍び刀では刃が交錯した時の〝圧《へ》し力《りょく》〟が全然違っていた。天鉄刀の周りにはまるで甲羅《こうら》の鎧《よろい》をまとっているかのように硬い層があり、忍び刀を次々に粉砕していった。通常の刃は天鉄刀の敵ではない。

この騒ぎに乗じ、凛と玄之丞も隙を見て逃げ出した。すぐに北斗七星舎の者たちが二人を助け出した。

後方の黒忍びが勢いよく卍《まんじ》手裏剣を投げてきた。暗闇の中、空を切る音が響く。

シュルシュルシュル

義近はすかさず、幻道波術《ガイ》『雷電波《らいでんは》』を放った。

瞬時、眩《くら》むほどの閃光が弾けた。

金属の手裏剣はすべて雷電波の直撃を受けて、地面に叩き落された。

後詰《ごづめ》の黒忍びたちが、とんぼを切って右に左に襲ってきた。

すかさず鼯鼠《むささび》の安兵衛が宙空で敵を捕まえ、まっさかさまに落として仕留めた。

蟷螂《かまきり》の新助も得意の鎖鎌《くさりがま》をぶん回し、次々に忍びの首を掻《か》っ切った。

「どや、鴉ども！　わしら軒猿と北斗七星舎が相手だ！　ひとりでおまえら十人は相手にできるで！　束《たば》になってかかってこいや！」

銀は黒忍びたちに向かって吠えた。北斗七星舎を襲っていた黒忍びたちは一斉に銀の方に向きを変えた。案の定、十数人の忍びは銀へ襲い掛かった。

銀は両手を額で交差し、幻道波術の構えをとった。

――『吹花擘柳《すいかはくりゅう》』を発術した
次の瞬間、耳をつんざく風音につつまれた。

突発的に下から吹く猛烈な突風が、黒忍びたちを彼方《かなた》へ吹き飛ばした。

欄干《らんかん》の下は崖《がけ》になっており、たとえ忍びでも這い上がってくることは出来ないほどの高さがあり、奈落の底のような深さであった。

石段の上から見ていた堂魔が、自陣の劣勢ぶりを見かねて下りてきた。

かなり顔をひきつらせ、苛立っているようだ。

堂魔は呪文を唱え、印契《いんげい》を結ぶとこちらに両手のひらを〝パンッ〟と向けてきた。

ドワワワーーン
空気がゆがむような地響きが伝わってきたかと思うと、銀たちの体全体が硬直して動けなくなった。まるで金縛りにでもかかったように。

「な、なんや！　これは動けへん！　あの坊主、何か術をかけやがったな！」

「調子に乗るのもいい加減にしろ！　だから下っ端の黒忍びは足手まといと言ったんだ。邪魔な奴らめ。金の鵄のわしの魔道で、おまえらをあの世に送ってやるわい！」

堂魔はさらに近づいてくると、両手の先を突き出して呪文を唱え始めた。両手の爪は鬼のように鋭く尖っており、恐ろしい形状をしていた。

「よ、義近、大丈夫か？　お、おまえ、幻道波術は出せへんか？」

「お、おいらも全然動けないよ。やばいよ、銀さん、あいつ何か出すよ！」

鬼の爪の先が、白く光りはじめた。

その時、反対方向から一筋の真っ赤な炎があがり、糸のように空を切り裂いた。

ビシ――

その炎の糸は狙いすましたかのように、堂魔の爪を焼き払った。

「フゲェエーー！」

堂魔の恐ろしい叫び声が境内に響いた。

炎の元には、倶利伽羅八大龍王剣を構えた冬星が立っていた。その龍王剣先から、炎が糸のように放たれていた。

「冬星、助かったぜ！　ありがとうな」

銀と義近は、術が解けて体が自由になった。堂魔はうずくまっていた。

足元には、焼き払われた爪が無残にも地面に落ちていた。

「つ、爪が！　わしの爪が！　爪はわしにとって魔道術の源じゃ。いや心臓といってもいい。爪を失ってしまうと術が出せないぞ、ぐううう」

爪が焼け焦げる臭いがあたりに充満していた。

「なんや、魔道が使えなければ、ただの坊主やな、堂魔のおっさんよ」

冬星と遠呂地が、参道の上で対峙《たいじ》していた。

遠呂地が露魏奴之剣を大上段に構え、冬星は倶利伽羅八大龍王剣を八双《はっそう》に構えた。お互いまったく動かず、緊張の糸がピンッと張りつめられていた。

満月の月光が雲の合い間から顔を出し、山門の瓦を白く染めていた。

二人の間を、秋風が虫の鳴き声とともに通り抜けていった。

初めに仕掛けたのは遠呂地だった。

「でぃーー！」

瞬時に駆け出し、抜刀一閃、横に薙《な》いできた。

冬星はサッと後ろへ跳んで避《よ》けた。

遠呂地はさらに下から逆袈裟《ぎゃくけさぎ》切りで切り上げてきた。

冬星は高々と跳躍した。

満月を背に、黒い影がくっきりと映し出された。

冬星は縦回転の『破龍天鳳《はりゅうてんぽう》』を繰り出し、回転しながら遠呂地の剣に真上から叩きつけた。

ガチィイイーーン　ホォオォーーン
火花が散り、咆哮が呻《うめ》いた。

千年に一度の、神具同士の運命の激突であった。

「ちぃ！」

受け止めた遠呂地は衝撃でよろめいた。

神具同士の斬戟《ざんげき》は凄まじかった。剣同士が衝突する風圧で、背後の草木の葉が揺れ動いていた。

遠呂地は二、三歩後ずさりした後、身を低くして足元を狙って横殴りに切り裂いてきた。

早い——

「ぬっ！」

冬星は瞬時にかわしたと思ったが、脛《すね》の脛巾《はばき》が吹き飛ばされた。

見逃さず遠呂地は追撃してきた。右上、左下から、バシバシ白刃を振り抜いてきた。

遠呂地の双眸《そうぼう》は炯々《けいけい》と光り、獲物を狙う猛禽類《もうきんるい》のようであった。まるでオロチが乗り移ったかのように、猛々しい顔貌《おもて》で迫ってきた。

冬星も応戦し斬撃をことごとくしのいだ。遠呂地の攻めを弾《はじ》き返しながら隙を窺《うかが》った。

遠呂地は膂力《りょりょく》も強く、息が切れることもなかった。

「おれは柳生流を極めておる。剣の強さだけではないぞ」

正眼《せいがん》の構えでにじるような足さばきを使い、間合いを詰めてきた。

その姿は今まで戦ってきた忍びの者たちとは一線を画していた。すなわち、忍術を珍海に託す代わりに、自身は剣術の腕を限界まで磨くことに傾注してきたからに他ならなかった。

その時、冬星の耳元で龍王がささやいた。

〈奴と会うのは久しぶりじゃのう。もう何千年ぶりか。しかし懲りない奴じゃや。まだこの世を支配し、統《す》べようと画策しておるとは。あの時、わしが叩き込んだ傷が堪《こた》えたものと思っておったが。ほれ、鎺《はばき》のすぐ上にある刃こぼれの傷は、あの時の傷じゃ〉

冬星は、振り下ろしてくる遠呂地の刀身を見た。刃の根本にガキッと刃こぼれした傷が見えた。

〈奴は、〝ほまれ傷〟とでも思っているのか。構わんぞ冬星、あそこに叩きこめ！　奴の弱点だ！〉

冬星はふたたび高く跳躍し、『残星落《ざんせいお》とし』を発術した。高所から露魏奴之剣の弱点である鎺部分《はばきぶぶん》へ刃を叩き込んだ。

まばゆい光が刀身に炸裂した。

火花が散ったと同時に、露魏奴之剣の刃の色が、一瞬黒く変色した。

「うぬっ」

〈いいぞ冬星、その調子だ。叩き込め！〉

「いやあーー！」

冬星が裂帛《れっぱく》の気合いを発し、上段から中段、そして袈裟切りに情け容赦なく大太刀を浴びせた。

倶利伽羅八大龍王剣は、持ち手の武者を誘導しているかのように、振れば振るほど軽やかになった。まさに龍が舞うが如く、太刀筋の流れが止まらない。

寸分の狂いのない龍王の攻めに、遠呂地は徐々に追い詰められ必死の形相に変わっていた。

まさに一進一退の攻防であった。

下から見ていた珍海が、頬を押さえながら歯ぎしりをしていた。

「くそっ、こしゃくな！　倍にして返してやりますよ！」

珍海が呪文を唱え印契を結び、魔鏡を手にした。とその時、棒手裏剣が飛んできた。

北斗七星舎の丸であった。凜も一緒に駆けつけてきた。

「あの坊主、わたしと玄之丞様に酷《ひど》い目に合わせて許せないわ！　とっちゃん坊主、覚悟しなさい！」

凜は幻道波術『月虹《げっこう》』の印を結んだ。

「くっ！　あのくノ一か！　早く始末しとおけばよかったですね。ザコは不要です」

珍海は両手のひらを〝パンッ〟と向けた。瞬間、凜と丸は後方へ三間（五・四メートル）ほど吹っ飛ばされた。

「やはり邪魔者を排除しましょうか。遠呂地よ、『不識不想《ふしきふそう》』の中で思う存分おまえの技を見せつけてやりなさい。どうせ冬星は一寸（六分間）しかもたないですから、おまえの勝ちです」

珍海は魔鏡を手にすると、呪文を唱え『不識不想』を発術した。

バーーン
空間が凍りついたかのように草や木が、ゆっくりと動き出した。

鞍馬寺のすべての者たちは、凍った時の静寂《しじま》の中に閉じ込められた。

「しまった、また珍海は不識不想を出しやがった！」

〈どうした冬星。これは、凍った時の静寂の術じゃな。魔道でも出せるのか〉

「おれにも出せるが、一寸しかもたねえ。その後の消耗が激しく、とても戦える状態にはならねえ。しかし奴はおれ以上に長くもたせることが出来る……。参ったぜ」

〈大丈夫だ、冬星。わしにまかせろ。おまえも早く出せ〉

冬星はためらいながら不識不想を発術した。

バーーン
「ふっ、冬星さんも出しましたね。さあ、我慢比べといきますか？　しかしもう勝負は見えていますがね」

珍海が吐き捨てた。

遠呂地が右手を高々と上げ、後方へ回した。

「ふふふっ。これで邪魔者はいなくなり、おまえと思う存分戦えるな。おれの技をじっくり拝ませてやるぜ」

後方に回した露魏奴之剣の剣先に、風が吸い込まれていった。

（な、何か術を出すのか？……）

冬星が身構えた瞬間、遠呂地は剣を勢いよく縦に振り抜いてきた。

――魔道烈風塵《まどうれっぷうじん》
瞬間、身を切るような突風が襲ってきた。

強烈な縦回転の風が、回転しながら路面を切り裂いてきた。石畳を粉々に粉砕しながら、つむじ風のような速さで吹き抜いていった。

冬星は一瞬で身をかわしたが、万一直撃されればただではすまない。かなりの破壊力である。

遠呂地は、魔道烈風塵を二度、三度にわたり放ってきた。

冬星はすんでのところでかわしたが、周囲の石灯篭は粉々に壊れ、木々の枝や幹は折れたり裂かれたりし、足場がないほど散乱した。

「はははは。どうだおれの烈風塵の凄さは。冬星、ふがいないぞ！」

遠呂地は下方にいる北斗の忍びに視線を移し、にやりと笑みを浮かべた。

「おい、あいつら人形のようだな。まあ不識不想の中だから動けないのは仕方ないが、おれの刀の錆にしてくれようかのう」

「何をする、やめろ！」

遠呂地は凍った時の静寂の中で動けない、北斗の忍びたちに向かって魔道烈風塵を放った。

ズバーー

動けない北斗の忍びたち二、三人が吹き飛ばされた。忍び装束も引き裂かれ、鮮血が飛び散った。

さらに遠呂地は、続けざまに他の忍びたちにも烈風塵を放った。

冬星が咄嗟に前へ飛び出し、忍びたちを突き飛ばした。

バチッ

冬星は烈風塵をもろに受けた。三度笠が吹き飛び、額から血が流れた。

「ぐっ！」

ガクッと膝をついた。

「ほほう、まともに受けるとは。しかし急所は外したようだな。今度は外さないぜ」

遠呂地が烈風塵の構えに入った。

その時、龍王の大きな声が冬星をつつんだ。

〈おい冬星、大丈夫か！　しばらく娑婆《しゃば》から離れていたすきに、あいつは無道な技を修得しておったようじゃ。しかし奴の技は見切った。冬星、横一文字に構えろ！〉

冬星は剣を横一文字に構えた。

すかさず遠呂地が烈風塵を放ってきた。

その時、倶利伽羅八大龍王剣が炎に包まれた。

――波源《はげん》
刀身が紅蓮《ぐれん》のごとく燃え盛り、縦回転の烈風塵は〝真っ二《ぷた》つ〟に切られた。

「な、なんと！　おれの烈風塵が、き、切られた……」

遠呂地は眉間にしわを寄せた。

倶利伽羅八大龍王剣の奥義、〝波源〟は、風であろうと水であろうと断ち切ることができるのである。

冬星がゆっくりと立ち上がった。

〈よし、これからじゃ。今度こそ奴を仕留めるぞ！　わしも本気ですべてを出し切る。冬星、一瞬でも気を抜くな！〉

龍王の魂が冬星に乗り移ったかのように、倶利伽羅八大龍王剣の炎はさらに赤みを増し、紅蓮の炎はさらに燃え上がった。

冬星は勢いよく地を蹴った。

音もなく飛翔し、真っ赤な剣とともに闇夜に浮き上がった。

即座に、幻道波術《ガイ》『破龍天鳳《はりゅうてんぽう》』から『火龍烈風崋《ひりゅうれっぷうか》』を出した。倶利伽羅八大龍王剣の火龍の炎は凄まじく、ものすごい炎烈風《えんれっぷう》を吹きつけた。

炎の斬撃を受けた露魏奴之剣は悲鳴を上げた。

ヒチィーーン

それは金属と金属がこすれ合う音というよりも、野生の動物同士が角《つの》を突き合って上げる悲鳴に似ていた。

剣先から放たれる火龍の烈風閃は、まるで切れない糸のごとく尽きることがなかった。

それは真っ赤な龍が、真っ黒な鴉に火を噴いているかのようであった。

その時、珍海が身を潜めて上がってきた。

「ちぃ！　あの神具、やはり強い。それにしても冬星の不識不想は一寸しかもたないはずだが……。よし、不識不想を解いてから、次なる魔道の術で反撃です」

珍海は不識不想を解き、魔鏡を使い新たな魔道をかけた。

――邪道冥殺軫《じゃどうめっさつしん》〝莫《ばく》〟

にわかに周りが急に熱くなった。

次の瞬間、露魏奴之剣から四方八方に、無数の〝熱風〟が吹き飛んできた。

「うぐっ、前が見えねえ」

無数の熱風の〝玉〟が飛んできて、頭や足に直撃した。ものすごい熱さで、息が出来ないほどの温度である。前を見ることはおろか、近づくことも出来ない。

すかさず遠呂地が素早い太刀さばきで攻めてきた。冬星は必死に太刀筋をよけながら、後ずさりするのがやっとであった。

〈またこしゃくな技を出しおったな悪党め。よし、冬星少し離れろ！〉

龍王剣の炎がビュッと一直線に立った。

〈神の櫓《やぐら》を見よ！〉

——神立鉞櫓《かんだちまさかりやぐら》

グワワワワーーン

龍王剣を中心に、四方に〝櫓《やぐら》〟が出来たかのように、無数の熱風の玉は弾き飛ばされていった。撥ね返った熱風の玉は、遠呂地めがけて飛んでいった。

「あううう～っ」

遠呂地が前かがみによろめいた。

〈よし、最後のとどめだ冬星！　奴の弱点である鎺《はばき》の傷に、全力で叩きこめ！〉

「わかった。いくぜーー」

冬星は宙空で刀の柄《つか》をしっかり握ると、遠呂地めがけて急降下で振り抜いてきた。

龍王剣の炎が今までにないほど大きくなり、松明《たいまつ》のように燃え広がった。

炎が鳳凰《ほうおう》のように瞬《またた》いた。

――翡天鳳炎落《ひてんほうえんお》とし

それはまるで、赤い流れ星のようだった。

漆黒の闇夜に、赤い流星が尾を引きながら落ちていくかのような残像であった。

冬星の全身全霊を込めた太刀が、露魏奴之剣に叩きこまれた。

バキイイイーーン

耳をつんざく凄まじい音とともに、露魏奴之剣は鎺部分から――折れた。

たまらず遠呂地が仰向けに斃れた。

「やった、奴を斃したぞ！」

冬星は折れた刀身を見やった。

鎺から折れた刃は、黒光りし無残に転がっていた。

陰で見ていた珍海の顔が歪んだ。

「なっ、なんということだ！　露魏奴之剣が折れるとは……。そんなばかな、魔道が敗れるとは信じられない……」

龍王剣の炎は、スッと消えた。

〈冬星、よくやった。これで千年の戦いに終止符を打つことができた。おまえも最後まで諦めずに戦ったな〉

「いや、龍王様が助けてくれたからこそ斃せたんです。礼を言いますぜ」

とその時、二人の間に割って入るかのように御子からの念波が響いた。

(冬星さん、油断しては駄目よ！　奴はまだ死んではいないわ。気をつけて！)

御子の忠告に、ふと振り返ると遠呂地の姿はなかった。

ハッとするのもつかの間、遠呂地は山門のそばで珍海と立っていた。

「よくも刃《やいば》を折ってくれましたね。たしかにその強さは認めましょう。しかし、これで終わりではありませんよ。こうなったらもう禁断の術を出さざるを得ないですね。ここまで本気にさせたのも冬星さん、みんなあなたのせいですからね。ふふふ、みなさんは冬星さんを恨んで死んでいくのですよ。覚悟してください」

珍海は魔鏡を手にし、血の付いた樒《しきみ》の葉をかざし呪文を唱えた。

いっときの間が流れた直後、地鳴りの底びくような音があたりに轟《とどろ》いた。

ゴゴゴゴゴッーー
冬星たちの足元がぐらついた。

直後、風がぴたりと止まったかのようにあたりは静謐《せいひつ》につつまれた。

「なんだ、何かおかしい……」

冬星は身体中に走る、ただならぬ悪寒に襲われた。

直後、周りの紅葉《もみじ》が次々と干《ひ》からび、ぽとぽとと地面に落ちはじめた。茶色に変色し、まるで一気に冬を迎えたかのように葉は枯れきっている。

すぐさま闇夜をつんざく悲鳴があがった。

「うげぇぇぇ」

前かがみになって参道に飛び出てきたのは、裏切り者の堂心だった。

「た、助けてくれぇぇ！」

堂心が右手を突き出し、冬星に懇願した。その堂心の顔は、

――骨と皮
だけになっていた。窪《くぼ》んだ目がギラギラと光ってはいたが頬がこけ、まるで老人のような面相になっていた。みるみるうちに肌が土気色になり、皺だらけになっていった。

枯れ枝のようになった堂心は、冬星の足元で伏臥《ふくが》し息絶えた。

冬星は目を瞠《みは》った。

「こ、これは！」

あちこちで悲鳴が上がり、忍びたちが苦しみ身悶《みもだ》え、阿鼻叫喚《あびきょうかん》の様相となった。

〈な、なんと奴は、禁断の術を出しよった！〉

「禁断の……術？」

〈そうじゃ。禁断の、

――絶界《ぜっかい》
という術じゃ。これは術者以外の人や動物、草木にいたるすべて生命《いのち》あるものを死に絶えさせる、完全な結界じゃ〉

「生命あるものを死に絶えさせる、完全な結界……」

〈冬星、離れろ！　しかもこの絶界は、周りの生命ある者たちの精髄《せいずい》や養分を吸収していく悪しき魔道の絶界じゃ。味方も敵も関係なく吸い尽くす、なんという奴らじゃ、許せん！〉

絶界の帳《とばり》は徐々にひろがり、冬星たちの陣営のところまで押し寄せてきた。

「くくくっ。これが禁断の術、絶界です。しかもこの魔道絶界は、周りの生命者の養分を吸い尽くすもので、最強にして最恐の秘術。吸い取った養分はこの露魏奴之剣へ注がれるのですよ。折れた刀身を修復するためにね――」

珍海が腹で笑った。

「おまえは、味方の忍びの生命は何とも思わないのか！」

「そんなザコどもの生命など取るに足らないものです。かえって露魏奴之剣の養分になれば、幸せというものでしょうよ。冬星さんにも肥やしになってもらいましょうかねえ」

驚いたことに、露魏奴之剣の折れた部分から、少しずつ刀身が伸び出しはじめた。

〈冬星このままでは、わしらの味方まで絶界に取り込まれてしまうぞ。よいか、わしも味方を守るために絶界を出すが、やつの広範囲で早い魔道絶界からはすべての味方を救いきれぬ。仲間の犠牲は覚悟してくれ〉

冬星は後ろを振り返った。

銀や義近、凛たちの顔が見えた。

（ぐっ、仲間を犠牲に……、しかし俺にはできない……）

冬星は絶望の淵に落とされた。

諦めかけた、その時だった。

背後に大きな水の爆音、

――大滝

が、突如あらわれた。

なんと、滝は横に四町（四百三十メートル）ほどもあり、まさに〝水の壁〟が冬星と仲間の忍びたちを隔《へだ》てた。

「はっ、これはもしや、お裕《ゆう》か！」

狛犬ならぬ狛虎の陰に、臙脂色《えんじいろ》の小袖を着たお裕が立っていた。

「冬星、こっちは大丈夫だよ。あたしの幻道波術『時雨瀑布《しぐればくふ》』の壁をつくったからね。水の波動は結界でも破れないよ。思う存分やりな！」

「ありがてえ。助かったぜ、お裕」

冬星の双眸《そうぼう》が光り、倶利伽羅八大龍王剣をしっかりと握り直した。

〈もう時間がない。冬星、絶界を出すぞ〉

刹那《せつな》、風が止まり乾いた空気がピーンと張りつめた。

――龍王絶界　鶴翼《かくよく》
ドーーン
それは鳥が羽をひろげ、魔道絶界をつつみ込むような形であった。冬星の仲間や北斗七星舎の忍びを守るかのように扇型に広がった。

冬星が龍王剣を突き出し、魔道絶界に一閃を放った。

絶界と絶界がぶつかり、衝撃音と火花が散り壮絶な攻防となった。

珍海が負けじと魔鏡をぐるぐる回し始めた。

〈くうう……、やつの魔道絶界は思ったより強烈じゃ。闇の力の強さは夜に倍加するというが、これほどまでとは……。撥《は》ねのけて攻撃に転じたいところだが、わしの鶴翼がどこまでもつものか……〉

龍王絶界は守るのに精いっぱいで、珍海はグイグイとその魔手を前へ前へと伸ばしてきた。

珍海の目が底光りした。

「魔道の底力を甘くみていたようですね。特に今夜はわれわれにとっては特別な晩ですから、闇の力もひときわ強いのですよ。さて、こいつを足止めしているうちに遠呂地よ、あの場所へ行き最後の仕上げをしてきなさい！」

遠呂地は踵を返すと、ダッと上に向かって駆け出した。それは猿《ましら》のごとき早さで、漆黒の闇に消えていった。

魔道絶界はますますその威力を強めてきた。

珍海は頬をひきつらせながら冬星たちを見下ろした。

「とんだ邪魔が入りましたが、当初の計画通りに運んでいるので、まあよしとしましょう。魔道の剣も今頃、〝最終形態〟に入っていることでしょう。しかし冬星さんと神具はここで息の根を止めておかねばなりません。切り札は最後まで取っておくものですね、絶界という切り札をね」

珍海は槍《やり》のような長指しものの先端に魔鏡を紐でくくり付け、天高くかかげた。ちょうど、満月と相対するかのように魔鏡の中に月が映し出された。

すると魔鏡に映し出された月の光は煌々《こうこう》と輝きはじめ、まるで昼間にでもなったかのような明るさで地面を照らし始めた。やがてあたり一帯を覆いつくすかのような光に包まれた。

「ふふふふ。不要なザコはこの〝魔照光臨《ましょうこうりん》〟の光で焼き尽くしてもらいましょう。神具を失ってしまうのは想定外でしたが、これもやむを得ません。魔道の剣が最終形態に至れば、補っても余りあるものですからね。はい、それではみなさん、おさらばです」

珍海は呪文を唱え右手で印を結んだ。

あまりのまぶしさに、冬星は龍王剣をかざして思わず後ずさりした。

(しまった、奴の術中に嵌ってしまったか……まずい)

しかし、次の瞬間
――珍海が魔鏡を、落とした。

「あひっ、えひっ、なっ、なっ、なっなんだ！」

思わず自分の両手の袖を見た。

袖の中から〝黒い無数の塊《かたまり》〟が、ゆっくりと出てきた。

よく見ると、この無数の黒い塊は、

――毛虫
であった。

毛虫は黒地に黄色い筋が入り全身に鋭いトゲが突起している。刺されると赤く腫れあがり、相当な痛さと痒《かゆ》さでもんどりうつ類《たぐい》の毒虫である。

首の後ろからも『うじゃうじゃ』と黒い毛虫が這《は》い出てきた。

「うっ、うわあ、虫、虫、毛虫！　わたしは何が嫌いかって、この世で虫ほど嫌《いや》なものはないんです！　いっ、痛っ、痛い痛い！」

珍海は頭や首を掻きむしりながら転げ回った。

茂みの奥で、凜が白い歯をみせて笑った。

「ははは。とっちゃん坊主、わたしの『月虹《げっこう》』の〝おもてなし〟はいかがかしら。喜んでくれているようね。今夜は特別に百倍の効果効能にしてあるので、思う存分味わってちょうだい。ずいぶんと私と玄之丞さんをかわいがってくれたお返し、百倍にして返してやるわよ」

凜は一瞬のスキをついて『月虹』を発動させておいたのだ。今になってその〝効果効能〟が覿面《てきめん》にあらわれた。

珍海はなりふり構わず、叫びながら逃げまどった。

体中が黒い毛虫に覆いつくされ、もはや人の形をした〝黒い塊〟に変貌していった。毛虫を振り払い、たまらず駆け出した。

駆けだした途端、前のめりになり、橋の欄干でつまづいた。

「あっ！」

短く声を発したかと思うと『するり』と手が滑《すべ》り、欄干から谷底へ、まっさかさまに落ちていった。

奈落の底から断末魔の叫び声が、かすかに聞こえてきた。

あっけない、魔道僧侶珍海の最期であった。

ほどなく糸が切れたかのように、魔道絶界の封印が解けた。

冬星はかかげていた龍王剣を降ろした。緊張の糸が切れたせいか、大きく胸で息をした。

安堵したのもつかの間、耳元で御子の声が響いた。

（冬星さん、安心してはいけません！　遠呂地が露魏奴之剣を再生させています！　しかも、天上界からの力を借りて、いま以上の霊力をもった完全なる魔剣にさせようとしています。もし完全体になってしまったら、神具の力さえも及ばなくなってしまいます。急いで阻止してください！）

「なに、魔剣の完全体？……」

〈そうか！　それでこの鞍馬を選んだのか！　迂闊《うかつ》じゃった〉

焦燥感の入り混じった声で龍王が呟いた。

「で、遠呂地はどこにいるんだ！　いったい天上界とつながる場所とは」

（それは、

――『魔王殿《まおうでん》』

です。鞍馬寺の最奥地に鎮座する、奥の院魔王殿）

「魔王……殿？」

（そう、魔王殿。ここは京の都の中でも、天上界からの力を一番受けやすい聖なる場所なのです。その昔、天上界から飛来した護法魔王尊が降臨したという地であり、その強力な法力と磁力がいまでも宿っている場所なのです）

「護法魔王尊の、強力な法力と磁力？」

（あまりにも強いため、魔王殿の真正面に『結界石』を入れた石灯篭を置き封印しています。いわゆる封じ込めているのです。一般の凡夫が入るのを禁じるほど、強力な力を発している場所なのです）

「それでこの鞍馬を選んだのか……。はじめから計画していたのだな。だが奴らは、今夜は特別な晩だとか言っていたが」

（魔道の世界では、今夜は星々が十字に重なる数百年に一度の夜らしいわ。だから闇の力も倍加して強力になるそうよ。逆に光の力が、弱まる日でもあるそうなのでこの日、この場所を選んだのよ）

　龍王が苦々しく言った。

〈そうじゃった。ここは天上界から無限の力を与えられる唯一の場所だった。忘れておった

わい〉

（いえ、狡猾《こうかつ》な奴らの戦法ですから気づかないのも無理ないですわ。それより早く、完全体になる前に息の根を止めるのです。もはや時間は残されていません、急いでください）

「うむ、わかった」

冬星は石段を駆け上ると、九十九折参道《つづらおりさんどう》を脱兎《だっと》のごとく駆け抜けた。大杉の幹を過ぎ、数々のお堂を後にした。

そして本殿の金堂《こんどう》の前に着いた。

ここで龍王が耳打ちした。

〈冬星、ここで止まれ。ここで天上界からの御力《みちから》をいただく。わしの龍王剣に力を与えてもらい、さらにその力量を増幅する〉

冬星が立っている場所は、本殿金堂正面前の石床《せきしょう》の上であった。

〈おまえの足元を見ろ。ここは魔王殿に次ぐ、天上界からの力を受けられる聖なる場所なのじゃ〉

冬星が足元を見た。

そこには、石細工で設《しつら》えられた『六芒星《ろくぼうせい》』の模様が刻まれていた。

ここは〝金剛床《こんごうしょう》〟といい、金堂正面前の石床全体は星曼荼羅《ほしまんだら》の世界観をあらわしているといわれている。

この石床の中心に立つことで、宇宙に遍満する波動を一身に受けることが出来、〝宇宙と一体化する〟という鞍馬の教えそのものを体現できるのである。

〈先ほどの戦いで一気に力を出し尽くした。千年ぶりだったからのう、ちと疲れてしもうた。おぬしも手傷を負ったようじゃから、ここで天の力を充填させてもらうがよい。それでは、この六芒星の真ん中で、真言を唱え印を結べ〉

冬星は目をつぶり、真言を唱え印を結んだ。

すると天空の星々が生命を与えられたかのように、キラキラと煌めきはじめた。

次の瞬間、星の光が真下に降り注いできた。

星の光は冬星をつつみ込んだ。まるで身体全体が発光しているかのように、まばゆい光につつまれ、あたり一面を明るく照らした。

倶利伽羅八大龍王剣の刀身も白く輝き出した。刃文《はもん》が脈打っているかのように地鉄《ぢがね》が蠕動《ぜんどう》し、刀の粒子が浮き立ちはじめた。それはあたかも傷ついた部分が再生し、新たな細胞が作り出されているかのようでもあった。

しばらくすると光は消え失せ、冬星の身体から湯気が立ち昇った。

星の御力を受けた冬星の身体は夜の冷気の中、熱く滾《たぎ》っていた。さきほど遠呂地から受けた傷もたちまち癒されていた。

〈よし、冬星、行くぞ！〉

すぐさま遠呂地のいる魔王殿へ駆け出した。

月光が照らす木の根道を駆け抜けると義経堂、不動堂が見えてきた。その先の一番高い丘の上に魔王殿がある。

高い丘の上の木々の樹陰から、ひときわ明るい光が洩れているのが見えた。

〈奴がいたぞ、あそこだ！〉

冬星が丘を駆け上がった。

そこで見たものは、想像を絶する光景だった――

魔王殿の真正面に、まるで魔を封じ込めるかのように石灯篭が立っている。その石灯篭の丸い玉の上に、遠呂地が屹立《きつりつ》していた。

右手に露魏奴之剣を持ち、天に向け高くかかげている。

明るく発光していたのは、露魏奴之剣そのものであった。星々からの御力を受けてまぶしいほどの光につつまれていたのである。

さきほどの戦いで折られた露魏奴之剣が光につつまれながら、刀身が〝復元〟されてきていた。折れた部分から、天に向かって生えていると言った方がよいだろうか。

しかしその形は、

――異形《いぎょう》
のものであった。

伸びた刀身の脇から、〝鬼の角《つの》のような突起物〟が幾《いく》つも生え、まるでトゲのような形状をしていた。それは地獄の番人が持つ、鬼の金棒のようでもあった。

冬星は愕然とした。

〈あれを見よ、冬星。持ち主の心が邪心《じゃしん》では、刀の形も魔道の姿になる。おのれの心と合わせ鏡なのじゃ。星の御力は平等なのじゃが……〉

星からの御力を得て復元されはじめている露魏奴之剣は、あともう少しで完全体になりかけていた。

〈あれを完全体にさせては絶対にならんぞ！　完全体になったら、もはやわしでも斃すことは出来ぬ。よいか、一発で仕留めるのじゃ〉

「一発で……？」

〈そうじゃ。一回しか攻撃することは出来ぬ。もしこちらの攻撃が仕損じた時、奴は完全体になってしまう。時間がない、失敗は許されないのじゃ〉

遠呂地は後ろ向きで、いまだ冬星に気づいていない。

〈一撃で奴を仕留める。それには、わしの限界の力で叩き込む必要がある。冬星、すまぬが生身のおまえには、かなりしんどい技となろう。すまぬが耐えてくれ〉

「はい。はじめから覚悟はしてやした。死んでも奴を斃すと。手加減はしねえで、技を出してくだせえ」

翡天倶利伽羅八大龍王剣と冬星は、心の中で一つとなるのを感じた。二つの魂がひとつになる、まさに人刀一体である。

極の星が、ひときわ大きく輝いた。

冬星は、高く高く、飛翔した
いままでのどんな時よりも、高く高く飛翔した。まるで天に昇るかのごとく天界へ飛翔していくとき、やがて赤い炎につつまれた
それは赤い、

――炎の龍
となった。

炎の登り龍は、さらに高く高く駆け昇った。

そして満月と相対したとき、赤い炎の龍は、

――緑の龍

に変幻した。

それはまさに、〝翡翠《ひすい》の龍〟であった
天空で大きくとぐろを巻くと、一気に駆け降りてきた。

翡翠龍は凄まじい速度で急降下してきた。まるで地上に向けて牙をむく、怒涛の神龍のようであった。

冬星の口や耳から鮮血が噴き出た。

遠呂地が気づき、瞬時、振り向いた。

眼前に牙をむいた翡翠龍が飛び込んできた。

――神火水剛龍鵬《しんかみごうりゅうほう》
ゴッドドドーーッ
遠呂地は咄嗟に、露魏奴之剣で防御の構えをとった。

しかし翡翠龍の一撃は、露魏奴之剣ごと粉砕した。

露魏奴之剣は粉々に砕け散り、遠呂地は眉間から叩き割られた。鮮血がほとばしり、赤黒い血が弧を描いて噴出した。

なんと翡翠龍の太刀筋は、遠呂地の胴体を縦に真っ二つに切り裂いていた。

地面に降り立った冬星は片膝をつき、自身の滴り落ちる血を見ながら意識が遠のいていくのを感じた。

屍《しかばね》となった遠呂地の骸《むくろ》の上に、粉々に砕け散った露魏奴之剣の残骸が散らばっていた。

それは満月に照らされ、きらきらと月映えをしていた。

一寸、静寂が場をつつんだ。

緊張の糸が切れた直後、夜の冷気が押しよせてきた。

静寂を打ち破り、龍王が呟いた。

〈これでようやく一千年の戦いに終止符を打つことが出来たわい——。この世を光の世界にすることが出来た。冬星、よく耐えてくれた。義者として最後まで全《まっと》うしたのは、おまえが初めてじゃ。大丈夫か？〉

「うっ、ぐっ。大丈夫ですぜ。しかし、しばらくは身体《からだ》が動かせねえ……」

冬星は仰向きで大の字になった。

その時、耳元でおだやかな声が響いた。

（冬星さん、最後まで本当によくがんばりましたね。見事でした。これで闇の力を退けることが出来ました。千年に及ぶ戦いに勝利したのです。神からの祝福がありますよ）

ふと、空を見上げると何かが降ってきた。

それは、雪のようであった。しかし白い雪ではなく、

キラキラして、細かい、金属のような粉……それは、

――金粉
であった。

金の粉が、キラキラと雪のように降り注いできた。

それはまるで、いままでの幾多の激闘の傷を癒すかのような〝神のはからい〟のようでもあった。

義近や凛は大喜びした。

「うわあ、すごい！　金の粉だ！　まるで星屑《ほしくず》みたいだぁ」

「そうね、天から降ってきた流れ星の星屑よ！　嬉しいわ」

天から降ってきた〝星屑〟は、またたく間にあたりを金色に染めた。月光に反射し、境内や石段は黄金色《こがねいろ》に輝いた。

仰向けの冬星の頬に、金の粉が降り積もってきた。

それは冬星の生まれ故郷、直江の津今町に降る〝雪〟のように。

振り止むことを知らぬ、無欲な天の戯《たわむ》れのごとくキラキラと舞い、すべてを金色に染め上げた。

冬星は幼い日々のことを、走馬灯のように思い出していた。

不思議なことに不遇な幼少時代にもかかわらず、すべてが懐かしく、そしてすべてがやさしい記憶に彩《いろど》られていた。

自分を育ててくれた人々の笑顔、軒猿の友の笑顔、そして母の笑顔……。

温かく、やわらかく、いとおしい感覚。

おのれの宿命を全うしたことで、すべての運命から解放された解脱感《げだつかん》につつまれていたのかもしれない。

やがて意識が、徐々に遠ざかっていった……。

降り積もる雪のごとく、白く、白く、白く……。

季節は神無月が過ぎ、霜月に入ろうとしていた。

御子屋敷の石畳は落ち葉で埋め尽くされ、鮮やかな『敷《し》き紅葉《もみじ》』が朝露に濡れてひときわ映えていた。

本堂前では、僧や北斗七星舎の人々がせわしなく行き交っていた。

北斗七星舎はこのたびの一件で、組織の再編成や人事改革などに迫られ、大幅な人員移動と本拠地移転整備のため、新たな地へ引っ越しを余儀なくさせられていた。

忍びの精鋭隊再編成については、新しい風を吹き込むため新人の忍びを発掘するということになった。なんとその中心的な若頭《わかがしら》として、義近が抜擢されたのである。

今回の義近の活躍が評価されたものだが、冬星の後押しによるところも大きかった。

躑躅《つつじ》の竹垣の玉石の上に、ちょこんと義近は座っていた。不満そうな顔で、足をぶらぶらして下ばかり見ていた。

後ろから黒い大きな影が覗き込んだ。

「どうした義近、元気がないなぁ。おまえは今度、軒猿衆の若頭に任命されたんだろう」

不満そうな顔つきの義近に、冬星が三度笠越しに話しかけた。

「それは嬉しいんだけど、銀の兄ちゃんや凛のねえちゃんたち、さっさとどこかに行っちゃったんだ。せっかくみんなで楽しく暮らそうと思っていたのにさ」

半分、泣きべそをかいたように口をへの字にして言った。

冬星は義近の隣に腰を下ろし、苦笑いした。

「ははは。銀は気まぐれだから、その日の風向き次第で行き先を決めちまう奴だ。まあそれもあいつの良さでもあるんだがな」

「おいらに一言、告げていってもいいと思うんだけど。それと、凜ねえちゃんは玄之丞さんと夫婦《めおと》になるっていって、二人で出て行っちゃうし……」

「まあ凜も、そろそろ年頃だから、身を固めたくなったんだろう。玄之丞はいい奴だから、お似合いの夫婦《めおと》になるだろうな」

「大人ってみんな勝手だよ。自分のわがままで勝手に決めて、周りの人間には一切相談しないなんて。ずるいよ！」

冬星はやれやれと頭を掻いた。

「義近の気持ちもよくわかる。だがな、〝別れは出会いの始まり〟でもあるんだぞ。そうでなければ、人生は出会いがなくなってしまうだろ」

義近は拗《す》ねた表情で、ふてくされた。

「それよりもいいか、これから軒猿の若頭として束ねていくにあたり、おまえに言っておかねばならないことがある」

冬星の目つきが険しくなった。

「いろんな敵と遭遇するだろうが、一番の敵は、おのれ自身だ。おのれの弱さに負けた時、敵から隙をつけこまれる。その時は命を落とす時だ。いいかよく覚えておくんだ」

「うん、わかった。おのれ自身を律するということだね」

「そうだ。そして一番忘れてはならないのは、〝義《ぎ》〟という心だ」

「〝義〟、の心？」

「義とは、〝我《われ》を、美しく〟と書く。美しい生き方とは、金や欲などの目先のモノにとらわれず、常に大局的な正しい道筋を考えるということだ。そして人を身分や身なりで判断せず、その者の心や生き様を、心の眼《め》で見るということだ」

「目先のモノにとらわれず、心の眼で見る……」

「軒猿は、上忍や下忍の階級をつくらなかった。それは義の心にもとづいた不識庵謙信公《ふしきあんけんしんこう》のはからいによるものだ。これは雪国の、共助の心でもある。仲間は絶対に守る。誰一人も死なせない。仲間の絆は絶対だ」

「うん、わかった。肝に銘じるよ、冬星さん」

義近は軒猿衆の要諦を、冬星からしっかりと継承した。

するとたけがき竹垣の向こうから、白ひげを生やした老人が声を掛けてきた。

「もし、ここに冬星はんという、御仁《ごじん》はおられまっか？」

「へい、あっしが、冬星でござんすが……」

老人は満面の笑みで、懐《ふところ》から一通の文《ふみ》を出した。

「申し遅れましたが、わしはこの一町さき右に曲がった神社の権禰宜《ごんねぎ》をしておる、栂坂《とがさか》と申します。実は昨日、色白で睫毛《まつげ》が長いべっぴんなおなごはんが来はりまして、この文を屋敷の冬星という御仁《ごじん》に渡してほしいと頼まれましたんや」

冬星はおもむろに広げて目を通した。

——冬星
神田　牡丹屋《ぼたんや》で待つ
早々に　来られたし
ゆう

「これは、お裕からの文……。江戸へ、行ったか」

「冬星さん、誰からの文なの？」

「うむ、お裕からだ。江戸へ発《た》ったようだ」

「あ、まさか！　冬星さんもお裕さんを追いかけて行っちゃうの？」

冬星はすっくと立って、義近を見た。

「言っただろ、別れは出会いの始まりだって」

冬星は義近の後ろを、あごで指した。

義近が振り返ると、そこには娘が立っていた。

薄桃色の小袖を着た、十二、三歳ぐらいの娘が、大きな風呂敷を抱えていた。

「あのう、御子様屋敷の前田様という方は、どちらにおいでしょうか？」

義近は目をまんまるくして起立した。

「えっ、前田様？　ああ、あの前田のじいちゃんのことか。おいら知ってるよ。前田のじいちゃんに何か用なのか？」

娘は透き通るような瞳で義近を見つめた。

「はい、わたしの父は刀鍛冶で、昨日出来たばかりの太刀一振りを本日お持ち致したのです。わたしは愛菜香《まなか》と申します。前田様からのご依頼の品と聞いております」

義近は娘の透き通るような瞳に吸い込まれそうになった。その可憐な気品さに、義近はすっかり頬を赤らめていた。

「前田のじいちゃんは、こ、こ、こっちだよ。お、おいらが案内してやるから、ど、どうぞこちらにどうぞ」

義近はぎこちない動きで、愛菜香を屋敷の方へ連れて行った。

冬星は二人の後姿を見送った後、くるりと踵《きびす》を返し歩き出した。

まっすぐに伸びた石畳の上は、赤や黄色の敷き紅葉で埋め尽くされ、歩くたびにカサカサと乾いた音が響いた。

小春日和の陽光に照らされ、三度笠が白く映えた。

時折り、木枯らしを予感するような一陣の風が吹き、冬星の合羽を揺らした。冬星は振り返ることもなく、門をくぐるとそのまま黒い影になり、消えていった。

そのとき季節外れの蜻蛉が二匹飛んできた。仲が良さそうに戯れたかと思うと、いつの間にかどこかに飛んでいった。

秋が終わり、冬の到来を告げる風が吹きつけていったが、不思議と冬のもの悲しさではなく、実にさわやかな風であった。

うろこ雲の割れ目から光が洩れ、京の都の山々を照らし出していた。それは光がたなびき、まるで地上を祝福しているかのような幻想的な光景でもあった。

雲に隠れ、月と極の星も静かに、静かに、またたいていた。

［終］

あとがき

前作の拙著『ながれ星冬星』は二〇一五年に書き下ろした作品である。

あれから六年の歳月が流れた。本当に早いものである。

しかしここ五、六年で社会の行動様式や規範意識、風潮が様変わりした。VUCAと呼ばれる予測不確実な世界において、持続可能な社会、環境保全社会、脱炭素社会、自然エネルギーへの転換、多様な価値観やジェンダーへの理解、働き方改革など、およそ数百年規模で転換されうることが数年で起こっている。

新型コロナウィルスが多大な影響を及ぼしているのも事実だが、まさにパラダイムシフト(価値の大転換)が成されて久しい。

私たちはこのような歴史の大転換時期に身を委ねているという実感は、さほど感じていないかもしれないが、後の時代になっておおいに実感するのであろう。

今までの価値観は「今だけ」「金だけ」「自分だけ」さえ良ければよいという狭義で利己的なものであった。これは戦後の、利己的拝金主義ともいうべき価値基準に縛られてきた日本人の、残念な価値基準であった。

しかしこの度の世界的な大きなパラダイムシフトの中で、日本人も変わらざるを得ない状況に立たされた。このままでは持続可能な社会は困難であり、これ以上環境破壊がつづくと、地球上で人間や動物は生きられないという切羽詰まった状況に追いやられた。

本書の骨太のテーマは、「義」である。

「義」とは、目先の利益よりも倫理観を重んじ、多くの人々の為になることを実践するという、いわば利他の精神である。古来、日本人の精神構造の母体となってきた支柱はこの義の心であり、武士道の中でも一番光り輝く高い価値としてかかげられてきた。

人が人を忘れたといわれる下剋上の戦国時代に唯一、義の旗をかかげて戦った戦国武将・上杉謙信。領土欲を持たず、天下を簒奪《さんだつ》する欲も持たず、「義」ひとつで群雄割拠《ぐんゆうかっきょ》の世に名を馳せた。好敵手の困窮時には、情けの塩を送り助けるという義挙までも行った。

謙信の生き様は、欲にまみれた戦国時代に〝鮮烈〟なインパクトを残した。

それは神が人間に試した、人と動物との岐路に立つ「人が人であらんがための試作」に対し、〝義〟という行いで答えたものだったのかもしれない。

かつて高度経済成長時代は、信長、秀吉、家康のような剛腕で画一的にして、弱者を犠牲にしてでも強引に牽引するリーダー像がもてはやされた。しかし先述のように、現在の個人の権利を尊重し、多様な意見に耳を傾け、経済至上主義よりも倫理観と環境保全の価値に重きを置く現代社会においては、理想とするリーダー像はおのずと異なってくる。

現在、資本主義の終焉が現実味を帯び、CSVなどの〝志本主義〟や新しい資本主義が新たな経済の主流になりつつある。それだけ世界を取り巻く環境が劇変しており、従来の大量消費大量廃棄の時代から、質を求める時代へ転換してきている。

本当の豊かさとは？　本当の幸せとは？――

この不確実で環境が有限な社会においては、物質的な豊かさだけ、金銭的な豊かさだけでは決して幸せとはいえない時代になったのである。

多様な価値観が偏在する現代の世にあって、幸せの形はリーダーから一方的に押し付けられるものではなく、ひとり一人が希求し掴《つか》み取っていくものとなった。昭和の画一的価値観はもはや通用せず、ダイバシティといわれる国籍・性別・人種・年齢・ハンディキャップの有無にとらわれない多様性社会となったが、その中で求められる人間像、リーダー像も変容してきた。

謙信は戦国時代に、城下の直江津に唯一あった有料橋の橋賃を「生活弱者から徴収するな」と厳命した。盲人、身体に障害のある者、身分の低い民から徴収させなかったという地元の文献に記録が残っている。そして彼らを公共事業に従事させ、自活までさせている。

数百年前にすでに謙信は、ダイバシティ社会の先駆けを行っていたことに驚くほかないが、重要なのは『何を個人の幸福とみなすのか？』、そして『個人の幸福が社会の幸福につながっていくことに、いかに重きを置くか？』という〝慧眼《けいがん》〟である。

時代が変わっても、トップリーダーの識見の差異は、その領土や国に大きな影響を及ぼすものだ。それは過去の歴史を紐解けば一目瞭然である。経済の発展があって領民の生活が潤い幸せな生活が保障されるが、領土拡張や経済ばかりを優先していけば、本来の目的を見失ってしまう。ここにこそトップの慧眼が試される。

現在を問わず、生きるうえでの重要なキーワードは『幸福』である。

残念ながら世界幸福度ランキングで日本は現在、先進国の中で低い国に類する。自己肯定感が低いといわれがちだが、過去も現在も人々は幸福を希求してきたことに変わりはない。

物語の主人公である軒猿毘沙門衆の忍びたちは、影で生きる身分ながら仲間の絆を重んじ、最後まで仲間を決して見捨てない強い結束で結ばれている。唯一の雪国の忍びでもあることから、雪国の共助の精神性が背景にある。前作あとがきでも記したが、伊賀忍者の根本精神性に「正心《せいしん》」というものがある。これは傷つけたり殺《あや》めたりせず、いかに戦わずして事《こと》を収めるかという精神性である。

忍びの世界でも無駄な殺生はご法度であり、犠牲を出さずに任務を遂行することこそが優れた忍びと称賛された。やはり忍びたちも平和の世を希求し、幸福を願っていたに違いないのである。

現在、世界のエリートたちは『美意識』を鍛えているといわれる。

不確実な世界では、直感的なセンスと美を感じる感覚こそが正しい判断に導くというものである。脳科学において、美を司る部位と正しい判断を司る部位が重なっているという論拠がある。

「美」とは破綻がなく、それ自体で完成されているものである。

「義」とは、「我」を「美しく」という意味が、一文字に込められている。

美しい生き方とは何か？――

それは、当たり前のことを、当たり前に実践するということである。しかし、当たり前のことを実践するということほど難しいものはない。禅問答のようであるが、人間は当たり前のことを当たり前には出来ない。いわば、黙っていれば人の道を踏み外す生き物であるということだ。

哲学の世界では、人間の脳は生まれつき正義の『アルゴリズム』が実装されてはいないとされている。卑怯で、ずる賢く、自分さえ良ければよいというのが利己的な遺伝子の本能であり、利他の精神は、宗教や哲学、リーディングパーソンの存在等の外的な働きかけによるものだ。

『正義』についての論考は古代ギリシア世界のソクラテス、プラトンから始まり、現代正義論の祖ジョン・ロールズによる「公正としての正義」の『正義論』リベラリズム、小さな政府思想のリバタリアニズム、共同体における共通善のコミュニタリアニズム、国家国民としての正義のナショナリズム、そしてグローバルな正義としてのコスモポリタニズムがある。

正義という概念は、社会の中で相対的に存在する部分と、根源的に内在している部分がある。その時代の社会構造により、変幻する部分が大きいのも事実である。

ただ先述したように、利己的で独善的な考えやふるまいだけでは、これからの持続可能なソサイエティを維持することが出来ないという局面に、我々は立たされている。

これから求められる個々の幸福とは、社会が求める価値を共有し、みずからが実践することで実現させることである。これはハピネス（瞬間の幸福）ではなく、ウェル・ビーイング（持続可能な幸福）という、社会に帰属する人間にとって本当の幸福の姿である。

個人の幸福と社会が持続していくうえで不可欠な価値が、イコールフッティングでつながるものである。

〝個人の幸福なくして持続可能な社会の幸福はなく、持続可能な社会の幸福なくして個人の幸福はない〟——まさにウェル・ビーイングの実現は、我々人類にとってなくてはならない最終境地の幸福の姿であり、決して矛盾するものではなく、それが『美』という破綻のない形態なのではないだろうか。

現在ふたたび、邪馬台国論争が再燃している。

日本の古代史最大のミステリー、邪馬台国の所在と女王・卑弥呼の存在である。

周知のとおり、「邪馬台国九州説」と「邪馬台国畿内説」が拮抗《きっこう》しており、双方の根拠となっている多くの遺跡や出土物により、さらに論争に拍車をかけている。

これは『魏志倭人伝』に記載された道程通りに読むと、太平洋上に出てしまうことから、その正確な場所が比定しにくいことに起因している。

また、女王・卑弥呼の存在がいっそう謎を深めている。『古事記』『日本書紀』の記紀には、卑弥呼の名がみられないという大きな謎が横たわり、卑弥呼の正体についてたくさんの推測がなされてきた。

主に比定される人物として、神功皇后説、倭迹迹日百襲姫命説、天照大神説等々がある。しかし最近になって〝卑弥呼〟という名称は個人の名前ではなく、〝役職名〟なのではないか？との説が浮上してきた。

男王を補佐し、呪術を用いた女性の官職。日本の書写名義では、日巫女（ひみこ）、彦御子（ひこみこ）、日の御子（ひのみこ）、姫尊（ひめのみこと）などである。なぜなら王位に就くぐらいの高位者に対し、忌避字の「卑」を国内で使うとは考えられないからである。おそらく大陸からみた当て字であったのではないか、と推測するのが正しいのだろう。

この説を支持すると、卑弥呼なる官職は一人ではなく、複数名存在したことになる。そして魏志倭人伝によれば、「邪馬台国は三十近い小国から成る」とされており、必ずしもひとつのまとまった塊りの地域ではなく、集散した複合体の可能性も捨てきれない。

筆者が長年とても関心を寄せてきた人物に、〝糸魚川の奴奈川姫《ぬながわひめ》〟がいる。奴奈川姫もとても謎に包まれた人物で、地元では伝説として語り伝えられている。いわゆる出雲国の大国主命が奴奈川姫に求婚し、出雲と越後との間で盛んに交流がなされた。

このとき出雲から稲作が越後に伝えられ、越後からは翡翠の玉づくりが出雲にもたらされたといわれている。

――翡翠《ひすい》

邪馬台国と同じくらい我が国の古代史最大ミステリーなのは、この糸魚川の翡翠である。奴奈川姫の時代、糸魚川で翡翠の発掘・加工が盛んに行われ、全国そして大陸へ最高の貢物として贈られた。特に糸魚川翡翠は翡翠輝石といわれ、世界的にも発色が鮮やかで硬度が硬く、ひときわ珍重された。当時、魏の国へ贈られた翡翠も糸魚川翡翠であったろう。

しかし驚くことに、奈良時代から昭和の初めまで一千年の間、糸魚川に翡翠があったことが、秘匿されてきたのである。この理由については蘇我氏が藤原氏から隠すためであるなど諸説あるが、本当のところはまったくわかっていない。

筆者は卑弥呼の『鬼道《きどう》』に、翡翠が深く関わっていたと思えてならない。なぜなら翡翠は「よみがえりの石」「不老不死の石」ともいわれ、神の石とされてきたからである。結界師が結界石として据えるのも翡翠である。それほど翡翠には霊力があり、呪術の根本に用いたとみるのは当然であろう。

筆者が奴奈川姫、そして翡翠と出会うきっかけになったのが、日本画家・川崎《かわさき》日香浬《ひかり》氏との交流である。川崎氏は万葉の時代をモチーフに日本画を制作されている。なかでも奴奈川姫や建御名方命を中心に、出雲、越後、諏訪、大和の所縁地の作品を描き、出雲大社や諏訪大社へも作品奉納をされておられる。

川崎氏からお聞きした奴奈川姫と翡翠の関係、そして新潟県内に広がる巨大な環濠集落跡地から、古代史へのロマンをかき立てられた。川崎氏が描く流麗かつ神々しい神々の姿は、神秘的で崇高なオーラをまとっている。奴奈川姫の世界観があたかも眼前に広がるかのようで、見る者を神話の世界に引き込む魅力にあふれている。古代ロマンへの着想に多大なるご協力をいただいた川崎氏に心から感謝を申し上げたい。

また上杉謙信公について、学術的見地から多大なるご示唆を賜った歴史家・乃至政彦氏に深く感謝申し上げる。そして摂津地方の歴史をご紹介いただいた安本照正氏にも感謝申し上げたい。

私は人々の『美意識』に大きな期待を持っている。

既述のように、正義の概念は時代とともに変幻していくものだが、『美』に対する意識は時代に抗《あらが》うことなく、それでいて慈愛に満ちあふれ、万国共通の善の精神性に依拠するものだ。

現在《いま》、「リベラルアーツ」が注目されている。思考力だけでは現在の複雑な多様化社会を乗り切っていけないことに気づき始め、知覚力の重要性に期待が集まっている。絵画作品などの美術作品を鑑賞することで、人間が本来有していた内なる本能を呼び覚まし、認知バイアスや固定観念からの脱却が図られる効果がある。

時代を切り開いてきた偉人や天才たちは、すべからく美的アートの造詣が深い者たちばかりである。美意識は、混迷した時代を生き抜くうえで不可欠な要素であり、時代に流されない根源的な理想指標でもある。

東日本大震災を乗り越え、新型コロナの時代を生き抜く私たちは日本人の〝美のようすが〟ともいうべき「義の心」を、一人ひとりが有している。そしてその義の心が集まり、大きなウェーブになった時、新たなフェーズ（次元）に踏み入れることと思う。

混迷の世を生き抜くカギはいつも、私たちの心の中にある。持続可能で、限られた資源を有効に活用していかなければならない世界において、不可欠なことは美しい心を持ち続けることである。人間の心は時代を映す〝合わせ鏡〟であり、すべては心から派生する。それは戦国時代も現代も変わりは、ない。

本著を出版するにあたり、多大なるご尽力を賜った株式会社幻冬舎メディアコンサルティング編集部の皆様、ならびにご理解ご協力を賜った関係各位に厚く御礼申し上げます。

令和四年　睦月

石田義一郎拝

Ishida

参考文献

安倍成道『日本の結界』駒草出版　二〇一八年
梅原猛『葬られた王朝―古代王朝の謎を解く』新潮文庫　二〇一二年
川上仁一『忍者』日東書院　二〇一二年
川崎日香浬『お諏訪様物語』川崎日香浬活動事務局　二〇一六年
菊村紀彦『釈迦の予言―月蔵経の世界』雄山閣　一九八〇年
蔵田蔵『熊野』講談社　一九六八年
小村純江『妙見信仰の民俗学的研究』青娥書房　二〇二〇年
五来重『熊野詣』講談社　二〇〇四年
信楽香仁・道浦母都子『古寺巡礼京都・鞍馬寺』淡交社　二〇〇七年
『上越市史通史編7　民俗』上越市史編纂委員会　二〇〇四年九月
関裕二『卑弥呼はふたりいた』晋遊舎新書　二〇一二年
土屋孝雄『奴奈川姫讃歌』奴奈川姫の郷をつくる会　二〇〇八年
遠山美都男『卑弥呼誕生―彼女は本当に女王だったのか？』洋泉社　二〇一一年
乃至政彦『謙信越山』ワニブックス　二〇二一年

早津賢二・川崎日香浬『火の山みょうこう』妙高火山研究所　二〇二〇年
深井雅海『江戸城御庭番―徳川将軍の耳と目』中央公論社　一九九二年
松山宏『京都乙訓歴史を歩く』かもがわ出版　二〇〇六年
『妙高村史』妙高村史編纂委員会　一九九四年三月
村山和夫『シリーズ藩物語　高田藩』現代書館　二〇〇八年
森浩一『京都の歴史を足元からさぐる―嵯峨・嵐山・花園・松尾の巻』学生社　二〇〇九年

※本小説に登場する人物・団体等は実在しない架空のものです。

〈著者紹介〉
石田義一郎（いしだ ぎいちろう）
1965年、新潟県上越市生まれ。玉川大卒。在学中は油絵を専攻、真言宗寺院で修行。現在、法人理事長。趣味は絵画制作、居合道、音楽・映画鑑賞。座右の銘は「上杉謙信公十六カ条の家訓」。

続《ぞく》・ながれ星《ほし》　冬星《とうせい》　天鉄刀《てんてつとう》の黙示録《もくしろく》

2022年11月9日　第1刷発行

著　者　石田義一郎
発行人　久保田貴幸

発行元　株式会社 幻冬舎メディアコンサルティング
〒151-0051　東京都渋谷区千駄ヶ谷4-9-7
電話　03-5411-6440（編集）

発売元　株式会社 幻冬舎
〒151-0051　東京都渋谷区千駄ヶ谷4-9-7
電話　03-5411-6222（営業）

印刷・製本　シナジーコミュニケーションズ株式会社
装　丁　荒木香樹

検印廃止

ISBN 978-4-344-94198-4　C0093
幻冬舎メディアコンサルティングHP
http://www.gentosha-mc.com/